量子黑貓

O62∞
我在宇宙的**每個**角落守護你

黃須白

著

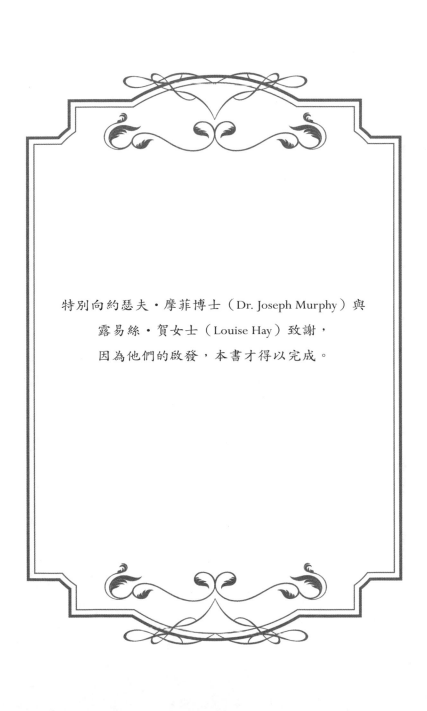

特別向約瑟夫‧摩菲博士（Dr. Joseph Murphy）與
露易絲‧賀女士（Louise Hay）致謝，
因為他們的啟發，本書才得以完成。

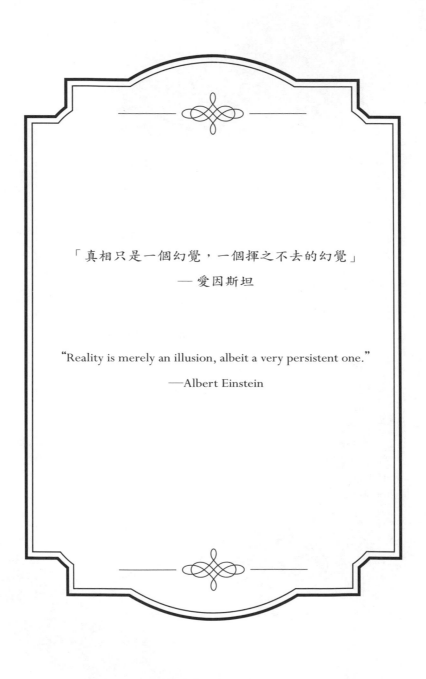

「真相只是一個幻覺，一個揮之不去的幻覺」

──愛因斯坦

"Reality is merely an illusion, albeit a very persistent one."

──Albert Einstein

導讀

　　這是一本教你如何有效運用「吸引力法則（The Law of Attraction）」的小說。如果你讀了許多吸引力法則相關的書，卻一直不得其法，或是你需要一些科學證據來加深你對吸引力法則的信念，那麼恭喜你，讀這本書會讓你豁然開朗。但是，如果你是這樣的類型——只相信教科書上的科學原理、或是只願意相信那些已經被重複驗證過無數次的科學理論——那麼，請千萬不要讀這本書，你會滿肚子火，你會說我寫的都是偽科學。

　　不過，別忘了，愛因斯坦提出相對論的時候，他普魯士科學院裡的大師級同事大多數都不相信他；而薇拉·魯賓（Vera Rubin）證實暗物質（Dark Matter）存在的時候，科學界也還是半信半疑。

　　這本書不是科普著作，也不是吸引力法則理論的書，它是小說，是一本高中生的愛情小說。透過一位穿越平行宇宙的高中老校長所講述的「富裕力（Affluentability）」課程，你將跟著一對高中生一起經歷許許多多的歷史傳奇故事。然後，你會知道為什麼阿拉巴馬州考菲郡豎立了一座感念害蟲的紀念碑，為什麼梵谷無法因畫致富，為什麼馬克吐溫能成為歷史上最偉

大發明家特斯拉（Nikola Tesla）的唯一摯友，而你也將了解是什麼樣的「神蹟」讓聖塔菲的「聖母之光禮拜堂（Our Lady of Light Chapel）」聳立了一座沒有支柱而能屹立百年的奇蹟之梯。

　　但是，更重要的是，你將知道為什麼量子力學跟腦波共振原理是吸引力法則的科學基礎。而你也將學到讓吸引力法則為你帶來富裕的最有效方法。

$\underset{\text{目錄}}{\text{C}}$ontents

第 一 章	紅龍滿天　黑貓初現	10
第 二 章	白髮的老校長	13
第 三 章	祠堂裡的海螺聲	31
第 四 章	平行宇宙的美麗相逢	60
第 五 章	坑道裡的橙幽靈	96
第 六 章	大聲跟上帝吵架的奇女子	115
第 七 章	綠絨貓與特斯拉的白老鼠	135
第 八 章	朱莉的寶藍色髮夾	160
第 九 章	一條沒有尾巴的魚	183
第 十 章	樹梢的小精靈	203
第十一章	木棉樹下話別離	226
第十二章	盒中謎	243
第十三章	0628	265
第十四章	∞	279

紅龍滿天　黑貓初現

深秋的傍晚，天空烏雲密布。

幾陣黑風颳起後，忽然天邊破了一角，一道奪目的電光閃起，穿過雲隙，像黑貓的神祕目光傲睨地射下。然後，還來不及瞬目，一聲驚天動地的響雷重擊在灰沉的金門島上。緊接著，利刃般的雨箭簌簌直落。

李奇（Richie）站在客廳，隔著木窗櫺的玻璃窗看著庭院裡的傾盆大雨，心中不禁揚起受到這閩南式老屋保護的溫暖感覺。不過，儘管如此，那滂沱雨勢還是讓人心驚。

不到兩分鐘光景，偌大的院子裡已經開始積水。眼看就快要淹到一塊紅磚的高度了，李奇漸漸有些擔心。然而，出乎意料地，那暴雨猛然停歇，烏雲也飛快散盡。而只一小會之後，彩霞竟舒舒徐徐地旖旎高掛。

李奇看到廳外一片清新，高興地走到連接家中大小兩個庭院的過道處，看過屋脊，望向遠方的美麗天空，卻恰見幾隻散飛的野雁悠哉地拍著翅膀，從西南天際輕翔飛過。

李奇閒適地看著野雁出神，不意間，半昏半紅的天幕上忽然幾個紅彤色的光點若隱若現。

李奇略感訝異，但卻有個似曾相識的感覺。

沒多久，燦紅的光點愈來愈多，並緩緩閃爍。

再半晌，那紅點已布滿了整個天空。

李奇忍不住一陣驚喜，他已知道那是什麼了，他期盼能再見到這樣的紅龍滿天已經很久了。

　　事實上，那散布滿天的紅龍並不像真正的龍，既沒有頭臉，也沒有鱗爪，充其量就只是一些豆丁點大的圓點跟聯結著豆點的細瘦線條罷了。但是李奇就是知道它們是龍，因為在他很小的時候，就曾見過它們一次，也是在深秋傍晚的大雷雨之後，也是在水清風明之時。

　　第一次見到這些由七個星點組成、長得像是北斗七星的紅龍時，李奇還是個孩子，約莫小學二、三年級年紀，那時的場景就跟現在相仿，而他看見紅龍滿天的地方也同樣是在家中的庭院裡，甚至就是在他現在站立的同樣這個位置。

　　李奇看著天空中的細小紅龍正自出神，忽然間，一道黑影從腳邊閃過。他驚跳了起來，趕忙將目光從天頂收回，並急急忙忙地四處搜尋，但就是到處都尋不著那個黑影。他有些不解，不太相信是自己眼花了，他直覺地以為那應是隻黑貓。

　　李奇很喜歡貓咪，家裡頭就養了一隻被他喚作「喵」的深灰底色雜紋貓。那隻貓很大氣，每到吃飯時間，聽到李奇拿著大碗鏘鏘敲響，就會飛步由鄰家屋頂奔來，並一路吆喝無主野貓一起狂奔到擺放大碗的李樹下共食。只是，在「喵」的那些貓朋友裡從來都沒有黑貓，因此李奇心中湧起了些疑念，或許真的是眼花了。

　　李奇又往庭院深處瞧了好一會，除了暗墨的玫瑰枝葉和幽寂的葡萄藤蔓在晚風中搖曳之外，並沒有看到任何有生息、會

走動的東西。

　　天色愈來愈暗，紅龍慢閃細爍，李奇不想再理會那道驚擾他的黑影了，他微微仰著頭，兀自看著天空，一心沉浸在這個美好靜謐的畫面裡。

　　不知經隔了多久，一個熟悉的聲音由庭院隔鄰的廚房傳來，是他的媽媽喚他吃飯。李奇又多瞧了滿天紅龍一眼，然後才不捨地移動腳步，往廚房走去。

　　李奇漫走了兩步，忽然五公尺開外的李樹下一個黑影穿過。沒錯！果然不是眼花，果真是隻黑貓！

　　李奇看著幽暗的水泥地面，留意自己的腳步，高興地朝黑貓走去，他想去摸摸那隻黑貓。但是才走了兩、三步，那個黑影又憑空消失了。

　　李奇非常疑惑，不知到底是怎麼回事，難道那隻黑貓真的動作這麼快，快到一眨眼功夫就溜走了？就在這時，耳後一個爽朗溫厚的聲音揚起：「小朋友，歡迎你來，請坐啊！」

第二章

白髮的老校長

　　李奇心生疑竇，轉過身，尋著話語響起處看過去，想探看究竟為何有個陌生聲音在自家庭院裡叫喚他。那知才一放眼望去，竟瞧得目瞪口呆。

　　李奇瞪大了眼睛，鬆垮了下頷，眼前景像太讓他吃驚了。原本他只當是自己聽錯，並不預期背後真的會有人，但沒想到幾尺之外竟還真的有人，是一位頭髮花白的長者，精神奕奕、滿臉笑意、目光和煦地看著他，右手還擺著一個邀請的手勢，示意他在沙發上坐下。李奇滿肚子狐疑，明明幾秒鐘前還在昏黑庭院中看著滿天紅龍，但只不過才轉個身，寂寂暗夜、幽幽庭園、閃爍紅龍竟通通都不見了。

　　李奇想開口相問，但那老者卻用目光將他止住了。李奇擋不住那長者和藹笑容中挾帶著的威嚴，不由自主地將疑問吞下，並就著離他最近的雙人沙發坐了下來。老人見李奇略帶拘謹地落坐，知他心存疑惑，但卻不多說，只是望著他微笑，並朗朗地說道：「你早到了，先坐一會，我們再等一等，」然後兩手後揹，緩緩走往大落地窗處，看著室外昏黃的小院子。

　　李奇見那長者一副不急不徐模樣，心中登時著急了起來。他想到媽媽還等著他吃飯，而自己卻無原無由地不知如何跑到這個廳堂裡，不僅不知道這個老人是誰，甚至還不知道身在何處，不由得焦急地從沙發上站起來，緊張地問道：「對不

起，請問……」

「再等等，不要急，」老人側過臉，將李奇的話打斷，然後又回過頭去，仍是望向黑夜，好像將會有人從黑暗裡走過來一般。李奇見這情景，知道暫時無法從長者口中問出個所以然，只好按捺住滿胸滿臆的疑雲，坐回沙發上。不過，終歸還是個孩子，焦慮心急還是都寫在臉上。只是，奇怪的是，李奇卻一丁點懼怕都沒有。雖然對眼前這個老人完全陌生，但不知道為什麼，李奇對他並不害怕，對這個莫名其妙的情境也不驚恐，似乎在內心的最深處，他對這長者有著一種無法形容的信任。

李奇枯坐了一會，見老人仍然沒有要跟他說話的意思，只好無奈地打量屋內周遭。只見眼前是個溫馨雅致的中型客廳，裝潢得簡單素雅，很有北美家居風格。他坐著的地方是淡蘋果綠的絨布沙發組，搭配嫩黃、米白條紋相間的大靠枕。沙發前方是一張櫸木腳架的橢圓型玻璃矮桌，桌上閒擺著幾本笛卡兒（Rene Descartes，1596—1650）的哲學書，其中一本已翻啟，頁面張開處是斗大的笛卡兒名言「我思故我在（I think, therefore I am）」鮮明地映入眼簾，而頁縫處則夾著一根有著四圈色環的電阻。

李奇略感訝異，不明白怎會有人把電阻當做書籤使用。不過，還來不及多想，一股似曾相識的感覺已浮了上來，只是當要仔細分辨那是什麼時，那感覺卻又消失了。

李奇若有所失，但是沒奈何，只好放下心中疙瘩，繼續四

處張望。但見玻璃桌正上方是一盞漂亮的水晶吊燈，亮黃色的光芒溫暖地灑在沙發上。沙發區右側及後方都是書牆，整整齊齊擺滿了大大小小的書冊；左側方則是大落地窗，老人還兀自佇立窗前看著室外，不知道在想些什麼。正前方略遠處有張木質餐桌，桌上方的第凡內五彩玻璃燈並沒有打亮，因此附近有些陰暗，只知道餐桌上有一金魚缸型玻璃花器，熱熱鬧鬧地插滿玫瑰花束，但卻分辨不出有多少繽紛燦爛的顏色。

李奇將廳堂來來回回顧盼了許多次，正要將目光拉回老人身上，卻正巧老人也轉過身來，跟他對了個照面。老人決意放棄，不等了。只見老人臉色有些落寞，掩不住失望地說道：「我們開始吧，看來不會有人來了……。原本以為會有不少人選這門課的，沒想到只有你一位。」

李奇聽得滿臉訝異，禁不住心裡頭一個接一個的疑問如泡泡般冒起──選課？這是什麼課？這是那裡？為什麼在這裡上課？這老人是誰？原本還有誰會來上課？為什麼他們都不來了？我是在作夢嗎？剛剛的紅龍滿天到那裡去了？那隻黑貓呢？

李奇想起電影裡的橋段，學劇中人偷偷用力捏了自己一把，卻一時力道失控，痛得差點叫出聲來。李奇忍住疼痛，心中暗忖「看來並不是作夢，看來這些都是真的。那麼，難不成大雷雨是夢？難不成滿天紅龍是夢？難不成那隻黑貓也是夢？可是……學校裡從來都沒聽過有晚上的課呀！而且學校裡怎麼會有一間這麼不像教室的教室？更何況學校並不大，老師幾乎

都見過，怎麼從來都沒聽說有這麼位頭髮都白了的老師？」

老人瞧見李奇臉上迷疑神情，自己心中的疑惑其實也不比他少，他不知道課程安排是不是出了什麼錯，為什麼只來了一位學生？他也不知道這個地方到底是那裡？為什麼不像個教室？不過，老人忍住了疑竇，慈祥地看著李奇說道：「孩子，我叫黎曲，你可以叫我Richard，是你們新來的代理校長。我知道你有很多的疑問，不過不要耽心，在這門課裡你慢慢都會得到解答的。」

李奇看著黎曲和善的眼眸，心中有些石頭落下了，但又有些小石子跳了上來。不過無論如何，至少是暫時鬆了一口氣，因為他確認了這確實是一門正式的課程。但是，是什麼課呢？為什麼他不記得有選過一門晚上的課？

「你是不是在想這堂課是什麼？為什麼開在晚上？」黎曲微笑地問道。

不待雙眼充滿問號的李奇開口相問，黎曲已接著說道：「我是位成功的企業家，我一直很希望社會能夠健康發展，朝著快樂、富足的方向前進，因為這會讓每個人——包含我自己及我所關心的人在內——都過得更快樂、更幸福、更富有。只是，過去幾十年來我所看到的並非如此，這個社會不但沒有往正面發展，反而是朝著相反的方向走，到處都充斥著緊張、擔憂、恐懼、沒有安全感的氛圍。我很清楚造成這種情況的原因是什麼，因為我自己曾經就是那樣——缺乏能夠讓自己幸福、快樂的『富裕能力』。所以，我決定要現身說法……」

黎曲注意到李奇似乎分了神，便將話緩了下來，想待李奇回過神再往下交待開這門課的原由。而這時候李奇的腦子裡正浮起一些疑問──「富裕的能力」？那是什麼？是老師們一天到晚在說的競爭力嗎？

　　李奇仍思索著，但忽然警覺到室內安靜了下來，便趕忙將注意力拉回，看回黎曲。只見黎曲對他笑了一笑，並接著說道：「很多年前，我注意到這個社會上絕大部分的人都缺少富裕的能力，這種能力的匱乏不僅造成個人的貧困與不快樂，更導致整個社會都普遍貧困、不快樂。但是，要讓大家都擁有富裕的能力並不容易，尤其是成年人。成年人從小就在一個不重視富裕力、只重視競爭力的社會裡受教養，因此長大後自然習慣地讓自己陷入痛苦的競爭漩渦裡，以致於離快樂的富裕樂土愈來愈遠。」

　　李奇嚇了一大跳，這些話他從來都沒聽說過，感覺起來離經叛道。從小到大，周遭的大人們經常叨叨唸唸的都是競爭力──要怎麼樣才能讓自己有競爭力，勝過別人、贏過別人、將別人比下去。所有的大人們都將競爭力跟快樂、幸福劃上等號，也都說競爭力決定賺多少錢，而賺多少錢決定快不快樂。但是黎曲說的似乎不是這樣，似乎競爭力不見得是好的，甚至還是有害的。到底他在說什麼呢？李奇有些迷惘。

　　「要改變成年人的思維並不容易，但是孩子們，譬如你們高中生，都還容易改變。雖然在你們成長的過程中，家庭、學校、還有社會都一直在灌輸你們許多似是而非的觀念，譬如競

爭力，但是你們都還單純、有彈性，容易接受不同的觀點。而且，更重要的是你們年輕，一旦你們改變了，知道如何擁有富裕的能力，懂得正確地使用這種能力，享受到這種能力帶給你們的好處，你們就會將它變成你們的一部分，內化為你們的習慣，並教養你們的下一代這個能幫助他一輩子的能力。」

黎曲看見李奇聽得專心，便又接著說道：「我想只要幾代之後，整個社會的思維就會改觀，社會的習慣也會改變，那時人們的價值觀就會從追求對自己及社會都有害無益的競爭力轉為擁抱對大家都有益的富裕力。但是，學校的教育並沒有教導富裕力的課程，所以我才決定騰出一部分時間來當代理校長，親自來開這門課。不過，由於這堂課並不是正常教育體制下的必修課程，只是實驗性質的選修課而已，而你們白天的課程都排滿了，所以這種教育官員認為不重要的課只好利用晚上時段了。」

創造富裕的能力（*The Ability To Create Affluence*）

黎曲說罷便取出粉筆在黑板上寫下這幾個大字。

黑板？

是的，黑板。明明是在一個非常家居的客廳裡，明明沒有黑板、沒有粉筆的，但不知何時忽然跑出了一面黑板。李奇雖然驚訝，但對這個主題的興趣讓他對憑空冒出來的黑板不以為意，忘了去計較它從何而來。

黎曲微笑地看了李奇一眼，然後用板擦將所有的字抹除，只留下「能力（Ability）」跟「富裕（Affluence）」兩個名詞。接著他將這兩個字的順序對調並且重組，造出了「富裕力（Affluentability）」這個新詞彙。忽然間，原本在黑板上的白色字體變成了天青藍，很漂亮、很自在的天青藍。李奇看著微微閃爍天青藍的「富裕力（Affluentability）」，心中一片自由、美好的感覺。

　　黎曲讓李奇稍微享受一下那種幸福洋溢、自在灑脫的感覺，然後又在黑板上寫下一個標題……

第一課　資源無窮無盡　永不匱乏

　　李奇看著這個古怪的標題，百思不解。一層「競爭力對自己及社會有害無益」的舊迷霧還未散去，另一陣新迷霧卻又籠了上來。

　　「大家不都是說資源有限嗎？」李奇凝著眉，疑惑地問。

　　「是的，大家都說資源有限。但是，實際上，從宇宙誕生的那一剎那開始，也就是從138億年前發生大霹靂（Big Bang）的那一極短極短、短到不能再短的那一瞬間起，宇宙就已經注定了擁有取之不盡、用之不竭的資源，」黎曲鏗鏘地說著，而李奇則狐疑地看著他，心中非常地困惑。

　　「如果宇宙的資源無窮無盡，那麼人們是不是就沒有相

互競爭的必要？」黎曲不管李奇明朗朗寫在臉上的疑惑、硬生生拋了個答案顯而易見的問題出來。看到李奇輕輕地點頭，黎曲才又說道：「如果人們知道宇宙非常非常地豐富，你得到你所想要的並不是從別人那裡掠奪過來，別人得到他們所想要的也不會讓你擁有的東西變少，那麼是不是就不須要爭得你死我活？」黎曲又看到李奇微微地點頭。

「宇宙有個絕大的祕密，知道的人不多，瞭解的人更少，它叫做……零度能（Zero-Point Energy）……」黎曲刻意放緩語調，用略帶神祕氣氛的口吻說著。

「這種能量是宇宙與生俱來的能量，在真空中有，在你我的周遭有，在地球上有，在外太空也有，甚至在宇宙的最邊緣也還是有。你拿了它，它並不減少；你不拿，它也不會衰減。這種能源不像石油，用盡了就沒了。也不像風能，有風的地方才有，沒風的地方就沒有。」

李奇聽得興味盎然，但什麼是「零度能」呢？為什麼聽都沒聽過？而且稱呼還那麼奇怪，不像潮汐能、風能、太陽能，一看就知道那是什麼。這個所謂的「零度能」單看字面還真猜不透那是什麼。

「測不準原理」讓「零度能」存在

李奇看到黑板上的標題奇蹟似地改變了。

「聽過量子力學（Quantum Mechanics）嗎？」

李奇點了點頭。雖然他並不是數理天才，只不過是個普通的高一學生而已，但他對物理學一直很有興趣，打從國二暑假開始就不斷超前學校進度，自己讀起大學程度的「費曼物理學講義（The Feynman Lectures on Physics）」，因此對量子力學有些基本認識。

　　「我先簡單講一下零度能的概念，然後再來說為什麼資源無限，以及為什麼人們應該培養富裕力，而不是不好的競爭力，」黎曲又刻意強調了一次競爭力是不好的。

　　「量子力學有一個很根本的原理──海森堡測不準原理（Heisenberg Uncertainty Principle），它闡明了宇宙最奇特但也是最根本的一個特性，這個特性違反了人類的直覺，但卻是真真實實地存在。根據海森堡這個奇特的原理，在微觀世界裡，粒子的位置跟動量（Momentum）無法『同時』精確地被量測到。動量是質量跟速度的乘積，所以簡單來說，我們無法『同時』精確地量測到微觀粒子的位置及速度。也就是說，如果我們想要精確地知道這個粒子的所在位置，」黎曲比了一個捏住東西的手勢，彷彿正招著一個小粒子一般，然後繼續說道：「那麼在同一個時間，我們沒有辦法知道它的速度有多快。而反過來說也是一樣，如果我們想要精確地知道這個粒子運動的速度，那麼我們就完全無從得知它在那裡。你看，是不是跟我們日常生活的經驗很不一樣？」

　　黎曲稍歇了一口氣，然後說道：「在日常經驗裡，就譬如現在，我不僅精確地知道你的速度，而且還很精確地知道你

的位置——你的速度是零，你動都沒有動；而你的位置就是在這個舒服的沙發上。但是，如果把你縮小到跟電子一樣微小，那麼你就變得不同了，你會動來動去，永遠動個不停，永遠都讓人捉摸不定，沒有人能夠『同時』知道你正確的位置及速度。」

「的確是很奇怪，」李奇歪著頭，愣了一愣，無意間身體竟不自主地抖了一抖，彷彿他已縮小成黎曲口中顫動不停的電子一般。李奇想了一小會，然後問道：「是不是因為我們的測量儀器還不夠精密，所以才測不準？」

「很多人都這麼以為，不過真正的原因跟量測儀器及量測的精密度都無關。真正的原因是這是宇宙先天的特性，就算你有能力造出全宇宙最精密的量測儀器，你還是會測不準。換句話說，這種不確定性（Uncertainty）是宇宙與生俱來的性質。」

李奇又愣了一下，感覺這個觀念不太容易消化，因為跟直覺及經驗都相差太遠了。不過，當他試著將這觀念接受下來後，忽然靈光一閃，一個念頭跑了上來，讓他忍不住興奮地說道：「粒子的速度永遠測不準，而速度的平方就是動能……喔，不，速度的平方乘以質量再除以2才是動能……」李奇急急忙忙做了個修正，然後又急急忙忙地說道：「因為粒子的速度測不準，所以能量也就測不準……」

「是的，能量測不準的這種不確定性就代表著就算在最冷最冷、冷到不能再冷的『絕對零度』，也就是攝氏零下273度的時候，粒子也不會『冰凍』不動，而是仍然會顫動個不停，」黎曲說道。

　　「我知道了，所以能量永遠都不會是零，就算在絕對零度時也不會是零，」李奇掩不住興奮地說。

　　黎曲聽到這推論，高興地看著李奇，心中暗自讚歎：「雖然才一個學生修這門課，但這學生程度還真不錯。」

　　「完全正確！這個在絕對零度時都一直存在的能量就叫做『零度能』。而就算是在真空之中，在看似空無一物的真空之中，這個能量也還是存在。」

　　黎曲見李奇聽得入神，便繼續說道：「所謂真空，指的是沒有我們認為可見的那些物質，譬如沒有空氣、沒有原子、沒有電子、沒有構成物質的那些基本粒子，但是……」

　　黎曲故意賣了個關子，然後才又說道：「真空並非空無一物。真空中還是具有所有的物理性質，一個都沒有少。真空具有各種力場，譬如重力場、電磁力場等，而這些力場也都遵循著測不準原理，具有這個宇宙最神祕、但又最基本的能量——零度能。」

　　李奇狀似聽懂，但又滿腦子都是疑問，而這些全都寫在表情上。黎曲讀出了李奇的心思，覺得最好的方法就是跳過深奧的理論講述，直接讓他看科學驗證的結果。

零度能不只是理論　而是具體的事實

李奇又看到黑板上的標題奇蹟般地變了。

「1948年時，荷蘭理論物理學家卡西米爾（Hendrik B. G. Casimir）在與諾貝爾獎級的量子力學大師波爾（Niels Bohr）討論後，提出了卡西米爾效應（Casimir Effect），預測真空中存有零度能。之後，不少物理學家都努力想用實驗來驗證卡西米爾效應，但都不是很成功。一直到1997年時，洛斯阿拉莫斯國家實驗室（Los Alamos National Laboratory）的拉木烏博士（Steve Lamoreaux）才比較精確地在實驗室中量測到卡西米爾效應。而2001年時，義大利帕多瓦大學（University of Pauda）的一群科學家總算測量到精密的數據，證實真空非空，真空中具有零度能。」

黎曲一口氣說到這裡，鬆了一口氣。李奇屏著呼吸、尖豎著雙耳，一口氣聽到這裡，也鬆了一口氣，他知道原來真的有零度能，原來真空中不是空無一物，原來真空中存有無窮無盡的能量。

黎曲由李奇臉上神情知道就算他還不是很瞭解零度能的理論細節，但他已經相信了零度能、相信了宇宙是豐盛無缺的，因此是時候繼續這節課的更重要內容了。

零度能讓宇宙永不匱乏

這一回，李奇已將黑板上自動改變的標題視為理所當然了。

「先把眼睛閉起來，身體放鬆，沉到沙發裡……。想像一下，想像傍晚的時候，輕輕微微的海風涼涼爽爽地拂過你的身上。你站在海灘上，海水冰涼地流過你的腳趾、漫過你的腳踝、淹到你的小腿肚。遠方，淡淡昏紅，幾隻倦歸海鳥飛過天際。這時，金黃色的陽光穿過低低的雲層灑了下來，海面上一片美麗的金黃……」

黎曲慈祥地看了一下全身鬆鬆軟軟的李奇，知道他心思已飛到了海邊、正踩在海水裡、正看著燦爛的彤雲夕照，於是語氣更加輕柔地說道：「你伸出雙臂，慢慢地擁抱那金黃的海水，你感受到金黃的財富源源不絕地流進你的身體，流進每個細胞、每個縫隙。你感覺到金黃的幸福溫溫柔柔地將你的胸臆填滿，填進每個愉悅的呼吸、每個舒暢的吐納。你綻開笑容，輕鬆自在地沉浸在金黃的富裕裡，輕鬆自在地倘佯在金黃的幸福裡……」

李奇聽著黎曲和緩而感性的聲音，身上彷彿披上了一層薄薄的泛紅金光，耳畔彷彿聽到了鷗鳥的歸翔相呼，鼻尖彷彿聞到了海風的淡淡澀鹹，眼前則彷彿看見了一波波祥靜金浪源源不絕地帶送無窮無盡的富裕與幸福朝他而來。

「喵──」忽然一聲細微但清亮的貓叫聲揚起，將李奇由海邊帶回。李奇輕輕睜開雙眼，四處看了看，卻尋不著貓兒蹤跡。

　　「宇宙的財富與資源就像大海，廣袤無垠、遼闊無邊。只要你真心地渴望它，並且懂得方法去拿，你就拿得到。而且有趣的是──你拿到了，別人並不會就沒有……」黎曲注意到李奇微微愣了一愣，但不明白究竟是為了什麼，於是將話打住，等候李奇回神。李奇漫看了黎曲一眼，心底暗忖「難道又是我的幻覺？怎麼好像他都沒有聽到？可是那個喵叫聲明明那麼清晰，雖然不是很大聲，但這裡這麼安靜，他應該有聽到才對啊？」

　　黎曲猜不透李奇在想些什麼，不過見他似乎又恢復了專注，便繼續說道：「宇宙的資源豐富無限。煤或許有一天會用完，石油或許有一天會用盡，太陽再50至80億年左右也會壽終正寢，但是零度能永遠都在，永遠都不會消失。我們現在的科學還沒有能力取用零度能，但是以人類科技發展的驚人速度，我想再幾十年，人類就會有能力發展出由真空中提取零度能的技術。因此千萬不要擔心資源有限，因為那不是事實。真正的事實是能源無窮無盡、資源無窮無盡。這是宇宙的基本法則，就算太陽不見了，就算地球不見了，也都還會是如此，因為真空中什麼都有，真空中具有我們所需要的一切。」

宇宙具有讓每個人都很富裕的資源
但是你必須懂得方法去拿

「你剛剛在海邊的時候是不是看到了遠方低矮的雲層底下下起了金黃的太陽雨？」

李奇側著頭想了一想，接著點了點頭。

「當你喜悅地張開雙臂，盡情地擁抱朝你而來的財富與幸福時，你所取走的並沒有讓宇宙減少，也沒有讓別人變沒有，宇宙會瞬間又將被取走的填滿，就像那太陽雨，不斷地落下來，不斷地補充。這就是宇宙與生俱來的法則，永遠都會是如此，沒有人能改變。」

黎曲略停頓了一會後，然後又說：「你所擁有的財富與幸福是從無窮的宇宙拿到的，不是從別人那裡掠奪而來；別人擁有的財富與幸福也是從無窮的宇宙獲得而來，不是從你這邊奪取。因此，每個人都可以很富裕，每個人都可以很幸福。我們不需要互相爭奪，我們不需要相互競爭。我們只需要有足夠的渴望去拿，有足夠的渴望去要，並且懂得實現自己夢想與渴望的正確方法，那麼我們就可以拿得到，要多少就會有多少，這就是我這門課想傳授給你的——讓你能夠擁有富足與幸福的富裕力。」

「喵——」忽然間又是一聲貓叫聲，清揚而悠遠，而這一回黎曲也聽到了，因為他回了頭，看向他身後稍遠處的長條木餐桌。

李奇張亮了雙眼，也望向燈火闌珊處的木桌上。剎那間，他嘴角笑開了，只見一隻纖細的黑貓高豎著尾巴，悠哉地漫步，一邊嗅著斜插在玻璃花器裡的玫瑰花，一邊將身子挨著花瓶，塗抹身上的氣味。李奇瞧得出了神，這是他喜歡的貓咪，他一直都喜歡這樣悠閒自在的貓咪。

　　「想到什麼？這麼開心！要夾塊魚嗎？怎麼停住不動了？」媽媽的話將李奇打醒，他發現自己正坐在飯桌上，左手端著碗，右手拿著筷子，像是要出筷去夾菜的模樣。李奇搖了搖腦袋，有些迷惘。他將張開筷子、停在空中的右手縮回，看了看碗、看了看筷子、看了看餐桌、又看了看窗外。窗外一片漆黑，就如同他看到紅龍滿天、看到那隻黑貓之後的天色一般，漆黑一片。

　　李奇想開口問爸爸、媽媽是否也看到了紅龍、是否也看到了黑貓、甚至是否知道他去上了一堂課回來，但他太迷惑了，迷惑得不知道該怎麼問。

　　晚飯後，李奇將學校的功課做完，然後上床睡覺。臨睡前，他又將傍晚的事想了一遍，仍是沒有頭緒。不過，他知道這些事情都是真的，雖然他不清楚到底是怎麼一回事，但是他打從心底知道所有的事情都不是幻覺，而是真真實實發生的事，就像小學時候第一次看到紅龍滿天一樣，真實得不能再真實。

李奇輕撫著晚上上課時被他自己捏疼了的左臂內側，看著那個紅斑，滿心歡喜。他想起日間英文老師帶他們唱的披頭四（Beatles）「黑鳥（Blackbird）」，他知道他就像那在黑夜裡吟唱的黑鳥，正要振起羽翼，抓住這一生難遇的機會，飛入燦爛的黑夜，飛向美好的自在與自由。

Blackbird singing in the dead of night
（黑鳥淺唱在寂黑的午夜裡）
Take these broken wings and learn to fly
（振起殘破的羽翼想要高飛）
All your life
（終其一生）
You were only waiting for this moment to arise
（都在等待這個時刻意欲遠颺）
Blackbird singing in the dead of night
（黑鳥低吟在寂黑的午夜裡）
Take these sunken eyes and learn to see
（睜著凹陷的眼眸奮力遠觀）
All your life
（終其一生）
You were only waiting for this moment to be free
（都在等待這個時刻自在遨翔）

Blackbird fly, blackbird fly

（黑鳥高飛　　黑鳥遠颺）

Into the light of the dark black night

（遨翔入燦爛光采的漆黑夜裡）

……

　　李奇腦子裡迴響起黑鳥的低吟，慢慢地，眼前漸漸迷離。昏昏沉沉間，一份幸福滿足的感覺籠了上來，他知道白髮的老校長會告訴他如何長出堅強御風的翅膀，也會教導他如何擁有清明遠觀的視力，雖然他還不知道下一堂課是什麼時候，也並不知道該到那個教室去尋那老校長……

第三章

祠堂裡的海螺聲

　　金門島上處處原野，風光雖稱不上明媚，景緻卻頗有可觀。由於島上娛樂不多，因此假日時老師經常會邀約學生一道出遊。

　　李奇的家在島的西南邊、一個叫金城的小鎮。離鎮中心腳踏車車程約十來分鐘的地方有一處眺海的大祠堂，奉祀明末抗清的延平郡王鄭成功。李奇非常喜歡這個地方，這裡有許多他跟小學及國中同學共同的回憶。而在這個風清雲朗的深秋午後，喜歡跟孩子們在一起的導師又帶著李奇班上同學一起來到這個綠草如茵、視野開闊的地方。

　　李奇的老師喜歡孩子活潑熱鬧，每次帶學生出遊總會安排能讓孩子們盡情揮灑青春、盡情消耗精力的活動，因此一來到延平郡王祠前方的大草地，老師立刻分組玩蘿蔔蹲，讓孩子們瘋狂亢奮、盡情嘶喊。然後，一直等到所有學生喉嚨都沙啞了、血脈都賁張了，才勉強淘汰掉三個隊伍，留剩下兩個小隊準備決勝冠亞軍。

　　李奇的隊伍在淘汰之列，因此他只好退到場外，跟著被淘汰的一干同學坐到草皮邊、祠堂大殿底下的水泥台階，看著另外兩隊競賽。不過，除了關注比賽之外，更引起李奇注目的是場中的一個女生───一位名喚朱莉（Julie）、有著長睫毛、大大眼眸的女生。

李奇偷偷喜歡朱莉已經很久了。打從幾個月前剛進高一、新生訓練的第一天，李奇就注意到她。李奇並不是害羞的小男生，但是面對朱莉時總是讓他手足失措、臉色發紅。而且，就算只是偷偷地看她，李奇也會心跳耳熱，既耽心會被她發現，又希望她也能回望他。

　　李奇邊看著場中兩個隊伍熱鬧地呼喊嘶叫；邊偷瞄著朱莉；並邊悠哉恍神，聽憑思緒飄到幾個禮拜前的一堂國文課……。那是一個微雨天，上課鐘聲剛響，沒一會國文老師就走了進來。班長引領全班同學起立向老師問好後，大夥便收拾起下課時的笑容，鴉雀無聲地坐下。李奇剛落座，就有意地別過頭，往教室的最右邊、跟他同一列的座位看去。怎知竟那麼湊巧，那位子上的女生也剛好側過臉朝他這個方向看來。李奇一開始有些錯愕，但隨之莫名心喜，因為就在這電光石火的剎那間，李奇直覺地知道這應該不是巧合，而是朱莉也刻意地望向他。

　　正當李奇回憶得出神之際，忽然場中一陣歡聲雷動，只見朱莉跟她同隊的同學都跳了起來，手舞足蹈得高興不已。李奇知道一定是朱莉的這一隊獲勝了，很為她高興，想藉機趨前跟她說說話，但轉念間卻躊躇了起來，害怕跟她面對面時什麼話都說不出口。不過，就在李奇還猶豫不決的時候，忽然一道似曾相識的身影悠哉地由距離朱莉不遠處的巨大龍柏樹下經過。

　　李奇驚訝地看著那個身影，是一隻深棕色的貓咪，長得很像遇到白髮老校長那個傍晚時所見到的那隻黑貓，只不過毛色

是光亮深棕，而不是烏黝如似黑漆一般。李奇心中微奇，不過腦子裡想的還是朱莉，於是略回眸瞅了場內一眼，見一群同學還團團圍著朱莉，因此也就無奈地將目光抽離朱莉，好奇地專心看著那隻棕毛貓。

只見那隻深咖啡色的貓咪輕快地走過成排的大龍柏樹下，完全不理會周遭的嘈嘈嚷嚷，就像是個獨來獨往的俠客一般。李奇欣賞地看著它，但沒幾秒鐘工夫，它就已穿過樹陣，消失在祠堂側邊的角落處。

李奇坐起身來，轉頭看向龍柏盡頭的祠堂邊角，等了一會，不見貓咪出現。這時，李奇忽然一個寒顫，一個古怪的念頭浮起——難道這隻貓咪就是那隻黑貓？

李奇小心地站立起來，心懷忐忑地走上台階，順著大殿外邊的廊道走到邊角護欄處。一到圍欄邊，李奇倒吸了一口氣，緊張地往底下看，卻見四下都沒有貓咪的蹤影。頓時間，李奇獃愣住了，暗忖「難道又是跟上次看到黑貓時一樣，仿若是真卻又似假？」

李奇又看了底下樹叢一會，仍是一片寂靜，於是轉身回首，打算走回原先半躺著的台階處。但是，就在這個時候，十尺之遙的殿前走廊上，一個輕盈的身影出現了，是一隻貓咪。李奇半眯起眼睛，看著光線略暗處的那隻貓咪，心臟差點跳了出來，是那隻棕毛貓。

李奇放緩腳步，保持著距離跟在貓咪後面。跟了沒一會，就見那棕貓躍上門檻，跳進大殿裡頭，李奇連忙加快步

伐，跟進殿內。

　　一跨入大殿，李奇就忙著到處尋找貓蹤。他經常獨自一人騎單車來這祠堂，知道這個大殿空空蕩蕩地，除了正中央供奉鄭成功碩大雕像的大桌外，四周是一片蕭然，沒有任何雜物，也沒有任何可以藏躲的地方。因此，簡單環視了一圈後，他就逕朝大供桌側邊走去，因為那是剩下來唯一可能找得到貓的地方。只是，供桌底下、供桌上面、甚至神像上頭，什麼都沒有，連隻小蜘蛛也沒有。

　　李奇滿腹狐疑，忍不住懷疑到底這是在夢中，還是他真的跟著老師和同學一起來到這延平郡王祠、一起玩蘿蔔蹲？忽然，又是那個爽朗溫厚的聲音響起：「孩子，我們又見面了。」

　　聽到這個聲音，李奇嚇了一跳，不敢轉身。雖然上回的相遇讓他對這位長者留下了極好的印象，但是這一切太讓他困惑了，他分不清楚到底是幻還是真？

　　李奇緊張地獃立小半晌後，總算鼓起勇氣慢慢地轉身，但卻是半閉著雙眼，他的心中有很多的擔心，也有很多的期待，因此他半閉著眼，想看又不敢看。

　　李奇迴過身後，感覺到半閉的眸前有個人影，於是既緊張又好奇地慢慢睜開雙眼，果然跟他期待的一樣，是那位白髮的老校長。

　　黎曲看到李奇這副模樣，有些好笑，猜不透他為何如此。不過，黎曲沒問，他以為應該是李奇正專心看著鄭成功大

雕像以致於被他驚嚇到了。所以，黎曲有些不好意思地道歉說道：「對不起，嚇到你了。」李奇被他這麼一說，剩下的最後一丁點緊張情緒也都飄走了，趕忙訕訕然地回道：「沒有，您不要這麼說，是我太專心在想事情了。」

　　「上回的課有收穫嗎？聽得懂嗎？」黎曲問完後，見李奇靦腆地憨笑著，心中已有了答案，便接著說道：「沒關係，第一次聽到這些內容總是不太容易吸收，我們先來複習一下。」李奇頓時鬆了一口氣，是的，的確他是需要先作個複習。

　　黎曲四下看了看，見殿內空蕩蕩地，沒有任何椅子或板凳，便指了指神像前方的偌大空地，招呼李奇先席地而坐，接著他自己在李奇的對面也坐了下來。

　　「記得零度能嗎？」

　　李奇正要點頭，卻驚訝地瞧見那張神祕的黑板又出現了，而黑板上已寫了一段話。

競爭力是恐懼的果實　長在憂慮的土壤上

　　「零度能是宇宙與生俱來的特性，無窮無盡，無論我們取或不取，無論我們用或不用，永遠都會在，永遠都不會減少。也就是說，宇宙的資源是取之不盡、用之不竭、永遠都不會匱乏。所以，永遠都不用擔心、永遠都不用競爭。這個宇宙太豐富了，只要你『真心地』想要，只要你懂得方法去要，你就能得到。」

黎曲交待完第一堂課的濃縮精華後，接著說道：「宇宙非常非常地豐富，每個人都能得到富裕，每個人都能得到幸福和自由，關鍵在於……，」黎曲看到李奇似乎想接話，便慢慢打住，讓李奇接了過去。

　　「富裕力。創造富裕的能力，」李奇不假思索地說。

　　黎曲給了李奇一個會心的微笑並說道：「是的，我們要培養的是能夠讓自己富裕的能力，而不是爭得你死我活的競爭力。富裕力涵蓋了競爭力，是遠比競爭力還更有力量的能力。富裕力有了，競爭力自然就會有，根本就不用特別去強調競爭力這個東西，強調競爭力只會讓恐懼上身。」

　　李奇心頭震悸了一下，他不明白為什麼競爭力會跟恐懼扯在一起，他一直以為擁有競爭力才能遠離恐懼。

　　「試想一個情況，當你孜孜矻矻想要建立你的競爭力的時候，你內心想的是什麼？」黎曲拋出一個問題來，李奇有點發慌，不知如何回答。

　　「恐懼，」黎曲語氣堅定地說。

　　「當你一心一意想要增強你的競爭力的時候，你的潛意識實際上已經默認了你的恐懼……，甚至，你的潛意識是默許恐懼纏惹上身，你允許恐懼進入你的體內。」

　　黎曲略一沉吟，然後又說：「你恐懼比不過別人，恐懼別人搶在你的前面，恐懼資源被別人用盡，甚至是恐懼『沒有競爭力』。但是，這個世界是這麼地豐富，你根本不須要恐懼，你根本不須要跟別人比，你也根本不須要計較別人擁有什麼，

你只須要專注在你自己身上就好，你唯一須要做的就是專心一意地去創造你的富裕。」

富裕力是愛的種苗　滋生在自信的草原上

黎曲仍然悠閒地坐著，動都沒有動，但黑板上的字句又神奇地變換了，就跟前一次上課時一樣。

「想要擁有競爭力的出發點是恐懼、是資源有限、是害怕別人會搶走你所擁有的。想要擁有富裕力則是由愛出發，相信資源無限，相信別人擁有的不是從你身上奪取，相信你得到的也不是從別人那裡搶來。也就是說，富裕力是相信你自己的能力，相信宇宙的豐饒，相信你想要多少就能有多少，並且相信宇宙會滿足每一個人、豐富每一個人。」

黎曲娓娓道來，見李奇頻頻點頭，於是接著說道：「歸根結柢來說，競爭力是奠基在害怕比不過別人、不敢信任自己、不敢信任宇宙，是恐懼的思維。富裕力則是孳生於對自己及宇宙的信任，相信自己能夠富足，相信宇宙有求必應。富裕力是愛的思維，是願意與人分享、與人共榮的信念。」

「宇宙具有無窮無盡的零度能，宇宙具有無垠無限的豐饒，所以只要轉個念，放下恐懼，用愛為信念，你就已經來到了富裕殿堂的大門口，」黎曲感覺李奇都聽懂了，於是開始引導李奇邁向富裕殿堂之路。

「但是，這個富裕殿堂是有層層圍牆、是有高聳大門

的，你要進去就必需擁有鑰匙。拿著富裕力之鑰，你才能打開大門，進入富裕殿堂裡。」

李奇聽到黎曲這番話，眼前忽然出現了一堵丈高的石砌宮牆，牆的正中央是一道巨大的朱紅大門。李奇微微仰首，就見高牆上隱隱露出連綿一片的燦爛琉璃屋瓦。

黎曲看到李奇眼珠子溜轉了一下，猜想他是在想像那個門牆封圍的富裕宮殿的模樣，於是笑笑地打斷他，取出粉筆，在黑板上寫下兩行字：

第二課 「真相」不止一個
「真相」有千千萬萬種

李奇看著這個標題，目瞪口呆。就跟第一堂課時所經歷的一樣，他的心思已被黎曲的古怪標題占滿，以致於都忘了去追究黎曲是如何憑空變出粉筆的。

「將富裕宮殿封圍起來的高牆與大門跟你所想像的並不相同。甚至……，」黎曲故意停頓下來，等李奇與他四目相接後才繼續說道：「甚至這個富裕宮殿也跟你想像的截然兩樣。」

「富裕的宮殿不在外面……，」黎曲又故意停頓不語。

「不在外面？那在那裡？」李奇心中暗忖著。

黎曲見到李奇臉上閃過一絲迷惘，才微笑地指了指李奇的腦袋揭開謎底：「它在你的心底，在你的腦子裡，在你的潛意識裡。」

李奇聽到這一解說，不但沒有解開疑問，反倒疑惑更多。黎曲不理會李奇一臉迷疑的模樣，繼續說道：「富裕的宮殿就在你的心裡，而將它封鎖起來的門牆也在你的心裡。」

　　砰訇！李奇的腦子裡砰訇一聲巨響！他似乎聽懂了，但真要抽絲撥繭、理出個頭緒卻又不能，因此臉上不自禁地現出焦慮的神色。黎曲讀得出來，年輕時他自己也是如此，是跌跌撞撞了很久很久之後才慢慢懂得富裕的這些祕密。

　　「我們現在已經知道有一座富裕宮殿，我們也已經來到這座宮殿的面前。但是，宮殿被巨石牆、大木門封圍著。我們想要進去，我們須有鑰匙，這門課的用意就是要告訴你什麼是富裕之鑰，也就是『富裕力』。不過，在那之前，我們須要先知道那些圈圍著富裕之殿的巨牆高門到底是什麼，因為瞭解了這些門牆是如何建構的，我們才能找到鑰匙孔，才能知道鑰匙孔的樣子，也才能打造出合適的鑰匙來打開富裕之殿的大門。」

　　李奇屏著鼻息一口氣聽到這裡，不由得如釋重負地輕輕吐了一口氣，他已經迫不及待地想要知道那些擋在富裕之殿外面的門牆到底是什麼了。

「愛心磚塊」建構富裕宮殿
「恐懼磚塊」阻隔我們進入其中

　　「就跟所有的建築一樣，阻擋我們進入富裕宮殿的門牆也是由磚塊跟灰泥一塊塊堆砌、一塊塊黏合而成。至於富裕宮殿

本身，也同樣是由磚塊跟灰泥構成。」黎曲一說完，李奇有些失望，原本他以為它們是由一些會再讓他大吃一驚的怪東西組成。

「堆砌出危牆高門的磚塊是瀰漫恐懼的『資訊之磚』，黏合這種『恐懼磚塊』的是『恐懼灰泥』。」

李奇原已懈下迎接驚異言論的心情，因此聽到黎曲這段話，冷不防地差點跳了起來。「那是什麼怪東西？」李奇心中驚叫著，雙眼則緊盯著黎曲。

「建構富裕宮殿的磚塊也同樣是『資訊之磚』，不過卻是滿佈愛心的『愛心磚塊』，而將這種磚塊貼合起來的灰泥則是『愛心灰泥』。」

李奇用力撐著下頜，免得下巴掉落下來。

「資訊」是鑄造磚塊的原材料
是建構萬事萬物的基本要素

「資訊（Information）是宇宙最基本的元素之一，但也是最神祕、最容易被誤解的東西。資訊就像沙子、細石、紅土、及碎玻璃，是製造磚塊的原材料，必需調和入灰泥之後才能成形為建構宮殿或是圍牆的磚塊。愛與恐懼這兩種情緒就是灰泥，能將資訊沙石塑造成可做為建材的『資訊之磚』。我們調入資訊之中的是愛心，做出的就是『愛心磚塊』；調入的是恐懼，做出來的就是『恐懼磚塊』。」

李奇臉上露出怪異的表情，他完全聽不懂黎曲在說些什麼。

　　「資訊不就只是一堆的訊息嗎？為什麼說它神祕呢？為什麼您說資訊是宇宙最基本的元素？難道資訊就跟基本粒子一樣，是構成萬事萬物的根本因子嗎？」李奇再也憋不住了，迫不急待地連番問了好幾個問題。

　　「如果不深入去探究資訊的本質，資訊的確就只是一堆平凡的訊息而已，沒有什麼特殊地。譬如，我們曾經經歷過的事，或者我們正在經歷的事，這樣的資訊不知道有多少，絕大部分都被我們視為平常，根本就不會引起我們的注意。但是，資訊絕對不是這麼地單純。」

　　「我先跟你講一下資訊神祕的本質，然後你就會知道為什麼資訊是萬事萬物的根本，」黎曲略停頓一會，然後說：「你知道嗎？資訊跟能量、跟物質都不一樣，資訊可以快過光速！」

　　李奇嚇了一跳，連忙問道：「愛因斯坦的相對論不是說宇宙最快的速度是光速嗎？」

　　「那是指攜帶能量的東西，譬如電磁波、光波、基本粒子、以及各種具有質量的物體。但是，資訊是不攜帶能量的，因此資訊的速度可以遠遠超過光速。而更神祕的是，原本史提芬‧霍金（Stephen Hawking）提出黑洞理論（Black Hole）時認為所有的東西——包括能量、物質、及資訊——都逃不過黑洞，都會被黑洞吞蝕；但是後來他做了修正，認為宇宙沒有黑

洞，只有灰洞（Grey Hole），因為當物質及能量被吸入『洞』中時，與這些物質及能量相關的資訊並不會被吸入，而是停留在『洞』的表面，所以洞就沒那麼黑了，」黎曲半開玩笑地說道。

李奇眼睛睜得大大地，不知道該如何消化這些訊息。這時，黎曲丟了一個問題出來：「你知道這是什麼意思嗎？」

李奇還來不及搖頭，黎曲已接著說道：「假設我們有辦法把停留在灰洞表面的資訊拿出來，我們就可以讓這些已經被吸入洞中的物質及能量復原、重生。」

李奇又嚇了一大跳，但這回聽懂了，因此忍不住激動地說道：「難怪您會說資訊是構成宇宙最基本的因素。是不是說資訊就像是『靈魂』，有了資訊，物質才有了生命，才會存在？」

黎曲愣了一愣，雖覺得不完全對，但還算貼切，於是說道：「差不多。任何物質、任何能量、任何事情，通通都有其相對應的資訊。假設跟它們相關的這些資訊消失了，它們就不再存在，因為我們就不再觀測得到這些物質與能量，也不再知道發生過什麼樣的事情。所以，套用你的比喻，資訊就像是萬事萬物的靈魂，它賦與萬事萬物生命，讓我們周遭的人、事、物存在。不過，雖然資訊能讓事物有意義，讓事物鮮活起來，但是資訊本身卻是中性、沒有意義、沒有生命的。」

李奇又不懂了，但還沒開口問，黎曲已說道：「資訊雖是建構所有人、事、物的原素材，但它就像量子力學的機率

波（Probability Wave）一樣，飄盪在宇宙的各個角落，沒有質量、沒有能量、也沒有形體。因此，我們必須先把資訊塑形，把它鑄成『資訊之磚』，這樣資訊才能被用來建造宮殿、圍牆、以及所有的一切事物。」

愛與恐懼是調和的灰泥
讓資訊成形為資訊之磚

「那要如何將資訊鑄造成資訊之磚呢？」

「情感！」黎曲強調地說道。

李奇感覺這應該與先前黎曲說過的「愛心磚塊」及「恐懼磚塊」有關，因此問道：「愛及恐懼這兩種情感？」

「嗯。我們的潛意識就像是天線，能夠接收瀰漫在宇宙各處的資訊；而我們的情感就像是灰泥，能將我們接收到的資訊塑造成資訊之磚。」

「這是什麼意思呢？」

「資訊在宇宙飄泊，我們不去解讀它，它就仍是繼續飄泊，跟我們不會有關聯，也不會被塑形成可做為建材的資訊之磚。資訊是中性的，我們不去解讀它，它就一直會是對我們沒有意義的中性訊息，不會成形為磚塊，因此不能用來蓋宮殿，也無法用來砌圍牆。也就是說，要讓沒有形體的資訊定型為資訊之磚，我們必須對它加以解讀；而解讀資訊的方法就是使用我們的情感──愛與恐懼這兩種情感。」

黎曲怕李奇沒有完全聽懂，於是更深入地說道：「舉例來說，譬如一隻小貓，它的資訊包含了動物、毛皮、觸鬚、尖豎的耳朵、四條腿……等等中性的訊息，沒有好與壞之分。但是當你用情感來解讀這些訊息後，小貓就變成了可愛的貓咪，或是可怕的小野貓。這時，小貓就鮮活了起來，對你有了意義。」

　　李奇笑了一笑，聽懂了。黎曲便繼續說道：「解讀資訊靠的是情感，不是邏輯；是感性，而不是理性。」

　　黎曲看到李奇又出現了疑惑的神情，不過他暫不理會，接續說道：「愛與恐懼這兩種情感既是解讀資訊的最有力工具，也是將資訊黏合成磚塊的灰泥。我們用愛心、用喜樂的情緒來解讀，我們就會將中性的資訊轉換成愛心灰泥和愛心磚塊。我們用恐懼、用耽憂的情緒來看待資訊，我們得到的就是恐懼灰泥和恐懼磚塊。」

對資訊的解讀決定你鑄造出什麼樣的「真相磚塊」

　　黎曲右手一揮將黑板上的字跡擦掉，然後寫下這個新的標題。

　　「你最喜歡的科目是什麼？」黎曲問道。

　　「數學，」李奇想都沒想，就直覺地回答了。

　　「你數學最近的考試成績怎麼樣？」

　　「哦……，」李奇臉上閃過一絲羞赧，猶疑了一會後才回

說：「61分。」

「為什麼遲疑？對這分數滿意嗎？」黎曲直盯著李奇、笑著問道。

「嗯……，一開始很不滿意，但後來就覺得還可以。」

「為什麼？」黎曲笑著追問。

「哦……，我數學成績一直都很好，從來沒有90分以下。這次的考試雖然比較難，但原本以為少說也應該80幾分，沒想到卻竟然是在及格邊緣。因此，剛拿到成績單的時候，覺得很不滿意。」

「那麼後來又為什麼覺得還可以？」

「因為全校的數學成績統計出來後，我還是全年級最高分……。」

儘管李奇回答得似乎輕鬆，但語調仍掩不住對考不好的失望，不過黎曲略過了李奇這些細微的情緒反應，直接道出他想藉機讓李奇明白的：「有沒有發現，對同樣的一件事情，你前後的解讀與反應並不相同？」

李奇想了一下，微微地點了點頭。

「『資訊』只有一個，那就是你數學考了61分這個『事實』。『資訊』本身是中性的，是不帶情感的，但是同樣的這個資訊在不同的時間點、不同的環境背景、不同的心理狀態下，卻會讓你產生不同的感受，體驗到不同的『真相（Reality）』。『真相』就是我們對『資訊』的解讀。譬如，一開始你只看到你自己的分數時，你覺得恐慌，以為你考得很糟，而

這個恐慌的情緒讓你看到的『真相』是你糟透了。但是後來當全年級的成績統計出來之後，你的心情就好過多了，這時你看到的『真相』改變了，你看到的是這次的題目的確很難，固然作答時你可能有粗心，不過題目也的確是超出你的程度。」

李奇訝異地看著黎曲，他沒想到黎曲完全說中了他的心思轉變。

「『真相』是你全心全意『相信』是真、『以為』是真的事情。甚至，『真相』是你想要相信的事。換句話說，『真相』是你投入了情緒之後，對中性的『資訊』所感受到的、所以為的『事實』。這個你所以為的、感受到的『事實』跟實際上真正發生的事可能有差距，而且往往差距還不小，但是你的大腦讓你相信這是實際上發生的，你的潛意識在你不知不覺的情況下讓你相信這是事情的真相。」

李奇尖豎了雙耳，大氣一口都不敢喘地聽著，生怕錯失了任何一個字句，一直等到黎曲說完後才長長地吐了一口氣。

「所以是愛及恐懼這兩種情緒將沒有形體的資訊塑造成資訊之磚？」

李奇看了黑板上的標題一眼，又問：「也就是『真相磚塊』？而我們的世界就是由這些『真相磚塊』組成？」

資訊是中性（理性）的　真相是感性的

黎曲讚賞地看了李奇一眼，欣慰地說：「是的，就是這

樣。我再囉嗦一次，資訊本身是沒有意義的，資訊只是中性的訊息，意義是我們賦與它的。我們用我們的想像力、用我們的感覺、用我們的情緒去解讀及感受資訊後，這些中性的資訊才有了生命，變成我們所認定的事情『真相』。資訊就像真空一樣，沒有好、沒有壞、沒有善、沒有惡。表面上看起來空無一物，實際上卻蘊含著無窮無盡的零度能，擁有無窮的力量。我們對資訊施以情緒、情感之後，我們就能解放內藏在資訊裡面的零度能。」

「而且……，」黎曲故意賣了個關子，等到李奇臉上出現急於想要知道的神情後，才繼續說道：「讓中性的資訊產生意義的不是理性，而是……感性。理性只能幫助你分析、瞭解資訊，但無法讓你對資訊產生有意義的感受。因此，單純憑藉理性的解讀，資訊就還只是中性、無意義、沒有生命的訊息而已，你無法從中感覺到它跟你的關聯，你無法感受到任何對你有意義的『真相』。但是，當你使用你的感觀，使用你的感覺，使用你的感性──也就是愛及恐懼這兩種情感，」叩的一聲，黎曲左手大拇指跟中指打了個響指，然後接著說道：「你對資訊產生了感覺，產生了鮮活的感受，於是這些中性的訊息活了起來，有了生命，對你有了意義，你看到了你相信是真、以為是真的『真相』。」

李奇偷偷吐了一口氣，這些話太讓他震驚了，每一句都像是石子一般，清清脆脆地擊進他的心湖，泛起一陣陣漣漪。

「物理定律、數學原理、歷史上發生過的事情、甚至幾

秒鐘前你經歷的事，通通都是資訊，本身都是中性、沒有意義的。一直等到你用感觀去感受它、體驗它，它們對你才產生意義，這時你所相信的、你以為你知道的、你認為你看到的就變成了你認知到的真相。但是，當你的情緒、情感改變時，你對資訊就會生出不同的解讀，於是你會看到不同的真相。所以，資訊只有一個，但真相卻有千千萬萬種，」黎曲又在李奇的心湖上打進更多的水漂兒。

對「資訊」不做解讀就沒有「真相」
解讀是靠愛與恐懼這兩種情感

「歷史上的事件或是我自己所經歷的事情必須透過情感的解讀才能變成我認知到的真相，這個我能體會。但是，物理定律跟數學原理為什麼也要透過情緒的參與才會變成真相呢？它們不是打從一開始就是真實的真相嗎？」李奇困惑地問。

「物理定律跟數學原理打從一開始只是資訊而已，你不去體會它，它不會是你『認知到』的『真相』。『真相』是指資訊對你產生的『意義』。你如果沒有學過量子力學，量子力學對你就只是一個資訊而已，對你並沒有意義，你不會關心它，也不會想去關心它，你不會知道它是真是假，也不會在意它是真是假。因此，量子力學對你而言，沒有所謂的真不真相，它就純粹只是一些中性得不能再中性的資訊而已。但是，當你聽過它、或是學過它，就算你完全聽不懂、看不懂，只要你基於

某些理由相信它，譬如你相信上帝，譬如你喜歡『時空怪客（Quantum Leap）』那個電視影集，或是譬如你相信有一堆很聰明的物理學家已驗證過，無論這些理由是什麼，無論這些理由多麼地牽強，只要你相信，這時，量子力學就會變成你以為是真的真相。相反地，如果你基於某些理由不相信它，譬如你不相信上帝、你討厭那個搶了你女朋友的物理老師、或是你不相信量子力學描述的怪異宇宙，那麼你感受到的真相就是量子力學是假的、是騙人的。」

黎曲說完後，大殿忽然一片寂靜，靜得連不知何時飛進殿內、停棲在鄭成功大雕像上的一隻蝴蝶展翅飛起的聲音都彷彿清晰可聞。但是李奇太專心在消化他所聽到的這一切，乃致於對殿內這奇特的靜默完全沒有感覺。好半晌後，李奇才回過神，猶疑地問道：「是不是說『真相』是很個人化的，因人而異，甚至是因時間而異……？」

黎曲笑笑地看著李奇，回答道：「不只是如此，而且還依環境、依心情、依感覺而異。」

「好吧，那這跟富裕有什麼關係呢？」李奇想儘快瞭解講了這麼多『真相』、『資訊』的分野，到底它們跟富裕宮殿還有富裕之鑰有什麼關係。

情感（愛與恐懼）的力量遠遠超過理性的力量

「真實不變的是客觀的『資訊』；會經常改變的是你主觀

認為的『真相』，也就是資訊對你的意義。當你將愛或恐懼這兩種不同的『情感灰泥』調混到資訊裡面，你就製造出各種不同質地的真相磚塊。你調入資訊中的情緒如果是喜悅、分享、快樂這些屬於愛的情感，你鑄造出來的真相磚塊就是愛心磚塊，可以建造燦爛輝煌的富裕宮殿。但是，如果你用擔心、害怕、嫉妒、憤恨這些屬於恐懼的情感來混摻入資訊中，你鑄出的真相磚塊就會是恐懼磚塊，它們會堆砌成阻擋你進入富裕宮殿的危牆高門。」

　　李奇猛然悸動了一下，雖然黎曲先前已詳細解釋過這些觀念，但這個簡潔的結論仍是讓他震驚。

　　「所以說，情緒、還有情感，決定我們建造的是富裕宮殿、還是宮殿外的圍牆，」李奇語氣藏不住興奮地說道。

　　「嗯，非常好，看來你都聽懂了，」黎曲高興地稱讚了一下，然後又說：「宇宙非常、非常地豐富，你想要什麼就能有什麼，但是你須要知道如何去要、如何去打造你的富裕宮殿、而不是渾渾噩噩地任由阻擋你走入富裕宮殿的門牆無限制地堆高。」

　　黎曲邊說著，邊斜著頭，順著那隻飛舞的蝴蝶的方向，瞅了左上方神龕中的鄭成功雕像一眼。忽然間，一絲說不出到底是什麼的感覺悄悄浮起。不過，那情緒轉瞬即逝，於是他只好心有懸念地看回李奇，並接著說道：「在鑄造資訊之磚的過程中，感性遠遠比理性還重要千百倍。理性思考或許在一開始能幫你分析及瞭解你所經歷的事情和你所接觸的資訊，但要讓這

些資訊對你產生意義靠的是感性。事實上，就算完全沒有理性的介入，單憑感性就能決定你製造出來的是愛心磚塊還是恐懼磚塊。」

愛與慈悲建造富裕宮殿

黎曲稍微停頓了一會，試圖捕捉剛剛浮起的那個若有所失的感覺，但那感覺早已縹緲無蹤……。

沒奈何，黎曲只好將心情拉回，繼續說道：「為了要鑄造出愛的磚塊，你必須養成心中有愛的習慣，不斷用愛、用慈悲來調和你每天接觸到的資訊——也就是你每天所見、所遇、所想的事情。但是，如果不幸地，在接收資訊、解讀資訊的過程中，你受到了恐懼情緒的影響，你就會塑造出恐懼磚塊，疊成圍牆，把你擋在富裕宮殿外面。」

「你的愛愈多、你的慈悲愈多，你鑄出來的愛心磚塊就愈多，你建造富裕宮殿的速度也就愈快、愈大。相反地，你的恐懼愈深、你的擔憂愈多，你塑造出來的恐懼磚塊就愈多，你堆砌的危牆高門也就愈高愈厚，」黎曲嘴巴上說著，但心裡頭卻仍惦念著那個模模糊糊的感覺。

李奇有些疑惑地看著黎曲，感覺他似乎有些心神不寧。就在這時，那隻蝴蝶飛到黎曲面前一尺左右距離……

石墻蝶！有著漂亮地圖花紋的謎一般的石墻蝶！

黎曲全身劇烈地震了一下。一霎間，一個星點般的美麗火

花點燃黎曲的內在天空，照亮了他的思路。黎曲睜大眼眸，匆匆看了那翩然飛舞的蛺蝶一眼，然後急急轉首看向神龕內的大雕像，只才一瞬，他立刻從盤坐的地面上半跳著站了起來，朝著雕像不住地打量。

「這裡……，你是……，我……，」黎曲激動得語無倫次。

李奇感覺那隻石牆蝶、還有鄭成功大雕像必是勾起了黎曲的某些回憶，但是他還是被黎曲的失態嚇了一跳。不過，李奇壓下心中驚異，依舊靜靜盤坐著，等待著黎曲恢復。

頗半晌後，黎曲半驚半喜的臉色淡靜了下來。又頗半晌後，黎曲蹲下身，在李奇對面坐了下來。

「這裡是延平郡王祠？！」

李奇點點頭，但對黎曲狀似疑問、卻又肯定的問句感到疑惑，難道他不知道他在那裡嗎？

「『金門』的延平郡王祠？」黎曲刻意強調「金門」這個地名。

「你是金門高中的學生？！」

李奇還是點點頭，但心中迷惑更深，他不明白黎曲既然被指派來擔任金門高中的代理校長，為什麼還會問這個問題？

黎曲喉頭略嚥了嚥，然後悠悠地說道：「我不知道我回到金門了……」

李奇兩眉雙眼都糾了起來，他有些耽心黎曲是不是錯亂了。

「幾十年前，我還是小學生的時候，有一天晚上，在一個空盪的大殿裡，我看到一隻我從來都沒見過的蝴蝶，翅膀上的花紋既像是雪白大理石上的美麗紋理、又像是玄謎的藏寶地圖。我從沒見過那麼漂亮的蝴蝶……，」黎曲喃喃說著，似乎陷入了回憶之中。

李奇不想催促他，好一會後，黎曲才又說道：「我一直以為我真的看到了那隻蝴蝶，那個感覺是那麼地鮮明，就算到了現在，我都還清楚記得那隻蝴蝶的樣子。不過，一直等到一個禮拜過後，老師帶我們班上同學一起騎車到這裡來，在這個我頭一次來的大殿裡，我看到一隻一模一樣的蝴蝶，我才知道，原來一個禮拜前我是在夢中見到它。在夢中……我去到一個從沒去過的地方，看到一隻從來都沒見過的蝴蝶。」

李奇身上起了些雞皮疙瘩，他不知道該如何接話。

「在這個大殿？」李奇靜默了片刻後，身上的疙瘩漸漸退去，見黎曲仍然沉思不語，便試著打破寂靜。

「嗯。我已經幾十年沒回金門了，」黎曲留意到李奇臉上出現不解的神情，便解釋道：「我也是金門人，金門高中畢業後就到台灣念大學，幾十年沒回來了。」

李奇原本就對黎曲很有好感，現在知道他是金門鄉親，不覺間又增添了許多親切。但是，李奇還是對黎曲的許多事很迷疑不解，他不知道該如何來解釋那麼多不合邏輯的事情。除非……除非這是一場夢，就像黎曲在夢中與石墻蝶相遇一般，是一場真實得不能再真實的夢。不過，或許這不只是一場夢，

而是一場夢中夢，甚至是不知多少層次的夢中夢。

　　「我剛走進⋯⋯，」黎曲猛然頓了一下，然後立刻改口「我剛『出現』在這大殿的時候，還不知道這是那裡，只知道有鄭成功神像，因此猜想可能是台灣的某座延平郡王祠。但是當我看到那隻石牆蝶的時候，幼年時的記憶都回來了。這時，我才知道我是在金門，我也才認出這是我小時候常來的地方。」

　　李奇忽然間頭頂發麻，他滿腦子疑雲，無法理解黎曲說的「出現在這大殿」是什麼意思。難道就像他所經歷的一樣？上第一堂課時，他明明是在家中庭院，但不知為何，竟莫名其妙地「出現」在那個奇怪的廳堂裡？而更令李奇不解的是為什麼黎曲連他自己在那裡都不知道？

　　「您不是⋯⋯被分派來擔任金門高中的代理校長嗎？」

　　黎曲一聽到李奇這麼問，頗有愧色地說道：「我知道這很不合常理，我不知道該怎麼說⋯⋯。事實上，我現在也真的沒有辦法跟你說清楚，因為我自己也還不是十分清楚到底是怎麼一回事。不過，我答應你，再一陣子，我應該會想通整件事的來龍去脈，那時候我就會讓你知道。」

　　李奇點點頭，有些心安，但仔細一想，實在不知道心安些什麼，因為還是一團迷霧，不僅沒有答案，反倒還更多疑問。只是，有趣的是，李奇的心安完全跟理性邏輯無關，而是跟感性的信任有關——沒有來由地，他就是信任這個才見兩次面的白髮老校長。

資訊只有一個　真相有千千萬萬種

「在下課之前，是不是我們先總結一下？」黎曲想趕快把這樁讓他迷惑的事情帶過，等下了課之後再自己一個人靜心思量。

「我想，就用鄭成功當例子來做個結語吧，」黎曲說完後，抹掉額頭微微冒出的汗珠，然後繼續說道：「鄭成功擊退荷蘭人，收復台灣，在華人世界裡他是一位民族英雄。尤其是在台灣，許多地方都有奉祀鄭成功的廟宇，全都香火鼎盛。但是在金門，在這個鄭成功做為反清復明根據地、光復台灣橋頭堡的小小海島上，雖然有一座幅員這麼廣大的延平郡王祠，可是卻乏人祭拜。你知道原因嗎？」

李奇臉上露出為鄭成功抱屈的神情說道：「我知道，從小就聽長輩說過。老一輩的金門人都說鄭成功砍光了島上的樹，因此每到冬天，少了林木阻擋，北風就肆無忌憚，捲起漫天沙塵，狂飆直下，讓居民苦不堪言。」

「你的感覺呢？」

「部分同意，部分不同意，」李奇毫不猶豫地回答。

「為什麼？」

「為了北伐中原、反清復明，也為了擊退荷蘭人、光復台灣，他需要許多木頭來造船，因此伐木是必須的，這是為了更大的大我，是為了整個民族的前途。但從金門人小我的觀點來看，伐光島上樹木就是不好，就是會帶來狂風沙，」李奇一直

很崇拜鄭成功，因此邊說著，心裡頭就邊想像著鄭成功威風凜凜地站在用金門的大樹建造的戰船船首處指揮若定的模樣。

黎曲笑笑地點頭，然後說道：「資訊只有一個——鄭成功以金門、廈門為根據地，試圖擊敗滿清，恢復大明，但因島小兵眾，糧食與資源不足，因此轉而攻取荷蘭人占領的台灣來做為更大的後援基地。」

黎曲見李奇靜靜聽著，沒有要發話，便話鋒一轉，說道：「假設你是一個來自遙遠星球的外星人，這件事對你就只是歷史上的一個中性事件而已，你不會有任何的感覺，也不會感受到任何的意義。假設你是一個……」

黎曲不厭其煩地解釋著不同立場的人面對同一筆資訊時，因為角度不同，看到的真相也大不相同。李奇早就瞭解這些分野，因此在黎曲嘮嘮叨叨地講述時，心思早已飛到了黑風黑雨的黑海上，看到鄭成功的艦隊不懼暴雨狂風，頂著浪濤前進，正要迎擊滿清水軍。

「……，」黎曲用沉緩的語調繼續整理著這堂課的內容，但那聲音傳入耳畔卻好似催眠曲一般，李奇已昏昏欲睡了。

李奇奮力對抗著漸漸闔上的眼瞼，但在昏黑的眼前，鄭成功的船艦已愈來愈逼近清軍了，於是他只好專心在戰場上，不再睬理自己的眼皮了。就在這時，在遙遠的岸邊處，一道火光亮起。緊接著，更多的火光此起彼落地閃耀著。然後，整個西南天空一片火海，一片紅通通的火海。

李奇心情緊緊地懸著，他愛莫能助，只能獃獃看著無情的炮彈落在暴雨的海上與碎裂的船艇上，並任由反清義軍倒在燃燒的甲板上哀嚎著。

　　就在戰況危急之時，忽然一陣嗚嗚長鳴響起。

　　是海螺聲！是振奮人心的海螺聲！

　　鄭軍船艦還擊了！

　　只見鄭成功義憤填膺地站在船首，揚起長劍，一聲令下，頃刻間，在黑雨中飄搖晃蕩的數十艘戰船閃起怒紅的火光，炮聲隆隆地激憤回擊。

　　李奇臉上露出欣喜的笑容，高興地看著鄭家軍迅速進逼清軍。這時，一發如流星般的炮彈凌空飄來，還未及眨眼，旗艦已爆裂出一個大洞，甲板上一片大火。李奇揪著心，看著船上兵士急急奔跑，趕來救火及搬運傷患。匆忙間，就在火光炯炯之處，李奇不期然地瞥見了一張不尋常的臉，一張西洋人的臉孔，有著紅棕色的頭髮。李奇以為是自己眼花了，忙再定睛細看。

　　沒錯，是張西方的面容，看起來是位醫官，正忙著照護傷者。李奇心中訝異，不知鄭成功軍中怎會有洋人？但更讓他驚訝的是，一隻貓咪，一隻在暗夜火光中分不清是黑是棕的貓咪，就在那洋人的身邊，在那戰火漫天的破碎甲板上。

　　「嗚……，」海螺聲再度響起，鄭家軍第二波炮擊開始了。沉沉墜入夢中的李奇被炮火聲驚醒，於是睡眼惺忪地睜開眼眸，卻見眼前是個空空盪盪的大殿，殿裡頭沒有香火、沒有

人影、沒有貓跡、也沒有激烈的海戰，就只有偌大的鄭成功大神像，還有斜斜射進殿內的瑰紅夕照。

「李奇，你在那裡？要走囉！」李奇聽到同學在呼喚他。

李奇連忙由地板上躍起，走出大殿，卻剛巧撞見幾位同學正要進殿裡來尋他。李奇心神還兀自恍惚著，因此並沒有熱烈地跟同學打招呼，反倒是略顯拘謹地靦腆微笑。不過，當他瞇起雙眼，舉起右手遮住斜陽時，背光的大草皮處，朱莉也恰好轉過身，朝他這邊望來。只此瞬間，李奇燦爛地笑開了。

李奇躺在床上，想著白天的經歷，有些驚，也有些喜。不過，在臨睡前，他不想再分神去想那些事了，他只想要想朱莉一個人，那個有著棕色眼珠的可愛女生。

李奇眼皮漸漸地沉重，神智漸漸地昏迷，耳畔馬克·威爾斯（Mark Wills）鄉村曲風的「傑各的天梯（Jacob's Ladder）」正輕快浪漫地迴繞著。李奇感覺他正扶著粗糙的木架，踩著微微搖晃的木桄，攀爬著充滿希望的天梯……。他謹慎小心地避開朱莉家人的注意，他滿心緊張又滿心歡喜，他一步步往朱莉攀滿長春藤的窗戶爬了上去……

Step by step up to her world
（*朝著她的園地一步一步往上爬*）

Head over heels for a brown-eyed girl
（神魂顛倒就只為棕眼的她）
And gettin' caught didn't seem to matter
（就算被逮住也沒關係）
'Cause heaven was waitin' at the top of Jacob's ladder
（只因天堂就在天梯的上頭）
……

| 第四章 |

平行宇宙的美麗相逢

　　黎曲用力地搖搖頭，感覺脖子、腦袋都在晃動，這時才放下心，知道不是夢，也才鬆了一口氣，心安地確認了他「真的」是在這裡。

　　從小學到高中，他不知道來過這裡多少次了，因此儘管已數十年沒來過，單看廳堂裡的擺設與展品，他就已經瞭然他是在莒光樓三樓的展覽廳裡。

　　沒半瞬之前，華燈初上的時候，他正在台北山郊別墅的書房裡，拿著一杯寶石紅色澤的雪莉酒，站在落地窗前，看著山底下的點點燈火，想著過去兩次神祕的際遇，思量著他是如何莫名地「出現」在與台北相隔著台灣海峽、遠在330公里外的金門島。但是就在想得專心的時候，落地窗裡竟鏡映出一隻貓咪，把他嚇了一大跳。而當他急急轉身要看清楚是否真的有一隻那麼奇怪毛色的貓咪盤臥在他的書桌上時，他就「出現」在這裡了。是的，就是這樣，完全沒有感覺到任何的時間流逝，完全沒有經歷到任何的空間移轉，就只是電光石火的一霎間，他就「出現」在這裡了。

　　由於已經有了前兩次的經驗，因此這一回他立刻就知道他又再一次「瞬間地」穿越了時空來到金門，而這讓他激動不已，眼角甚至泛出了淚光。沒片刻光景，那薄薄淚光已凝成了淚珠，滾滾欲滴。他趕忙拿出手絹，輕拭眼角，然後走出廳

堂，隱入廳外門廊的漆黑夜色之中，因為他不想被冒失上樓的遊客看到他落淚的模樣。

　　黎曲憑靠著門廊外側的圍欄，默默望著遠處的闌珊燈火。這次又神祕離奇地來到金門證實了他這幾天來所猜想的……

　　幾個月前一個非常寧靜的晚上，當他佇立在山居別墅的落地窗前時，忽然一個念頭浮起——他想對高中生開課，講述擁有富裕力的方法。他任由這個念頭在腦子裡盤旋靈轉，任憑自己進入冥想的狀態。他不知道他在這個亦昏亦昧的時光中飄浮了多久，他只知道曾經有那麼一個瞬間，他在腦子裡清清楚楚地看到他站在講台上講課。而這一天之後，他對高中生講授富裕力課程的想法就更經常湧現，心中看到他在課堂上與高中生互動的場景也愈來愈真實。

　　然後，就在兩個禮拜前，那個大雷雨的夜晚，他習慣地端了杯餐後的雪莉酒站在落地窗前看山下燈火。忽然，一道非常耀眼的白色閃電照亮了半邊天空；緊接著，一個大霹靂轟隆響起，把他嚇了一跳，害得他手中的雪莉酒溢灑了出來，濺落在霞紅花崗石地板上。而當他彎腰想擦拭地上的酒汁時，又是一道亮光揚起。就在那時，一個黑色的身影窗外閃過，似乎是一隻貓咪，就像「愛麗絲夢遊仙境」裡的柴郡貓，悠哉地盤臥在樹枝上。他直覺地以為看錯了，因為窗外正落著傾盆大雨，樹上怎可能有隻貓咪那麼悠哉地臥躺著。但是當他全神貫注想在

昏黑夜色中看個仔細時，他就置身在第一次與李奇相遇的那個廳室裡了。

　　他依稀記得當現身在那個不知名的客廳時，他完全沒有任何異樣的感覺，不僅沒有覺察到莫名地出現在另一個地方，甚至還理所當然地以為本來就該在那裡、正準備要對一群高中生講授期盼良久的富裕課。也就是說，在那個時候，他根本就沒知覺到一秒鐘不到之前他是在台北的家中，不但被雷電驚嚇到了，而且在恍惚間還看到了一隻悠閒得詭異的黑貓。雖然事後來看，這些事情很不可思議；但在那當時，一切卻是那麼地稀鬆平常，沒有任何事情突兀，沒有任何情境異樣，唯一感受到的就只是他在那個廳室裡等待一群要來上課的高中生已好一陣子了。

　　他一直都沒覺曉這段經歷有什麼不合常理之處，就連第二次瞬間地現身在金門也沒讓他覺察到一絲一毫的違常。事實上，如果不是那隻石牆蝶、如果不是那座鄭成功大雕像，或許一直到現在，他都還不會知覺曾經穿梭到另一個時空去了。

　　他清楚地記得這些怪事發生之前，他非常渴望跟高中生講課，渴望到經常會夢到跟高中生美好互動的情景。而奇異的事竟真的發生了，他在教育界的朋友不知為何，居然無原無由地主動幫他安排了一個代理校長的職位，而這項適時出現的人事安排讓他有了權限能夠安插一門不在正式課表上的課程。

　　他就是利用擔任代理校長的職權增開了富裕力這門課。不過，當要回想是被指派擔任那所高中的代理校長時，卻是怎麼

樣都想不起來。事實上，他覺得他應該從未被告知是那一所高中。甚至，更確切地說，如果不是在延平郡王祠裡跟李奇的對談，或許到現在他還不知道他是金門高中的代理校長呢……

　　黎曲弓著身、憑靠著圍欄，專心整理著這段日子以來在腦子裡翻來覆去的許多種推理。雖然其中矛盾、不符科學的地方很多，但是一回想起在他中年時候曾經經歷過的兩件詭譎離奇的事，他就再也沒有疑慮，堅定地相信他的猜想是對的——他穿越了時空，進入了平行宇宙。

　　黎曲瞅著山丘下如星點般的寧謐燈火，又出神想了一會，忽然間，左後腦袋隱隱發脹，感覺似乎左斜後方有人。黎曲直覺那應是李奇，於是直起身來，回頭看向後方。果然，李奇正露個淺淺的笑容，禮貌地對他頷首致意。

　　「孩子，你來了，」黎曲邊說邊轉身。

　　「校長好，」李奇微笑著輕聲問好，但眉宇間似乎帶著猶疑的神色。

　　黎曲心中微奇，不知李奇為何看似心神不寧的模樣，正想開口相問，但才張開口，恰巧與李奇四目相望，頃刻間，一個奇怪的感覺匆匆浮起——是不是李奇也發覺了？是不是李奇已經知道他像科幻小說裡的時空旅人般穿越了時空？

　　黎曲一時無語，擔心這件事會嚇到李奇，因為他知道就算李奇可能對他的出現已有了這樣的懷疑，也還是會被驚嚇到——畢竟穿越時空這種事從來都沒有人當真過，也從來都沒有

人自稱經歷過而沒被當成精神錯亂。

不過，正當黎曲還默立當場兀自思量時，李奇已緩緩走到他的左側，靠著圍欄，若有所思地看著暗夜裡的美麗光點。黎曲見狀，也就跟著再將身體轉回去，與李奇並立著一起面向黑夜。

好半晌後，李奇率先打破寂靜，小心謹慎地說：「校長，我是不是可以先跟您講一個小故事？」

黎曲有些意外，不知李奇想跟他分享什麼樣的故事，但從他略顯拘謹的說話模樣來看，黎曲不禁神經尖豎了起來。

「還沒上您的課之前，大約一個多月前、中秋節那天的晚上，我們班上七、八位經常在一起的同學相約到這莒光樓來，」李奇起了這個頭後，黎曲尖豎的神經頓時平軟了下去——看來李奇想說的只是一個跟同學有關的生活小故事，而不是隱喻或是揭露他是時空旅人的話題。

「從前在金門時，每到中秋節，我們也都會和同學一起來莒光樓賞夜景，」黎曲回味地說著。

李奇微微笑了一下，仍然瞅著前方暗夜，並繼續說道：「我們玩得很開心，大家都在興頭上，忽然有人提議來玩歷史老師講的遊戲。」

黎曲有些好奇。年輕時，他的歷史老師也曾教過他們一個遊戲，說是只有在中秋節晚上玩，才能玩得成。

「這遊戲須要五個人。一個人站在中央，另外四個人分別站在中央這個人的前後左右。週圍的這四個人都伸出左手，攤

平手掌,掌心向下,交疊地放在中央這人的頭頂上。然後,大家都要放輕鬆,愈輕鬆愈好。接著,外圍四人的其中一人舉起右手,握拳,朝交疊在中央那人頭頂上的四隻手掌半用力地敲下去……」

黎曲聽到這裡,忍不住接過來說道:「敲打過中央那人的頭頂後,這四人就得趕快收回左手,將左右兩手的掌心相向,虎口張開,然後兩掌相貼,讓兩隻手的兩個大姆指與兩個食指分別貼合,其餘的三指則兩兩交疊互握著,就像是比劃成手槍的樣子。之後,這四人就用這個雙手構成的手槍型虎口分別攔置在中央這人的兩個腋窩與兩個膝彎……」

李奇驚訝地轉頭看著黎曲,眼裡露出難以置信的神色。黎曲對他回以一個笑容,然後又說道:「這時候,這四人聽從其中一人的眼神示意,共同施力將中央這人抬起。」

「校長,您也玩過?」

「嗯,也是在我高中的時候。應該是高一那年的中秋夜,就在莒光樓底下的草皮那裡,」黎曲邊說著,邊指著樓下黝暗的大草坪。

「我是站在中央的那一個,當我的頭頂被敲打後,我感覺身體變輕了,而抬我的那四位同學不須真正用力,他們只是輕輕地往上舉就將我抬起來了,」李奇語調藏不住驚奇地說著。

「我也是中央的那一個,我的感覺跟你一模一樣。這真的很神奇,換作平時,外圍的那四個人用那種手勢是不可能抬得動我的,」黎曲附和地說。

「我親身經歷過這個『失重』的狀態，不是只有抬起我的那四個同學抬我抬得輕鬆、感受到我的重量變輕了；事實上，我自己也很明顯地感受到我變輕了。這件事發生到現在，只有一個多月，但是前天我跟那幾位同學談起時，不知道為什麼，他們都說不記得有這件事，」李奇困惑地說著。

　　黎曲心頭微微一震，很驚訝李奇竟然跟他有相同的經歷。高一時，聽了歷史老師所言，在中秋夜跟同學玩了這個小遊戲。之後，黎曲就不曾再跟同學們談過這件事。他一直都以為這個事件是真真實實發生的，因為在遊戲過程中感受到的那種「失重」的感覺就算到了現在也都還是歷歷鮮明。但是，在他過了中年、回金門尋訪故人舊友時，所有他拜訪過的同學都說不記得曾玩過那個遊戲。

　　「校長，有沒有可能……，」李奇遲疑了起來。

　　「前一堂課，您說『真相』是投入情緒後，對中性的資訊所產生的解讀。有沒有可能歷史老師說了那個遊戲的玩法後，我就深信不疑，並且是打從心底就相信它，於是我的情緒……我這種全心全意投入、毫不懷疑的情緒……帶動了某些我不知道的『東西』或是『能量』，讓我看到、經歷了這件事情？」

　　黎曲聽到李奇這麼說，登時情緒激昂了起來，他完全沒想到只不過才上了兩堂課，李奇就已經抓到了精髓，知道情緒的力量。

　　黎曲正要開口稱讚，李奇卻已接著說道：「我知道我經歷的這件事並不是夢，因為它是那麼地真實，我全身的感

觀都深深切切地知道它是真實發生的事。但是，我那些『同學』……」

李奇忽然停頓不語，黎曲心情立刻緊張了起來，因為他發覺李奇用一種疑慮而神祕的語調、刻意地強調了「同學」這個字詞。

「我有一種奇怪的感覺，跟我一起經歷這件事的那些『同學』可能並不是我所熟悉的那群『同學』，雖然他們外觀及個性上都看不出有什麼不同，」李奇舔了舔嘴唇，並抿了抿嘴，有些尷尬，他猜想黎曲一定聽不懂他在說些什麼。

黎曲嚇了一跳，暗忖「看來他應是進入了平行宇宙，但是，難不成他已經發覺了？如果真的是這樣，那麼我倒是可以放輕鬆了，不用太擔心讓他知道我瞬間穿越時空來跟他相遇的事。」

「校長，我猜想我是……，」李奇還猶豫著是否要將他的疑猜說出來，但黎曲已接過去說道：「穿越時空，進到了另一個宇宙，遇到你同班同學在另一個宇宙中的分身。對不對？你是不是這樣子想？」

李奇吃了一驚，沒預期到黎曲已猜想到他想講的，於是略顯緊張地說道：「是的，我是這麼想的。或許『穿越時空』聽起來像是精神錯亂、胡言亂語，但是似乎這是我最近一連串發生的『幾件怪事』唯一可能的解釋。」

「我想，我應該是如您所說的在另一個平行宇宙跟我的『同學』一起玩那個中秋夜的遊戲。但是，我覺得我跟您的相

遇……我想……我可能也是個不速之客。我感覺……我可能是在一種我不知道是什麼的情況下，莫名地穿越了時空，進到……進到您所在的這個宇宙裡來，」李奇吞吞吐吐地將話說完。

黎曲嚇了一跳，一種怪異的感覺如冬霧般陰陰冷冷地瀰漫上來——這到底是怎麼一回事？到底是誰穿越了時空？原本我還很篤定地認為是我穿梭到李奇的宇宙裡來，但似乎李奇講的也有道理，或許是他進入了我的宇宙？

黎曲試著儘快釐清事情的始末，但卻毫無頭緒，有太多可能性了。有可能是李奇進入了他的平行宇宙。但是，時間呢？李奇是早他一百年？晚他一百年？還是跟他同一年代的人？相反地，也有可能是他成了時空旅人——就如他所揣想的一樣——是他量子跳躍入李奇的世界。不過，也同樣是有時間的困惑，到底這是那個年代？而李奇是他的先輩？是他的同輩？還是晚輩？甚至，還有一種更複雜的可能性，他們兩人都是時空旅者，各自躍離了自己本來的世界，在這個既熟悉又陌生的小島美麗地相逢。

黎曲腦子發麻，不想再想了，今晚還有更重要的事呢——他要教導李奇第三堂富裕課。而且，在這個不知是那個年代、也不知是那個宇宙的地方，「時間」根本無法掌控，他不知道什麼時候李奇會突然消失掉，他也不知道他自己什麼時候會突然變不見。因此，每一分一秒都很寶貴，他必須趕緊抓住「時間」教會李奇富裕力這門功夫，因為這才是他這趟「旅行」最

根本的目的。

　　「孩子，這個宇宙太玄妙了，平行宇宙的事我們留待以後再說吧，」黎曲慈祥地看著李奇、眼神滿是關愛地說著。李奇被黎曲溫暖和藹的眼神感染，心情不覺間也輕鬆了。

　　「我們先簡單複習一下，然後接著講第三堂課的內容？」黎曲半徵詢地說著。

　　李奇點點頭。黎曲於是接著說道：「宇宙擁有無窮無盡的資源，卡西米爾效應證明了真空中蘊藏著無窮無盡的零度能，所以宇宙跟絕大部分人所想的都不一樣，不僅不匱乏，而且是非常地豐富，我們想要多少就能擁有多少。也就是說，我們永遠都不必耽心短少，永遠都不必跟別人爭得你死我活，我們唯一需要做的就是讓自己擁有創造富裕的能力——富裕力（Affluentability）。然後，拿著富裕力這把鑰匙，我們就可以打開富裕宮殿的大門，迎接各式各樣的財富與幸福。」

　　黎曲原本打算繼續往下說，卻注意到李奇似乎有些心煩，好像聽得很勉強，似乎是基於禮貌才繼續聽著的樣子。黎曲笑了一笑，安慰地問道：「知道為什麼同樣的內容我不斷地重複？」

　　李奇愣了一愣，有些不解，也有些愧赧。

　　黎曲看了李奇一下，然後探手左胸口袋，想拿粉筆出來。不過，手才觸到左胸口，便立刻止住，因為眼前的景色似乎更好運用。

　　黎曲將右手抽離胸口，並往莒光樓底下的黯淡夜色伸

去，只見他隨意比劃了一會，遠處的闌珊燈火剎那間變幻出一段字句來……

潛意識是習慣的溫床　改變習慣必須先改變潛意識

「我們都有慣性，習慣把舊思維、舊觀念緊抓著不放。要建立新觀念、新思維，往往須要很大的努力及漫長的時間。我刻意用不同的字句、不同的說法來不斷講述相同的這些觀念，目的就是要用催眠的方式，不斷地催眠你的潛意識，讓這些富裕力的方法深植入你的潛意識，成為你的新慣性，成為你身體的一部分。」

李奇眉頭舒展開來了，原來是他誤會了，黎曲並不是本性嘮叨，而是另有深刻的用意。

第三課　想像力帶你飛翔遨遊
　　　　　情緒讓想像力長出翅膀

黎曲又往黑夜擺弄了幾下，將山下燈火排列成新的字句，然後問道：「你覺得生物是什麼？譬如一隻可愛的小貓？或者，譬如一個人，一個像我們這樣的人？」

李奇靜靜地，不知如何回答。

「你又覺得無生物是什麼？譬如一塊石頭？或是一滴水珠？」

李奇仍是靜靜無語。

「生物是由什麼組成的？」

李奇想了一下，不是很有把握地回答：「各種組織及器官？」

黎曲笑著搖搖頭。

「細胞？」

黎曲仍是笑著搖頭。

「各種不同的分子？譬如水分子、胺基酸分子、DNA分子等。」

「有些接近了，」黎曲點頭說道。

「各種不同的原子，譬如氧原子、氫原子、碳原子？」

「更接近了，」黎曲又點了點頭。

「電子、質子、中子？」

黎曲滿意地露齒而笑，眼角魚尾紋都擠了出來。

「是的。所有的生物歸根究柢，都是由電子、質子、及中子這些基礎的小積木組成的。」

李奇有些茫然，雖然是好不容易說對了黎曲心中的答案，但卻不明所以，不知道究竟黎曲想表達些什麼。黎曲看出李奇的疑惑，便進一步分析道：「氧原子裡頭的電子跟碳原子裡頭的電子是一模一樣的，沒有任何不同。水分子裡頭的質子跟DNA分子裡頭的質子也是一模一樣，沒有任何區別。小貓細胞裡面的每一個中子跟我們人類細胞裡面的每一個中子也是完全相同，沒有任何差異。」

李奇拘謹地點點頭，狐疑著到底黎曲想說些什麼。

「所有的生物都是由電子、質子、跟中子組成，但不同的生物卻形貌與內涵差別非常大，為什麼？」

李奇愣了一下，不明白為什麼。

「構成無生物的也是質子、電子、和中子。但是，無生物與生物卻有著天差地遠的分別，為什麼？」

李奇喉頭隱隱發脹，不自覺地，吞咽了一下，讓不自在的感覺稍稍消淡。

「意識，」黎曲簡短有力地下了個結論。停頓了幾秒後，才又解釋說道：「意識是區分生物與無生物的根本因素；而運用意識的能力是讓人類與其它生物種類差異開來的最大原因。」

李奇靜靜地點了個頭，他覺得黎曲說得對極了，因此先前那種百思不得其解的不自在感覺都消失了，喉頭也清爽了。

「我們眼睛所見的萬事萬物都是由電子、質子、中子構成。但是，電子、質子、中子都沒有意識，不會思考，那麼，為什麼由這些小粒子組成的東西有的有意識，有的卻沒有意識？」

黎曲一問完，李奇眼睛睜得大大地，滿是期待地等候黎曲的答案。

「我不知道，」黎曲兩手一攤，專斷、篤定地給了這個答案。

剎那間，空氣凝結了，李奇一顆心沉了下去。原本他以為

會聽到一些高深的學問，滿足他求知的欲望，卻沒想到黎曲竟然不知道，而且還說得大言不慚。

想像與感受是富裕力的核心力量

「我不知道為什麼，我也不想知道為什麼。知道為什麼只不過是滿足了求知欲，對增進富裕力並沒有任何幫助。或許再幾十年，我們的科學家們會研究出這個問題的解答吧。不過，就算解不出來，也沒有關係……。我想，我們還是將這個問題留給科學家吧。因為，我們最重要的任務不是去推敲生物為什麼有意識；而是去瞭解意識跟富裕力的關聯性、以及意識能幫我們做什麼，然後好好地運用它。」

黎曲略清了清喉嚨，然後又催眠似地重複道：「我不知道為什麼由相同的電子、質子、中子所組成的生物有意識，而無生物卻沒有意識；我也不知道為什麼人類的意識強於其它生物。但是，我知道的是，由於我們有意識，所以我們有能力觀察、思考、想像、感受、體會我們周遭的一切，甚至去想像、感受、體會我們還沒有經歷的事情。而這種想像與感受的能力就是富裕力最核心的力量。」

李奇開始有些進入狀況了。隱隱約約間，似乎有些明白黎曲兜了這麼大的一個圈子是想說些什麼了。

想原地踏步的最好方法就是　緊抓固執　不敢想像

「想像一幕這樣的場景。你站在棕灰色的田埂邊，一輪紅日斜斜地掛在遠方黛青色的山嶺上。一片彤雲輕輕飄來，遮住了半邊落日。剎那間，萬道金輝穿過浮雲縫隙，將白茫茫、廣袤無垠的棉花田渲染得紅紅彩彩，像是披上了一層金紅薄霧一般，」黎曲說到這裡，閉上眼，想像著那片棉花田，彷彿聞到了盛夏傍晚微微薰散開來的泥土味。頗半晌後，黎曲睜開眼，問道：「你『看到』了什麼？」

「豐收，」李奇用力吸了口氣，聞嗅著空氣中若有似無的淡淡棉脂味，感受著腦海裡的壯闊情景，體會著農人們汗水中的欣喜。

黎曲待李奇享受了一會恬美的感覺後，看著臉色被想像中的夕陽曬得紅通通的李奇說道：「這是1909年阿拉巴馬州考菲郡（Coffee County）一個叫恩特普萊滋的小鎮（Enterprise, Alabama），鎮上居民不到四千人，幾乎都是以棉花耕種為生。長期以來，這裡的人們都是務農，都是種植棉花，都知道這裡的土地適合棉花生長，也都從棉花豐收中賺得了生活溫飽。」

「不過，」黎曲突然話鋒一轉，語調嚴肅了起來。「1910年，小鎮上的農民開始警覺到一些不尋常的氣氛。原本淡黃色的花朵在授粉後，花瓣會掉落，子房會長成灰綠色的棉鈴，然後經過約兩到三個月，棉鈴內部的纖維會不斷孳生增長，並在鈴殼脫水乾燥裂開時吐出雪白漂亮的棉絮。但是，這一年，棉

田裡卻有一成左右的棉鈴在剛成型不久就枯死掉。次一年，棉鈴枯死的比例更高。接下來的幾年，棉花產量更是年年遞減。到了1915年，小鎮的棉花產量較1909年劇減了六成。」

李奇側過身，看著黎曲，心焦地想知道發生了什麼事。

「在這事件發生的頭幾年，鎮上的農人除了心急之外，沒有人有對策，沒有人知道發生了什麼事。有的人怪起上天，說是遭了天譴；有的人怨起土壤，說是土質敗壞；有的人則胡亂指責，怨怨來到小鎮的陌生人，說是他們帶來災厄。在那段時間裡，小鎮上看不到歡笑，到處都是憂心忡忡的人們。許多付不起銀行貸款的農人被迫放棄田產及屋舍。於是，有的人終日酗酒，給家庭添加了更多的不幸；有的人承受不了壓力，選擇輕生；而更多的則是離開小鎮，遷往它鄉的農人。不過，終究還是有一小撮人不輕言放棄，努力與噩運戰鬥。這群人不怨天、不尤人，在農業專家的協助下，找到了病因，知道那是一種六公釐大小、叫做棉鈴象鼻蟲（Boll Weevil）的小蟲，由墨西哥跨鄉越鎮一路肆虐北上而釀成巨災。」

李奇聽到這裡，鬆了一口氣，心中暗道「還好找到病因了，看來這些棉花田有救了。」

但是，出乎他預料之外地，黎曲掃興地說道：「棉田生病的原因是找到了，但是死守家園努力奮戰的這一小群農人還是束手無策，因為所有的農業專家都不知道該如何對付這種小蟲。」

「難道都沒有辦法嗎？後來呢？」李奇有些失望，催促黎

曲趕快往下說。

「儘管棉花仍然不斷枯死，但是這群不向噩運低頭的農人卻依舊辛勤地在棉田裡耕種。而且，與早早棄離小鎮、遠赴他鄉卻固執並自我設限的農民不同的是，這群人敞開心胸，願意接納各種可能的解決方案。」

黎曲看到李奇微微愣了一下，知道他必是不懂「固執並自我設限」究係何指，不過黎曲並不急於解釋，仍然繼續他尚未說完的段落。

「果然有一天，幸運來敲門了。一個北方來的陌生人來到這個鎮上，帶來了一袋神奇的種子……，」黎曲故意賣了個關子，暫且打住不說。

李奇等了一會，終於忍耐不住，聽憑直覺地說出了他心中所想的答案：「新品種的棉花種子，能抵抗棉鈴象鼻蟲侵襲的新奇棉籽？」

黎曲又是裝神祕地微微一笑，頗一會後，才語出驚人地說道：「不，不是棉花種子，是……花生。」

李奇大吃一驚，想不透花生跟種植棉花有何干係，也想不透花生跟對抗棉鈴象鼻蟲有什麼關聯。

「想像力。這群固守家園的鬥士發揮了他們的想像力。」

李奇聽得滿心驚訝，完全摸不著頭腦。

黎曲知道一直被吊胃口並不好受，因此不再故弄玄虛，娓娓地說道：「那群離開家園的農人心中所想的是棉花，眼中所

見的是棉田。棉花枯了，棉田的產量就竭了，因此他們只好離開家園。但是離了故園之後，他們仍是固執地尋找在棉田裡的工作，因為他們害怕不熟悉的領域，害怕脫離舊有的習慣，所以潛意識裡他們自我設限了想像力，不敢去想像不同的情境，不敢去發掘新的機會。很自然地，這些人只好像逃難客，被棉鈴象鼻蟲一路追趕，被他們自己心中的恐懼吞蝕。」

放掉固執　勇敢想像　創造無限可能

李奇看到山下的燈火又變了，這時黎曲已接著說道：「反觀那少數固守家園的農民，他們想的不只是棉花，看的也不只是棉田。雖然棉花曾帶給他們富足、棉田曾帶給他們繁榮，但是棉田跟棉花都不是主體，真正的主體是他們自己、是他們的家園。他們很清楚這一點，因此他們願意放掉固執，不自我設限。他們讓想像力馳騁，願意嘗試各種能讓他們富足、讓家園豐饒的機會。於是，那位扛著一袋花生種子的陌生人由北方被他們『吸引』來了……。」

「吸引？」

「嗯，吸引。」

「您是說這些農人四處貼出公告，懸賞能將棉鈴……，懸賞能讓農田再度豐收的解決辦法，而這位陌生人是在這種情況下，被賞金吸引而來？」李奇將說到一半的「將棉鈴象鼻蟲殺死」改口為「讓農田再度豐收」，因為在那剎那間他忽然領會

了這兩群農人的差異。這個差異雖然很細微，但影響卻很大。離鄉的農人將棉花視為一切，將棉田當成人生的全部，他們被棉花及棉田束縛住了，不敢去想像，也不敢去作夢。留下來的農民則將家園視為重心，將豐饒當成目標，因此他們不會受制於棉花及棉田，他們敢想像，敢作夢，願意用各種可能的方法來讓農田再度富庶豐收。

　　黎曲聽出李奇對這個故事的重點已有了不錯的體會，很是高興。不過，他也聽出李奇對「吸引」這個觀念頗為陌生。因此，他靜靜地看了李奇一會，順便思索該如何引導他瞭解「吸引力法則」。

　　「不是。他們既沒有貼出懸賞告示，也沒有告訴任何人他們想尋找解決方案。它們做的就只是全心全意聚焦在他們想要的事物上——富足的家園、豐饒的生活，」黎曲邊說著，邊留意著李奇的臉上表情，果然就一如他所預期的，他看到李奇滿臉疑惑的神情。

　　黎曲很想三言兩語就讓李奇明白他想說的是什麼，但他知道不能急，他必須多花些時間將基礎的東西講清楚，否則李奇就只是囫圇吞棗，吞多了反而會被噎著了。

「吸引力法則」奠基於人的「波粒雙重性」

　　「把意念聚焦在想要的事物上是很有力量的，它能啟動宇宙一系列的能量活動，」黎曲沉穩緩慢地起了個頭，然後繼

續說道：「根據量子力學的『波粒雙重性理論（Wave-Particle Duality）』，任何基本粒子都同時具有波及粒子兩種性質。譬如電子，在我們的觀念裡，它具有質量，應該像是一顆硬硬的粒子才對。但是，有的時候，電子卻完全不像粒子，而是像分散在空間中的一個水波一般，有波長、有頻率、能干涉、能繞射、具有任何一個波所應該要有的所有性質。電子顯微鏡的原理就是利用電子具有波動的這個特性。又譬如光，我們都習以為常，以為光就是波，是沒有質量的。但是，有的時候，光卻表現得像是粒子，有質量、有動量、也有光壓。慧星的尾巴永遠都是背著太陽，就是因為太陽光展現出粒子的性質，在慧星塵粉上施加光壓所造成。而光線會被吸進黑洞裡，也是因為光的粒子特性。由於光的粒子（光子）具有質量，所以在黑洞超強重力的吸引下，光粒子就一個個都被吃進黑洞裡去了。」

　　李奇雖然聽得有趣，但心裡頭卻仍懸念著那群為豐饒而奮鬥的農人以及那個帶來神祕花生種子的陌生人。黎曲看出李奇有些心不在焉，於是加快速度說道：「波粒雙重性不只是適用於極其微小的基本粒子。近年來，愈來愈多的研究也都在原子、分子等級的粒子上觀測到這種雙重性。事實上，就算是人這麼大的物體，我相信波粒雙重性仍是存在的，因為人就是由具有波粒雙重性的基本粒子所組成。」

　　「我知道你一定一頭霧水，」黎曲說完波粒雙重性後，先安撫一下李奇的情緒，然後說道：「不過，不要急，重點來了。我相信，而且是打從心底相信——人一定是具有波粒雙

重性的。我們既是具有質量的物體，又是具有振盪頻率的波動……」

忽然間，一道靈光閃過，李奇興奮地接道：「您意思是說人具有特定的振盪頻率，並且具有所有波動應該具有的特性，譬如能夠與其它的波產生干涉，甚至產生共振！？」

黎曲滿意地看著身邊這個仍然有些稚氣的高中生，非常地欣慰。

「是的，你真的領悟得很快。唯一說錯的是，人不是具有單一、特定的振盪頻率，而是具有各式各樣的頻率，端看我們的心境而定。」

「心境？」

「吸引力法則」就是共振法則

「嗯！我們的心境是什麼，我們就會散發出與那種心境相對應的振盪頻率。不同的心境會有不同的振盪頻率，不同的振盪頻率會與散發相似頻率的東西及人起共振（共鳴）。而共振就是啟動『吸引力法則』的鑰匙，能將與那份心境相同頻率的人及物『吸引』過來，產生共鳴。」

李奇呆愣住了，嘴巴張得大大地。雖然幾秒鐘前他還興高采烈地附和人具有振盪頻率的觀點，但黎曲的推論仍是讓他大吃一驚。而儘管他曾經聽過「吸引力法則」，隱約知道那與心想事成之類的事情有關，但總不太放在心上，因為覺得太玄，

覺得那是人生哲學，而不是科學。但是根據黎曲所言，似乎「吸引力法則」並不單純只是哲學概念而已，而是真的有些深奧的物理依據在那裡面。李奇忍不住起了些雞皮疙瘩。

「您是說那群為家園奮戰的農人懂得『吸引力法則』的祕密，他們有意地散發出能讓家園富饒的頻率，於是跟他們頻率相同的那個陌生人跟他們產生共振，被他們吸引過來？」

黎曲知道李奇心中有許多的疑問，但他暫不理會，先自顧地做了個小小的結論：「我們用『正確的方法』將意念聚焦在我們想要的某一件事物上，我們的心境就能讓我們散發出相對應於那個意念的頻率，這個頻率擴散出去後，會在宇宙時空中找到發散出相似頻率的人或物，並產生波幅疊加的共振。這個共振的過程就是『吸引』。」

黎曲繼續說道：「我們發散出來的頻率會略過跟我們不相同頻率的人、事、物；但當遇到相似頻率的人、事、物時，共振就會發生，波幅跟能量就會相疊加。這就像是一種吸引力——兩個頻率相同的人或物相互吸引，能量相互疊加。不過，這種共鳴的產生是我們意識層次所無法知覺的。但是，它就是會發生，因為共振本身就是精確的物理原理，不受時空阻隔，只要頻率對，就是會起共振，就是會相互吸引，不管我們有意識到或是沒有意識到。」

黎曲看到李奇輕輕地點頭，便又說道：「知不知道吸引力法則的存在、知不知道我們會散發出振盪頻率、知不知道我們會與相同頻率的人及物產生共振，一點都不重要！」

愛的頻率會吸引愛的東西
恐懼的頻率會吸引恐懼的事物

　　黎曲誇張地加重語氣強調那些事情的不重要，並同時揮手將山下燈火重排列成新的字句，然後說道：「重要的是，你要用『正確的方法』讓吸引力法則發揮作用。」

　　正當李奇又要點頭稱是時，黎曲卻話鋒一轉地說道：「事實上，吸引力法則一直都存在，並沒有『發揮作用』或『不發揮作用』的問題，它一直都發揮著作用，就像萬有引力定律一樣，永遠都運作著。」

　　「我們的心境及我們聚焦的事物如果是恐懼及負面的東西，」黎曲左手食指指了指腦袋，然後說：「我們散發出來的就是對應於恐懼及負面情緒的頻率，這種頻率會略過跟它不起共振的那些對應於愛與正面情緒的頻率，並找到（吸引到）散發負面情緒及恐懼頻率的事物。相反地，我們的心境及聚焦的事物如果是愛及正面的東西，我們就會散發出對應於愛及正面情緒的頻率，而這種頻率就會吸引到散發類似頻率的人與物，並完全略過其它不起共振的頻率，所以負面的人、事、物都不會出現在我們的身邊，他們都會自動遠離。」

　　「也就是說，如果我們要讓好的人及物來到我們身邊、讓好的事發生在我們身上，我們就要讓自己成為好的人，散發出好的頻率，」李奇高興地接道。

　　「很好，你都懂了。」黎曲讚賞地看著李奇，一小會

後，他右手大拇指與食指比了個抓住一枚花生的模樣，並且兩眼泛著光采地問道：「你知道那顆花生種子值多少嗎？」

李奇一聽到這個問題，眼睛立刻亮了起來。自從知道一個北方來的陌生人帶了花生這個「神奇」的種子來到恩特普萊滋之後，李奇心裡頭就一直記掛著，很想趕快知道後續到底怎麼了，現在總算謎團要揭曉了。

放下恐懼　相信你所相信的
就算所有的人都說不可能

「小鎮上的農人並不在意棉花或是花生，他們唯一在意、唯一想要的就是富饒，因此他們願意放下對新事物的恐懼，聽從陌生人的建議，改種花生。那是1915年，棉鈴象鼻蟲肆虐得最嚴重的時候。原本農人們半信半疑地，但沒想到花生竟然真的不畏棉鈴象鼻蟲，不僅結實累累，而且產出的利潤比棉花還要高。甚至到了1917年，在短短不到兩年的時間內，恩特普萊滋所在的考菲郡竟成了全美花生產量最大的一個郡。」

李奇聽得目瞪口呆，但眼角卻泛出了淚光，他衷心地為這群農人感到高興。

「最後，這群農人就如同他們所祈求的一樣，不但還清了銀行貸款，而且還擁有比以前更豐饒的生活。」黎曲說完後，手指著遠方的燈火，語調略顯激昂地說道：「1919年，小鎮的居民在鎮中心豎起了一座紀念雕像，用來感念棉鈴象鼻蟲。」

李奇嚇了一跳，他從沒想過會有這麼奇怪的紀念物，不過當他順著黎曲手指的方向看去，遙遠的山丘底下恰有一位白袍女子臉色安祥地捧著一個大圓盤，高高地舉在美麗捲髮的上方，而那盤內竟是一隻烏亮漆黑、巨大得誇張的棉鈴象鼻蟲。

「恩特普萊滋的居民對曾經讓他們陷入貧苦的這隻小蟲不但不記恨，反而充滿感激之情。我想，這座雕像應該是全世界唯一一座紀念農業害蟲的紀念碑吧！鎮民們甚至還在這座雕像底下銘刻了一段很美麗的文字來表達他們的感念呢，」黎曲邊說著，邊指著雕像下方。

謹立此碑以對棉鈴象鼻蟲及其肆虐本鎮所引領而來的富足繁榮表達最銘心刻骨的感恩（*In profound appreciation of the Boll Weevil and what it has done as the herald of prosperity this monument was erected by the citizens of Enterprise, Coffee County, Alabama.*）

「哇！」李奇心中忍不住讚歎了出來。

接著，李奇問道：「校長，您一直強調要用『正確的方法』，這個『正確的方法』到底是指什麼？」

黎曲燦然微笑，他一直在等李奇問這個問題。

黎曲沒待嘴角的笑意散去，右手便已從容地往暗夜伸去。只見他輕輕一揮，一霎間，遠處的燈火排列出一個緩緩閃爍的英文單字來。

Emogination

李奇看著那個閃閃發光的單字，眉頭皺了起來，他不知道那個字是什麼。

黎曲當然知道李奇認不得那個怪異的字彙，因此二話不說，立即將右手往那排燈火又伸了過去，然後俐落地將平豎的手掌切落在o及g這兩個字母的中間。緊接著，他瀟灑地往左右各輕撥了一次。只此瞬間，那燈火輕快地由手掌切落處往兩邊飄移開來，並生出更多的字母。

約莫幾秒鐘光景，那飄移開來的燈火止住不動了。李奇定眼看去，深吸了一口氣，有些感悟，但卻又似懂非懂地。

Emotional Imagination

「濃情想像力（Emogination）—Emotional Imagination，」黎曲用感性的聲音將靜靜閃著淡淡藍光的那兩個英文單字念了出來。

一會後，黎曲才又沉穩地說道：「頻率沒有好或壞。還記得吧，一切都是中性的。不過，為了容易說明起見，我們就姑且把那些對應於正面意念的頻率稱為好的頻率，並把那些由負面意念所散發出來的頻率稱做壞的頻率吧。所謂『正確的方法』就是指能讓我們散發出好的頻率的方法。藉由這個方法，我們發散出去的頻率會在宇宙中找到具有相同頻率的人、事、

物，跟他們發生共鳴，產生波幅疊加、能量倍增的效果，幫助我們的願望圓滿實現。」

「這個『正確的方法』就是……，」黎曲一邊說著，一邊將手探入西褲口袋，並從中握出一個不知是什麼的小小物件。然後，黎曲將輕握著拳的手伸進黑夜裡，並將五指輕輕放開。剎那間，黎曲掌心裡揚起五彩光芒，將李奇驚了一跳。

李奇凝眸看去，那閃著虹彩的東西像把鑰匙，但再更仔細看時，那模樣卻又像隻迷你貓咪。李奇正感疑惑，黎曲卻冷不防地將手掌往空中彈送了一下。只此乍瞬，那把『鑰匙』竟生出一對翅膀，在沁涼秋夜裡翩翩拍舞著，就像隻美麗的海天使（Sea Angel）一般。李奇驚訝得瞠目結舌，說不出話來。

李奇一邊收拾著心中的驚異，一邊聚精會神分辨那個飛舞在空中的小東西。

「沒錯，沒有看錯，真的是隻貓咪，是一隻迷你得不能再迷你的長著翅膀的貓咪，」李奇暗忖著，一顆心怦怦亂跳，他從沒見過這麼詭異的東西。「不！說它『詭異』並不公平，事實上，這隻『貓咪』還真可愛呢，」李奇不自覺地搖搖頭，心中另一個聲音抗議著。

富裕之鑰藉吸引力法則開啟富裕宮殿

「知道那是什麼嗎？」

李奇搖搖頭，巴望著黎曲趕快告訴他。

「富裕之鑰！」

「這……這就是富裕之鑰？」李奇一副不敢置信的模樣。

「富裕之鑰不是一把靜態、固定不變的鑰匙。它是動態、會經常改變形貌的一把奇蹟之鑰。更精確地說，它有生命，會與它的主人互動，會因受到用心照料而滋長，因疏於理會而消失，甚至會因被餵食了負面的念頭而死亡。」

「可是，它不是長得像一隻小貓嗎？這……這要如何拿來開門？」

黎曲淡淡一笑，語調舒緩地說道：「還記得由愛心磚塊建成的富裕宮殿外面有道由恐懼磚塊構成的高門危牆嗎？富裕之鑰是開啟這道門牆的鑰匙，不過它開門的方法跟一般的鑰匙不同。你不須將它插進鎖孔裡，你也不須轉動它來開鎖。你唯一要做的就是好好滋養你的富裕之鑰，讓它充滿與富裕宮殿相同的愛心頻率。這樣一來，它就不會理會散發恐懼頻率的外城牆，只會視若無睹地直接穿過高門上的鎖孔，帶你進入會跟它起共鳴的富裕宮殿裡去。」

李奇聽懂了，高興地說道：「也就是說，富裕之鑰是藉由吸引力法則的共振原理來穿透城門，帶我們進入富裕宮殿。」

黎曲正要稱許，愛貓的李奇卻已轉換話題問道：「為什麼富裕之鑰長得像一隻貓呢？」

富裕之鑰由濃情想像力、信念、持續不懈、全面感知相生而成

「這不是普通的貓，」黎曲作了個神祕表情，然後說：「它是『薛丁格的貓（Schrödinger's cat）』，是量子力學大師薛丁格於1935年在他腦子裡養出來的一隻貓。這隻貓具有所有量子力學的性質，是解放吸引力法則神祕力量的奇蹟之鑰，也是富裕力的精髓所在，我們能夠神奇地相見靠的就是它。」

李奇雖然不是很懂，但黎曲的描述讓他對這隻長相可愛的迷你貓咪更加著迷，因此情不自禁地流露出想瞭解更多的神情。黎曲瞧了他一眼後，便自問自答地拋出一個問題：「看到那對像蜂鳥一般高速拍舞的金色翅膀嗎？」

「能夠讓我們發散出好的頻率，將好的東西吸引來的『正確的方法』共有四個緊緊相扣、環環相生的要素，那對翅膀是其中的兩個。左邊那隻金澄澄的翅膀是『濃情想像力Emogination』，右邊的則是『信念Faith』……」黎曲說到一半，突然覺得背後似乎有人，因此回頭看進展廳裡。李奇心中一緊，也跟著回轉頭去。只是，廳堂裡寂無人蹤，一如他們來的時候一樣。

「有注意到嗎？」黎曲繼續說道：「這隻貓除了尾巴及觸鬚外，全身上下都是黃澄澄、金亮亮的顏色。它的身軀是『持續不懈Lastingness』，與左右兩隻翅膀同樣都是金黃色。這是有特殊含意的，代表『濃情想像力Emogination』、『信念

Faith』、及『持續不懈Lastingness』這三者有相同的屬性，它們都歸屬於內在修煉這個範疇。最後的一個要素叫做『全面感知Six Sensing』……」

「貓咪的鬍鬚，」李奇一聽到「Sensing」這個字眼，忍不住輕聲說道。

「是的，」黎曲臉上抹上了一層笑意，並接著說道：「貓鬚是雪亮、銀白的顏色，它的屬性與前三者有些不同。它既有內在修煉的意涵，又有對外探索的成分。」

「那尾巴呢？代表什麼意思？為什麼顏色變來變去？乍看下，那些色彩就像彩虹一樣；但仔細看後，卻又不同。感覺起來不只七種顏色，似乎十種左右，甚至還更多。而且，那些顏色的變化順序也跟彩虹的序列不同，」李奇疑惑地問道。

黎曲笑一笑，回答道：「這個部分跟聚焦、專注有關。以後再來談。我們先來看Emogination吧。」

Emogination就是投入濃厚的感情去想像
彷彿自己就置身當場

「早先的時候，你是不是去到了一片廣袤無垠的棉花田，站在田埂上，欣賞著美麗的紅霞夕照？」

李奇愣了一愣，感覺黎曲的提問似乎有些語病，因為他並沒有真的「去」那個棉花田，他只不過是在腦子裡「想像」站立在那片棉田裡罷了。

「你是不是看到了一大片怒放的雪白棉花，被殘陽渲染得紅豔豔地像是彤雲一般？你是不是聞到了夏天傍晚微微氤起的泥土味、還有淡淡的棉脂香？」黎曲一連描繪了兩個場景後，又接著彩繪了一幕景象：「你是不是感受到全身被金紅光芒籠罩著，臉上、頸上、胸口、臂上，到處都被映照得紅通通、熱乎乎地？」

　　李奇跟著黎曲的描述重溫了一遍當時在腦子裡所「見」所「聞」的景色，忽然間，他明白了。原來這就是「濃情想像力」。

　　「我知道了，Emogination是指在想像的時候投入濃厚的感情，濃得好像自己真的置身當場一樣。」

　　「是的。運用你的想像力，全心全意投入你的情緒、投入你的感觀。想像你就在那裡，想像你就在你的夢想已經實現時的那個情境裡，並且想像你所想要的目標已經達成時的每一個細微的感覺。盡你所能地想像你看到、聞到、聽到、摸到、感覺到什麼，想像得越仔細、越投入、越好。這種想像的方法跟白日夢是完全不同地。」

　　黎曲用催眠式的輕柔語調講完「濃情想像力」的要訣後，便接著分析道：「使用你的想像力時，如果你只是在腦子裡天馬行空地胡思亂想，一下子想東，一下子想西，而不是專注地想像一個確切的畫面與目標，那就是白日夢。做白日夢時，你的念頭飄來盪去，你的意念一下子停留在你想要的畫面上，一下子卻又飄到其它的地方去，甚至是飄到與你的目標相

違背的事物上。在這種情況下，雖然當你想像富裕的畫面時，你會散發出正面的頻率，但當你的念頭飄離後，那正面的頻率也就不見了。這種一下子有、一下子又沒有的頻率缺乏持續的能量，因此無法與你想要的美好事物起持續長久的共振，當然也就沒有辦法將那些事物吸引到你的生命中。」

意識會欺騙你　潛意識卻永遠信實
你得到的永遠是你潛意識真正想要的

「事實上，」黎曲停頓了一會，然後語重心長地說：「白日夢是很危險地。做白日夢時，常常我們自以為腦子裡想的是富裕的畫面，但骨子裡、潛意識裡，我們真正思考著的卻可能是害怕失去、或是害怕得不到這些東西的情境。」

黎曲接著又說：「潛意識的力量遠遠超過意識的力量。我們的意識通常雜念很多、飄忽不定，而且只有在我們清醒的時候有作用。但是我們的潛意識卻很專一，經常是固執在相同的念頭上，並且二十四小時工作著，完全都不休息。因此，我們所吸引到的是專一的潛意識裡所想的，而不是飄忽的意識中所祈求的。不幸的是，正常情況下，我們不太會知道我們的潛意識在想些什麼。於是，往往我們得不到我們意識層面想要的東西；甚至，我們還可能得到完全相反的結局，因為這些不好的結局才是我們潛意識裡真正懷想的。」

「您說對了。以這次的數學考試為例，雖然考前我狀似很

有信心，但是實際上我內心是擔憂的，我非常害怕我考不好，因為我的準備還不夠，有些章節我還沒有真正學會。」

「你所恐懼的，臨到你。雖然你運用了你的想像力來想像美好的事情，但是你的潛意識是恐懼及擔憂的。你的潛意識想什麼，你就會散發出那個頻率，吸引到那個東西。」

「那我應該怎麼做才對？」

濃情地想像自己彷彿置身當場
你就會真正置身當場

「Emoginaton！想像力帶你飛翔遨遊，情緒讓想像力長出翅膀，」黎曲鏗鏘有力地回答道。

「你不必刻意想方設法地去挖掘你的潛意識在想些什麼，這麼做只會讓你更緊張，更恐慌。你只須要積極投入你的情緒，投入你的感觀，想像你得到你所想要的東西時的那個場景；想像你的家人、朋友跟你恭喜的畫面；想像你高興的感覺；想像在那個情境裡，你摸到什麼、你聞到什麼、你聽到什麼、你看到什麼。當你這麼想像的時候，當你能夠這麼想像的時候，你潛意識想的就是愛與喜悅，而不是恐懼與擔憂。這種想像的方法能讓你的意念聚焦在你所祈求的美好事物上，讓你發射出美好的頻率，讓你吸引到你想要的東西。」

黎曲見李奇不住地點頭、臉上神情非常輕鬆、嘴角還帶著淺淺的笑靨，知道李奇對「濃情想像力」的精髓應該已經吸收

得差不多了，因此便將主題帶回恩特普萊滋，準備做最後的結尾。

你不須要瞭解吸引力法則
你只要濃情地想像　你就會得到

「小鎮上那群固守家園的農人並不知道『吸引力法則』的原理，也不知道『濃情想像力』是什麼。但是，這些一點都不重要。重要的是，他們清清楚楚地知道他們想要富裕，想要美好的家園。他們在最深最深的心底播下富裕豐饒的種子，不斷想像、體會、感受富裕豐饒的場景，讓這些種子得到灌溉、滋養。過程中，雖然他們也會恐懼，甚至，更精確地說，恐懼是不斷襲來，去也去不掉；但是，他們不去理會恐懼，他們一心一意只專注在想要的情境與畫面上。於是，那位陌生人出現了，那些神祕的種子來到了。他們透過想像，將豐饒創造了出來。所以……」

黎曲突然將話打住，腦後若似有人的那個隱隱感覺又出現了……

黎曲狐疑地轉過身去，頃刻間，臉色連變了數次。李奇見黎曲面上表情在瞬息間由驚訝轉為好奇、然後又轉為欣喜，知道後頭必有奇異的事情發生，因此也就豎起神經，小心謹慎地跟著迴過身，望進展覽廳裡。

李奇原本以為背後可能是那隻黑貓。但是，眼前所見卻讓

他不敢置信。沒錯，在展廳正中央的玻璃展示櫃上的確是有一隻貓，但不是黑貓。

李奇趨前兩步，盯著那隻貓，雙瞳雪亮地放得老大。前一回在延平郡王祠看到的棕毛貓固然罕見，卻也不算詭異，但是這回所見肯定是詭異，因為那是一隻豔麗的緋紅貓。看著那隻貓，李奇除了驚駭，還是驚駭。

李奇不知道那隻貓為什麼有那麼奇怪的毛色，他從沒見過全身緋紅的貓咪，也從沒聽過有那一隻貓咪會有這種色澤。雖然那顏色真的很怪異，但那深深的紅卻很漂亮，漂亮得就跟朱莉黑髮中偶會露出的幾縷深紅色髮絲一樣地美、一樣地惹人遐思。

李奇又瞅著那貓咪一會，心中的好奇愈來愈盛，他想踏進廳堂裡仔細看看那緋紅貓。不過，腳步還未跨出，立即警醒應當先跟黎曲告個歉才對，因此轉身回首，卻那道眼前只有一片寂然夜色，黎曲已失去了蹤影，而那隻振翅空中的「薛丁格的貓」也同樣杳然無蹤。

李奇好生失望，但也只好無奈地忍下心中的惆悵，低著頭，轉過身，跨過門檻，走進廳堂裡，然後抬起頭尋找那紅貓，不過卻又吃了一驚，玻璃櫃上頭並沒有貓咪，只有一朵緋紅玫瑰靜靜地輕躺著。

李奇愣了一會，心神稍定後，再仔細看那玫瑰時，那股紅色竟緊緊勾住了他的眼眸，牽連他的思緒回到傍晚時的玫瑰花圃。那時候，他剛放學，走過紅玫瑰盛開的花圃，被姣美的

花姿吸引而佇足下來，不意間卻隱隱約約聽到朱莉的笑聲。然後，隔著參參差差的緋紅玫瑰，在花圃的另一頭，他看到夕陽下朱莉燦爛的紅顏。

　　李奇看著櫃上的紅玫瑰，想著心上頭的朱莉，耳畔依稀揚起了愛爾蘭悠揚的民謠旋律「緋紅玫瑰（Red Is the Rose）」……

Red is the Rose by yonder garden grows
（紅豔的是綻放在那花園裡的玫瑰）
And fair is the lily of the valley
（麗雅的是幽谷中的鈴蘭）
Clear is the water that flows from the Boyne
（清澈的是博茵河的潺潺流水）
But my love is fairer than any.
（而我對妳的愛比這些都要真、都要美）

第五章

坑道裡的橙幽靈

李奇瑟縮地坐在客廳的小矮凳上，兩手交互搓揉著。才剛入冬，寒風卻已從北方長驅直下，將下午的天空凝得灰灰冷冷地。

不過，儘管天色陰沉，李奇心中卻暖暖和和地，因為再沒多久，他就將與朱莉見面，一起去參加一個想都想不到的意外聚會。

中飯之前，住在附近的一位女同學邀他，說經常到她父親經營的唱片行光顧、駐守在翟山坑道的阿兵哥請她幫忙邀請幾位女學生參加他們提前舉辦的耶誕舞會。她很想去，但又有些耽心，因此想請李奇陪著一道赴會。李奇不會跳舞，先是婉拒，但後來聽說朱莉也要去，便不再推辭，靦腆地答應了。

李奇沒想到現在軍中管制變鬆了，竟然還能邀百姓進營區辦舞會。不過，或許不是金門防衛司令部的官員鬆弛了，而是翟山的連長私自犯軍紀吧？只是，這些都不關緊，能夠有機會跟朱莉私底下相處才是重要。

李奇遐想著舞會中將與朱莉有什麼樣的互動，說什麼樣的話。不覺間，竟想得出了神，一直到一縷清清淡淡的橘皮香飄入鼻尖，才將他從幻夢中拉回。

李奇的阿嬤不久前幫他生了個小小的碳火，並在紅泥小火爐上隔著小鐵絲網擺上一顆橘。李奇喜歡在冬天這樣子吃橘，

既能享受橘皮的恬香，又能吃到溫熱甘美的橘實，而看著爐中紅紅的星火，感受著空氣中微微暈散的熱氣，心中更是有種說不出的幸福感。

　　李奇將橘子稍稍翻轉了一下，然後繼續夢回他的朱莉。恍恍惚惚間，他感覺去到了西班牙的瓦倫西亞，看到滿樹亮白的柑橙花，而在橙花底下有個窈窕的身影，就好像馬利歐‧蘭薩（Mario Lanza）唱的「瓦倫西亞（Valencia）」那般……

Valencia, in my dreams it always seems
（瓦倫西亞，在我的睡夢中　常常）
I hear you softly call to me
（我聽到妳溫柔地呼喚我）
Valencia, where the orange trees forever
（瓦倫西亞，在那裡　橘子樹總是）
Send the breeze beside the sea
（吹送微風拂過海濱）

Valencia, in my arms I hold your charms
（瓦倫西亞，我擁著嫵媚的妳於我臂彎）
Beneath the blossoms high above
（在盛開的柑橘花下）
You love me, in Valencia long ago

（多年前，我們相戀於瓦倫西亞）
We found our paradise of love
（我們相逢在愛的天堂）

「同學來找你囉！」李奇的媽媽將他喚醒。

李奇錯愕了一下，但馬上清醒過來，並趕忙拿起炭爐上的橘子，半快步地穿過庭院，往大門口跑去。

一打開大門，那位邀他的女同學正在門口等他。而稍遠處，歪歪斜斜停著一部軍用吉普車，車上頭除了駕駛兵之外，後座模模糊糊有個人影，似乎是朱莉的模樣。李奇一想到馬上就要見到朱莉，不禁沒來由地一顆心怦怦亂跳了起來。

駕駛兵等李奇及這位女同學上車後，便驅車往翟山坑道馳去。一路上，李奇像是被貓咬住了舌頭，無言無語。

車子駛到翟山營區，進了管制哨大門，就見廣場一片暗寂，沒有燈火，也沒有人跡，除了北風，就只有冰寒的空氣。不過，在遙遠的廣場盡頭，卻隱隱約約透露出昏黃的燈光，並傳來被冷風吹得斷斷續續的耶誕歌曲聲。

李奇三人隨那駕駛兵穿過冰冷的廣場，走到對面的營舍。一打開木門，就見十來位官兵分散在屋內各處，有的正暢快熱舞，有的正喝著雞尾酒，有的則享用著餐點。悠閒端著酒杯的連長一見到客人來了，連忙放下杯子，熱情地邀他們加入歡樂的行列。

熱熱鬧鬧一個多小時後，朱莉提議參觀翟山坑道。連長一

聽到這要求，立刻面現難色，不過轉瞬間，卻已狠了心，決定犯軍紀，讓朱莉等平民百姓踏入軍事重地。

連長帶著手電筒，領著朱莉三人穿過室外的大廣場，然後轉入廣場後頭的小路。十來分鐘後，到了路的盡頭，只見眼前是一個巨大的巖洞，洞口前圍有拒馬，並有兩名荷槍實彈的兵士把守著。朱莉等見到這陣仗，不禁後退了兩步。

連長見三人有些畏懼，連忙回頭招呼他們，並率先繞過拒馬，走入洞內。

洞裡頭是一條百公尺長的通道，通道兩側每隔十餘公尺才有暗黃的小燈映照著，因此路面忽明忽滅地，行走起來並不輕鬆。李奇走在最後一個，到了一個彎道處，不小心踩到自己腳上鬆了的鞋帶，差點跌了一跤。李奇連忙蹲下將鞋帶繫好，但當他站起身時，卻已看不到前頭三人了。

李奇心中一陣惶恐，趕緊快步追趕。但是，不管他怎麼加快腳步，周遭前後都是空蕩蕩地。猛然間，一個恐怖的感覺浮起，他很害怕朱莉等會不會被「水鬼」抓走了。

李奇愈想愈怕，不覺間脊背開始發涼，緊接著，全身冰麻，牙齒打顫。然後，他聽到了自己的心跳聲，怦怦、怦怦地震得他耳膜很痛。

忽然，一陣刺骨寒風襲來，讓他頭腦清醒了些。這時，他才注意到剛剛一昧瘋狂地趕路，不知不覺間竟然已經跑到了通道的盡頭，而橫在眼前的是一條昏黑的水道。李奇深吸了一口氣想壓下心中的恐懼，只是，那鬼魂般的恐懼已緊緊地縛住

他，掙也掙不脫。

李奇困難地左右轉首，並盡可能地放亮眼睛搜尋，但是這個陰森的洞穴裡除了他之外，就只有忽幽忽明的鬼影幢幢，再也沒有其他人蹤。

怦怦、怦怦。李奇的心臟快跳出胸口了。他很想往後轉，拔腿往洞外跑。但是，他一動也無法動，他全身都已僵直。

就在這個恐懼罩頂、瀕臨崩潰的當口，忽然一縷輕輕淡淡的橙香飄進了鼻尖。

聞到這個清新的味道，李奇登時從恐懼的黑洞飄離。然後，他看到了光亮。

一抹橘色的光出現在水道的對岸。

李奇緊張地看著那抹橙光，但還沒來得及分辨那是什麼，那道光已經輕盈地躍過十來米寬的水道，並優雅地從他腳邊飛過。

李奇只瞧了一眼，立刻認出那是隻橙色的貓咪。頃刻間，所有的緊張恐懼都消失了，他知道黎曲來了。

第四課　恐懼是假的
　　　　但卻會真真實實地跟著你

橘色貓輕快地跑過潮濕的地面，並消失在岩壁裡。李奇還來不及驚訝，那幽暗的洞壁上已生出許多螢白色的柑橙花，緊

緊密密地排列成頗有哲理的字句，在黑夜裡靜謐地訴說著神祕的訊息。

李奇就著橙花的微弱光芒往周遭快速看了一遍，出乎他意料之外地，並沒有看到黎曲。一霎間，李奇的腎上腺素又要飆升了。不過，忽然一隻溫暖的大手從後方握住他垂在身旁的右手，並從他緊握的手中取下一個淌著水的物件。李奇嚇了一大跳，趕緊回頭。

只才一瞧，李奇笑開了。

他開心地跟黎曲問好，然後看一眼黎曲手中拿著的東西，是一顆橘。這時他才警醒到原來絆到自己鞋帶而踉蹌時，口袋裡的那顆橘掉了出來，雖然當時立刻拾了起來，但卻只顧得沒命似地趕路，因此一直握在手裡頭而不自覺。而當他找不到朱莉等人時，竟慌恐得將那橘子捏得糊爛。

「還記得前幾堂課的內容嗎？」

「記得，」李奇期待再次上課已很久了，因此掩不住興奮地回答道：「宇宙非常地豐富，要多少就有多少，我們根本就沒有相互競爭的必要。所以應該培養的是以愛為出發點的富裕力，讓潛意識持續不斷地發射出好的頻率，將會與我們起共鳴的美好事物吸引過來；而不是汲汲營營於以恐懼為出發點的競爭力，否則恐懼的思維會不斷地散發出不好的頻率，吸引到更多的恐懼與競爭。」

「很好，培養富裕力的方法是……」

「心中充滿愛與慈悲，用這樣的心情與態度來看待我們經

歷的所有事情，解讀與這些事情所關聯的中性資訊，把它們塑形成充滿愛心的真相磚塊，用這些愛心磚塊來建造我們想要的富裕宮殿。然後還要……，」李奇先看了黎曲一眼，接著戲謔地說道：「在潛意識裡養出一隻貓咪。」

黎曲會心一笑，等著李奇往下說。

「這隻貓咪有一對翅膀，還有一條彩虹一般的尾巴，是能打開富裕宮殿大門的富裕之鑰。要養大這隻貓咪須要四個東西──濃情想像力、信念、持續不懈、全面感知。」

「非常好，你都記得了。上一堂課我們學到了濃情想像力──貓咪其中的一隻翅膀。不過，這堂課我們先放過這隻貓，不談它了。在這節課裡，我們要說的是會毒殺這隻貓以及擋在富裕宮殿外面的東西。」

李奇先是一陣詫異，不過繼之一想，也就明白了。

「您是說『恐懼』？」

黎曲點點頭，然後指著那排正在變換句子的橙花說道……

恐懼是本能　接受它　不要對抗它

「當我們還是爬蟲類的時代，我們的腦子還很小，只能專注處理『戰或逃（Fight or Flight）』這種關乎生死的反應。我們必須在電光石火的一瞬間立刻決定是要對戰、還是要逃跑。一個決策錯誤，生命可能就沒了，因此對環境保持警戒、對周

遭懷抱恐懼就成了我們應對生死存亡的本能。當我們演化成哺乳類後，這個恐懼的本能還是深植在我們的大腦裡，因為我們每天還是要面對許多掠食者，需要快速直覺地處理戰或逃的問題。而當我們變成為人類之後，恐懼的本能已經緊緊地跟著我們，成為我們潛意識裡最重要的一種情緒反應，主導我們面對事情的態度與行為。」

李奇認同地點頭，想到自己剛才那種嚇得魂飛魄散的恐怖感覺。

「幾分鐘前，我『穿越』到這裡來的時候，看到你自己一個人在這個大坑道裡，我非常訝異，不知道為什麼你會在這麼幽暗的地方。我擔心冒然出現會嚇到你，因此一直在等待適當的時機再出來跟你見面，」黎曲正要往下講，李奇卻已疑惑地問道：「所以您沒看到另外三個人？」

「沒有，就只有你。」

聽到這答案，李奇又開始擔心了。一直以來，海峽對岸的「水鬼」（共軍的兩棲蛙人）趁著黑夜到島上殺人割耳的事情時有所聞。

黎曲雖看不清楚李奇臉上表情，但第六感卻已讓他警覺到李奇的憂懼。

「你跟同學來的？」

李奇點點頭。

「你害怕他們不見了？被水鬼抓走？」

李奇又點了點頭。

「不要擔心，沒事的。他們安然無恙地在他們原來的宇宙裡，是你和我穿越了平行宇宙來到這裡相會。」

　　李奇聽到這句話，想到前幾次也是這樣，也就比較放心了。

　　黎曲感覺李奇緊張的情緒消失了，便回到正題說道：「我們的心思放在那裡，我們就會發射出跟那個心思相對應的頻率，然後就會吸引到同樣頻率的事物來起共鳴。所以，千萬不要跟恐懼對抗。對抗的時候，你的念頭是放在你所恐懼的事物上，你所發出來的就會是跟那件恐懼的事所相對應的頻率，於是你會吸引來你所懼怕的東西。」

　　「所以……，」李奇迷惑地指著橙花排成的字句問：「接受它？那要怎麼做呢？」

　　「當恐懼襲來時，接受這個情緒，就好像躺在青草地上看著藍天上的浮雲，飄進來，又飄出去。」

　　李奇有些訝異，感覺黎曲並不是對他說話，而是在唸誦一段口訣。

　　「當你遇到恐懼的時候，心裡頭默唸這一段話，並在腦子裡想像躺在青草地上看著恐懼的浮雲飄進你的頭頂上方，然後又輕輕淡淡地飄離開。你可以想像那朵浮雲就是你所恐懼的事情，你也可以想像那朵浮雲上面乘載著你的恐懼，怎麼想都沒有關係。重要的是，用悠閒的心情接受那朵浮雲，看著它飄進來，又看著它飄出去，然後看著它飄得愈來愈高、愈來愈遠。」

李奇照著黎曲說的，閉起眼睛想像浮雲飄過又高又遠的頭頂上，果然有種輕鬆的感覺。不過，當他睜開眼後，橙花已更新了字句。

你選擇什麼　它就是什麼

「記得嗎？資訊只有一個。你所經歷的事沒有對或錯，也沒有好或壞，就只是中性的資訊而已。但是，你可以選擇看待它的方式，你可以選擇用愛、用恐懼、或是用中性平靜的心情來看待這些資訊。你怎麼選擇，你就會發射出相對應的頻率，製造出愛心灰泥或是恐懼灰泥，然後你就會將原本是中性的資訊塑造成不同的真相磚塊——建構富裕宮殿的愛心磚塊或是阻絕富裕的恐懼磚塊，」黎曲將前幾堂課的內容再次地強調。

「沒有什麼是永遠的，這個困難已經過去。相信，相信奇蹟正在發生，相信祈求正獲回應，相信你所想要的畫面正在實現。相信！毫無疑問地相信！」

李奇感覺黎曲又唸了一段口訣。

「遇到恐懼時，打開你全身的感官，運用濃情想像力想像你所恐懼的事情『已經』過去，感受奇蹟『正在』發生，感受上蒼呼應了你的祈求，並且真真實實地感受你所想要的畫面『已經』實現時的每一個細節。無論你現在是多麼地害怕，無論眼前有多少的證據都顯示不可能，千萬都不要懷疑，一定要相信好事『正在』來臨。懷抱著這樣的心情，你就會持續發射

出美好的頻率，相對應的美好事物就會來到你身邊，跟你共振共鳴。」

恐懼的相反不是勇敢　而是愛

「我們最重要的兩種情緒是愛跟恐懼。這兩種情緒看似獨立存在，實際上卻是緊密相關，它們是在天平的兩端，是完全相反的兩種情緒。」

「愛的相反不是恨嗎？」

「不！愛的相反並不是恨，是恐懼；恐懼的相反並不是勇敢，而是愛。」

李奇有些驚訝，想開口問，不過黎曲已接著說道：「愛跟恐懼就像是基本粒子一樣，我們所有的情緒都是由這兩種基本的情緒組合而成。」

「愛子（Lovon）、恐懼子（Fearon），」李奇想到電子（Electron）、渺子（Muon）等基本粒子，忍不住腦子裡閃過這兩個好笑的名詞。不過，當他無意中看往那排螢光橙花時，卻笑不出來了。不知怎地，岩壁上的橙花似乎「猜透了」他的心思，竟然詭異地閃爍著Lovon及Fearon這兩個在他心中匆匆閃過的字詞。

黎曲這時也注意到那排橙花，先是一愣，但立刻臉色輕鬆了下來，並對李奇神祕地微微一笑。但是，黎曲對這心路的轉變並沒有想要多做解釋，仍是繼續原先的主題說道：「勇敢是

由愛而來的。你不會因為想要勇敢就變得勇敢，你必是因為心中有愛才能勇敢。一位台灣母親家中失火了，想到摯愛的子女還在家中，於是奮不顧身，勇敢地衝入火場將子女救了出來。一位德國的工廠老闆不忍猶太人遭受屠殺，儘管面臨納粹威脅，仍然勇敢地拯救了一千多名猶太人。一位巴基斯坦的少女生活在禁止女子受教育的塔利班政權（Taliban）的恐怖統治之下，雖然面對喪命的危險，還是不停地閱讀、不停地追求自我成長、並勇敢地鼓催與推動女孩受教育。這些都是因為心中有愛，所以才能勇敢地做到。由於愛孩子、愛人類、愛知識，他們生出了勇敢的信念，戰勝了恐懼。」

恐懼是本能　愛則是後天培養的

「恐懼是我們求生存的本能，愛則不一定。母愛或許是本能，因為這跟人類整體的生存有關，但是其它種類的愛則幾乎都是靠後天培養。本能的力量遠遠勝過非本能的力量，因此恐懼比愛還強大，特別是在緊急慌亂、面對生死存亡的時候更是如此。」

「這是不是有點矛盾？前面那幾個例子不都是愛的力量戰勝恐懼的力量嗎？」李奇不解地發問。

「不矛盾。剛剛橙花感應了你的心思，閃爍出『愛子Lo-von』及『恐懼子Fearon』這兩個有趣的字詞……，」黎曲一提起這件事，李奇立刻低頭憨笑著，頗為他自己的胡亂造字感到

不好意思。

「不要難為情，這兩個字造得極好。單一的愛子跟恐懼子可能勢均力敵，但是……」

李奇聽到黎曲煞有其事地引用他胡亂造出的這兩個字，原本的羞赧不僅沒了，反倒有些自得。

「宇宙之中以及我們的周遭，恐懼子的數目遠遠多過愛子，因此恐懼比愛還強大。前面的故事中，他們之所以能夠擊潰恐懼，那是因為他們發揮了心靈的力量，凝聚了遠遠超出恐懼子數目的愛子。」黎曲略歇一口氣後，又說道：「恐懼永遠無法去除，永遠都會跟著我們，但是我們可以增加愛，使愛子的數目勝過恐懼子，這樣你就能戰勝恐懼。」

講到這裡，黎曲忽然話鋒一轉，語氣堅定地說道：「宇宙中，恐懼子的數目是愛子的3.1478倍！」

李奇大吃一驚，不可思議地看著黎曲，他不明白為什麼無意中編造出來的兩個怪東西竟然被黎曲講得像真的一樣。

恐懼是暗能量　愛是暗物質
雖然量測不到　但卻是真真實實地存在

「1960年代，美國天文學家薇拉・魯賓（Vera Rubin）對我們的銀河系做了大量的精密觀測後，發現這個高速旋轉的銀河系並沒有被強大的離心力甩得四分五裂，而是仍能完好地凝聚在一起。於是，她推論宇宙必定存在某種神祕的東西能對抗

離心力，將銀河系凝聚起來。這些神祕的東西具有質量，存在宇宙的每一個角落，但卻無法被任何儀器或方法量測到，因此她將這些『隱藏』在『暗處』的東西稱做『暗物質（Dark Matter）』。暗物質藉由重力將銀河系黏著在一起。」

「哇……，這只是一個推測吧？」李奇驚訝地問道。

「一開始是，但後來愈來愈多的研究出爐，都支持這個論點。現在，暗物質已是天文物理學的基本知識了。」

「『普通物質（Ordinary Matter）』——也就是我們看得到、摸得到、觀測得到的物質——只占宇宙總質量的4.6%；暗物質則占了23%。」

「那其它的呢！？」李奇驚跳了起來，想不透還會有什麼更怪的東西。

「另外的那72.4%是『暗能量（Dark Energy）』。根據宇宙起源的『大霹靂理論（The Big Bang Theory）』，宇宙一開始時是一個小到不能再小、甚至是沒有任何體積的能量點，然後在138億年前的某一天，這個能量點像霹靂一般地爆炸了，並快速地往四面八方擴張，成為我們今日所見的宇宙。在這個霹靂發生之前，沒有時間、也沒有空間。霹靂之後，時間才出現，空間才產生，物質也才生成。」

李奇消化了一下，沒有很明白，於是問道：「不知道這個大霹靂跟您說的暗能量有什麼關係？」

「大霹靂理論預測宇宙爆炸後擴張的速度將受星系間相互吸引的重力影響而逐漸減緩，甚至還可能反向收縮並造成大

崩潰，再次成為一個沒有時間、沒有空間的能量點。但是，1998年哈伯望遠鏡卻觀察到相反的結果，宇宙向外擴張的速度不但沒變慢，反而是加速。為了解釋這個奇異的現象，物理學家提出一個詭異的假設，認為宇宙充滿了具有質量但卻觀測不到的暗能量，它的作用剛好跟暗物質相反，藉由反引力（反向的重力），它將物質分裂撕解，加速宇宙星系的相互遠離。2011年，發現宇宙加速膨脹的那三位科學家得到世人肯定，獲得了諾貝爾物理獎。2016年，美國的『雷射干射儀重力波觀測站（LIGO: The Laser Interferometer Gravitational-Wave Observatory）』觀測到大霹靂過後殘留下來的重力波（Gravitational Wave），開啟了研究暗能量的大門，讓觀測暗能量成為可能。」

　　1998？2011？2016？李奇心中震悸了一下，看來真的如他所想，黎曲是從未來世界來的。不過，當他要開口相問時，黎曲已接著說道：「愛就像暗物質，能夠把宇宙、把人凝聚起來，雖然看不到、觀測不到，但卻是真真實實地存在，它到處都有，在我們的周遭、在我們的細胞裡、在每一個遙遠的地方。恐懼則像暗能量，也是瀰漫在宇宙的每一個角落，會將我們撕裂，將我們離散。宇宙中恐懼子的數量遠遠大過愛子的數量，這兩者的比值就是暗能量相對暗物質的比值，大約是3.1478倍。」

你可以選擇恐懼 也可以選擇愛
一切都是你的選擇

　　黎曲看了目瞪口呆的李奇一眼，然後又說：「恐懼是本能，永遠都會在，永遠都無法去除；愛不是本能，必須後天培養。我們可以選擇恐懼，任由我們的本能牽引，將我們所擔憂害怕的東西都吸引過來；我們也可以選擇愛，跟我們恐懼的本能和平共處，用愛與慈悲的頻率吸引美好的東西來到我們身邊。但是，做這個選擇不是那麼容易，須要學習。順應本能是最直覺、最不花力氣的作法，不過會讓我們經常處在恐懼之中。要走出恐懼的泥沼，唯一的方法就是讓自己充滿愛，而這須要不斷地練習，不斷地將愛的習慣深植到潛意識裡。久而久之，愛就會成為另一個本能。」

　　黎曲繼續說道：「很多地方的海底都有熱泉不停地噴發出濃濃的黑煙，這些黑煙就像是我們的恐懼，永不止息，永不停歇。假設熱泉附近的海水都不流動，那麼很快地，那地方就會一片烏黑，充滿恐懼的煙幕。要將黑煙消散，唯一的方法就是讓海水流動。流動的清淨海水就像是愛，只要我們不停地讓愛流動，不停地注入愛，恐懼的黑煙雖然持續噴發，但熱泉周遭卻會是一片清明。」

　　李奇聽到這裡，忍不住插嘴問道：「您要我想像躺在青草地上，看著恐懼的浮雲飄進來、又飄出去。所以，是不是我也不要理會那黑煙，只要看著它就好？」

「是的，千萬不要對抗。愈對抗，你就愈專注在那個恐懼上，恐懼的力量就會得到滋養而變得愈強大。你只要靜靜地看著那浮雲，靜靜地看著那黑煙就好，但是你要讓愛進來，讓愛流動，不斷增加你身上的愛子數目。」

恐懼是一頭怪獸　靠你負面的想像餵養 靠吃食你負面的情緒長大

「任何一個情境都是中性的。假如在某一個情境中，你感到恐懼，那麼你可以試著把自己抽離，大剌剌地躺在大地上，看著恐懼的白雲飄進飄出。你放得愈輕鬆，你的恐懼就愈快消失，然後你就會知道恐懼是假的，是你幻想出來的。」

「那我可以說愛也是假的，是我幻想出來的嗎？」李奇口氣和緩，但卻是問了一個很尖銳的問題。

「當然可以，因為這就是事實。所有的資訊、所有的情境都是中性的。你將它看成困難、不可能，你就對它投入恐懼的情緒。你心裡頭愈怕它、愈把它想像得困難，它就長得愈龐大，讓你更無法克服。相反地，如果你把它看成是一個挑戰、是一個有趣的磨練、是一個幫助你成長的機會，你就是對它投入愛的情緒。你心裡頭愈喜歡這個挑戰、愈把它想像得有趣，它就愈渺小，你就愈能輕鬆地跨越它。也就是說，只要你心中有愛，任何情境都是好情境，就算是會讓你恐懼的情境也是好情境，因為它能幫助你成長。」

黎曲意猶未盡，又接著說道：「資訊（情境）只有一個，真相有千千萬萬種。你可以選擇用愛來看待這些資訊，也可以選擇用恐懼。雖然愛或恐懼都是你想像、幻想出來的，但是你的潛意識分不清楚真假。只要你的情緒夠投入，只要你運用了濃情想像力，你幻想出來的愛也會被你的潛意識當成是真的，於是你發出來的腦波頻率就會吸引到美好的東西來跟你起共鳴。所以，永遠都要選擇愛，不要選擇恐懼。」

　　李奇露出微笑，滿意地點點頭，然後閉起眼睛，重新體會一次不久前看不到朱莉等人時的恐懼心情。接著他將自己抽離，把那個恐懼的場景想像成一管海底黑煙。他看著那黑煙不斷地冒出，也看著黑煙不斷地被清澈海水沖走，然後他看到了許多漂亮的熱帶魚在那道小小窄窄的黑煙旁悠閒地游來游去。不覺間，那黑煙對他已不再造成任何困擾了。

　　李奇完全投入在海底游魚的美好想像中，就在這時，黎曲說話了。

　　不！不是黎曲！那是一個年輕、宏亮、略帶鼻音的聲音。

　　李奇疑惑地睜開雙眼，恰驚見一臂之遙處是那位連長正娓娓不倦地解說國共內戰年代，為了避免從台灣來的運補通路被切斷，駐守金門的守軍如何以炸藥、十字鎬、圓鍬等簡單的挖掘工具在三年內從堅硬的花崗岩塊中挖出這個巨大坑道來供運送物資的登陸小艇駛入停靠。

　　李奇登時腦袋一片空白。

忽然，右小臂微微一震，李奇轉頭看去，是一位女生拉著他的衣袖，叫他不要神遊。

　　李奇發覺那是朱莉，心頭小鹿立刻狂跳了起來，他迅速偷瞄了一眼，竟剛巧看到她微嘟著嘴的側臉。頃刻間，黎曲、橘貓、橙花都不見了，都澈澈底底地消失在暗黑的岩壁間，也都澈澈底底地消失在他暗暗歡喜的心頭上。

| 第六章 |

大聲跟上帝吵架的奇女子

　　李奇坐在朱子祠後方小庭院裡的圓形小石桌旁寫功課。雖然還是寒冬，但卻出了個溫溫暖暖的太陽，因此一吃完午飯，李奇就自己一個人帶了課本到這裡來讀書，順便享受和煦的冬陽。

　　朱子祠座落在金城鎮中心，但離商業區還有段距離，因此平時不太有人來，頗為僻靜。南宋末年的大儒朱熹曾到金門講學，帶動這個小島上一直文風鼎盛。為了感念朱熹的恩澤，清朝初年島上居民們便建了這個祠堂來奉祀他。朱子祠的右廂是圖書館，與李奇畢業的小學相隔鄰。李奇喜歡看課外讀物，所以經常來這裡借書，並帶到小石桌處閱讀。

　　這一天，李奇先到圖書館借了本他喜歡的梵谷（Vincent van Gogh）畫冊，然後才到石桌邊看書。

　　李奇全神貫注在他的學校功課上，不知不覺間，太陽已然西傾。然後，又是不知不覺間，一片燦然明黃的日光斜斜地穿過前方祠堂的屋脊，灑了他一身。李奇見這場景，心中一動，連忙挪開教科書，由書包中取出新借的畫冊來翻閱。

　　李奇將書頁停在「黃昏的播種者（Sower at Sunset）」，聚精會神地看著畫中遠景的金黃麥田及低掛在麥田上的豔黃落日。好半晌後，才滿意地闔上眼睛，深吸了一口氣，感動地讓豐裕的感覺流經全身。

寧謐地享受了美好的氛圍好一會後，李奇睜開雙眼，不意間，竟瞧到一隻小小的鵝黃色貓咪從麥田裡跳了出來，並一溜煙地從石桌上消失了。李奇嚇了一跳，正要彎腰往桌底下搜尋，卻驚見畫冊上有道陰影，於是趕緊抬頭。果然一如所料，黎曲正微瞇著眼對他微笑。

　　李奇高興地跟黎曲問好，黎曲卻不回應，只是笑笑地指著畫頁。李奇順著黎曲的指尖看去，原來那片金黃色的麥田上居然有群紫黑色的烏鴉排列出一行字句……

第五課　如你能信
　　　　在信之人　凡事都能

　　「有些畫家會把太陽畫成黃色的大斑點，但是另有一些畫家卻能發揮他的藝術天分將大黃斑點變幻為太陽（There are painters who transform the sun to a yellow spot, but there are others who with the help of their art and their intelligence, transform a yellow spot into sun），」黎曲用充滿感性的語調先吟詠了這段話，然後繼續說道：「畢卡索這段話用來讚頌梵谷再貼切不過了。」

　　李奇腦子裡很快地將黎曲說的話跟那群烏鴉排出來的文字連想了一下，一會後，不是很有把握地問道：「信念（Faith）？我們這堂課要講貓咪的另一隻翅膀？」

　　「嗯，」黎曲笑了一笑。

　　「梵谷一生都活在堅定不移的基督教信仰中。原本他是

想成為傳教士的，但在比利時南部礦區傳道時，他悲天憫人的性格讓他將身上已很拮据的財物幾乎都捐了出去，弄得自己也如同礦工般蓬頭垢面。這樣的邋遢形像讓教會覺得他不適合傳教，便將他辭退了。但是，梵谷仍然堅定他對上帝的愛及信仰，並將這份愛轉化成美麗動人的圖畫。你現在看的這幅『黃昏的播種者』就是他模仿信仰同樣堅定的米勒（Jean-François Millet）的畫中人物所畫的。你剛才做了個深呼吸，然後閉起眼睛來想像及感受這個畫面，我想你應該體會到播種農夫那種辛勤、虔敬的心情吧？」

「所以信念就是指相信上帝、信仰上帝？」沒有特別宗教信仰的李奇有點不以為然地問。

「不，不是這麼單純，」黎曲笑笑地看了李奇一會，然後舉手往麥田揮了一揮。剎那間，那群紫黑色烏鴉驚飛了起來。不過，很快地，又棲落了下來，並排列出一行新的字句。

信仰讓你有勇氣對抗逆境
信念讓你輕鬆安然地無視逆境

「梵谷對上帝有很堅定的信仰，他的明黃色大太陽就是上帝，燦爛地將愛的光芒灑落在結實累累的麥田上、覓食的鴉鳥上、播種的農人上、還有廣袤千里的大地上。他將他對上帝的愛及信仰融入他的藝術天分中，讓畫布上的豔黃色斑點活出了太陽的生命與熱力。」

黎曲看到李奇的表情，知道他正在體會梵谷的心境，便暫且停住不語。頗半晌後，才又開口說道：「梵谷所擁有的不只是對上帝的信仰（Belief）。信仰能讓他在饑寒交迫中咬牙苦撐，讓他持續作畫，但卻無法讓他成為一位作品能感動眾人的偉大畫家。事實上，他擁有的是信念（Faith），這是比信仰更深入、更自然、更純粹的一種情感。」

　　李奇眉頭糾了一下，他不懂這兩者有什麼不同。

　　「信仰跟信念都是指相信某件事情為真，但是強度不同，本質也不同。通常我們都將這兩個名詞互用，不太去區分它們。但是，在培養富裕力的方法中，這兩者是有很大差別的。」

　　李奇又糾了一下眉頭。

　　「當你對某件事物有信仰，通常的情況是你的意識相信它，但是你的潛意識卻不見得相信。譬如，有些人宣稱擁有堅定不移的信仰，或自以為有難以撼搖的信仰，但當遇到逆境時，卻會不由自主地產生懷疑，並須藉由反復不斷地安慰自己來加強自己的信心、消除內心的恐慌、鞏固動搖的信仰。會發生這種情況就是因為他們的信只是表層、意識層次的相信，而底層的潛意識則是沒有盡信、存在著懷疑。所以，他們經不起逆境的考驗，他們須要不斷地看到具體的證據，然後潛意識才能被說服，才願意相信他們的信仰是對的。而只有當他們想要的證據出現了，他們才會有足夠的信心、有足夠的勇氣去面對逆境、對抗逆境。」

「那信念呢？您意思是說信念比信仰更深入，甚至還能夠直達潛意識？」李奇忍不住問道。

「你說對了！信念是源自潛意識的相信，因此它的強度遠遠勝過根源於意識的信仰。而且，更重要的是，信念是毫不懷疑地相信，就算沒有證據，就算證據剛好相左，仍是毫不懷疑地相信。但是，信仰卻非如此，信仰須要切切實實的證據，就算嘴巴上不承認，但內心底層深處還是須要證據。一旦沒有證據來支持自己的信仰，那個相信就會慢慢崩潰。」

「所以……，」李奇似乎想接過去說話，但才開口卻又止住了，並低下頭看著畫頁中的黃太陽。

黎曲猜到他在想著梵谷，於是說道：「信念是根源於潛意識的相信，因此就像本能一樣，是自然的反應，不會受外界逆境的影響。擁有信念的人不須武裝自己來對抗逆境，他們打從心底相信並且『知道』他們想要的畫面一定會實現，因此順境或逆境對他們都沒有影響，他們就只是輕鬆安然地繼續做能幫他們實現夢想的事，完全無視於眼前的逆境。梵谷就是這樣子，他打從心底就相信他能用圖畫來傳達上帝對世人的愛，所以就算從來都沒有賣出過一幅畫，他也毫不動搖。」

我相信　所以我看到

李奇看到麥田上的烏鴉又排出了一段發人深省的新字幕，吟哦了一會後，他高興地說道：「我想我已經懂得信念跟

信仰的不同了。信仰須要證據，所以是『我看到，所以我相信』。信念則是純然地相信，不須任何理由與證據，所以是『我相信，所以我看到』。」

「好極了！『我相信，所以我看到』是信念的精髓，是培養富裕力非常、非常、非常有力量的一種方法，」黎曲眼中閃著光芒，一連強調了三次非常。

「信念跟濃情想像力是富裕之鑰的兩隻翅膀，兩者須同時兼具，富裕貓咪才飛得起來，然後才能鑽進富裕宮殿的鎖孔，打開富裕宮殿，釋放出你虔心想要的豐饒。」

聽到黎曲的描述，李奇腦中飛舞著那隻薛丁格的貓，不過忽然一個念頭閃過，於是尖銳地問道：「既然梵谷具有堅定的信念，那他為什麼會窮途潦倒呢？」

「很好，這是個很棒的問題，」黎曲稱許了一下，然後說：「想要的東西可能有千千萬萬種，但富裕從來都不是梵谷『真心』想要的。信念也可能有千千萬萬種，而梵谷的信念裡也從來都沒有一樣是跟富裕有關。」

李奇楞住了，聽不懂黎曲在說些什麼，怎麼會有人不想要富裕呢？不過，雖然不是很理解，他還是注意到黎曲的話中隱含著「想要」跟「信念」是不同的事情。而且，他還特意強調「真心」這個字眼，似乎「想要」還不見得是真心的，甚至可能只是虛晃一招。

「你可能想要這個、或者想要那個。但這些『想要』如果只是停留在意識的層次，並沒有內化到潛意識裡，那麼就只是

你嘴巴上說想要而已，並不是你『真心地』想要。」

黎曲邊說著，邊揮手驅趕烏鴉。沒一會，麥田的字句又變了⋯⋯

你必須真心地渴望　　「渴望」是太陽光
「真心」是放大鏡　　能點燃夢想的火炬

「常常當我們說『想要』什麼東西的時候，我們只是因為遇到某個並不順遂的場景，出於懊悔及補償心態而說想要，那個想要的意念就只是飄浮在腦子裡而已，並沒有進入潛意識中。因此當那個時間點過了，我們就不當一回事了。」

「將想要的東西放進潛意識的方法是⋯⋯渴望？」李奇看了一下鴉鳥的字幕，怯怯地問。

「說對一半，」黎曲指了指麥田上的句子，朗聲說道：「你必須『真心地』渴望。」

「『渴望』是投入濃厚情緒的願望，『想要』則只是不帶太多情感的願望。投入的情感愈多，力量就愈強。但是，如果你的渴望不夠真心，只是一時的情緒衝動，那麼很快地，你的渴望就會變成『想要』而失去能量。也就是說，你的渴望必須是真心地、打從心底地，就如同旅人缺水時那麼地真心渴望，這樣你的大腦才能得到持續的能量供給來持續地發出相對應於你想要的事物的頻率。」

黎曲說完後，一邊清喉嚨，一邊揮趕烏鴉。李奇趕忙低頭

看向麥田字句，頃刻間，腦海中立刻出現一幅藍天白帆的美麗圖畫。

真心地渴望是航向金銀島的帆船
不疑的信念是讓白帆鼓滿的和風

「就算你已經將你想要的事物寫入了潛意識，你也已經打從心底真心地渴望這些事物，但是如果你沒有堅定的信念——堅定不疑地相信你的渴望必獲實現，你還是得不到。」

黎曲停歇了一會後，接著唸了一段像是口訣的文句：「你必須打從心底真心地渴望富裕。渴望是長著濃情想像與信念翅膀的願望。想像你的渴望滿足了，真實地感受它，你的渴望就必獲得實現。」

李奇點了點頭，但神情間還是有些疑惑。

「你還想著梵谷，對不對？」黎曲看出李奇對梵谷為什麼會窮苦一生還掛懷著。

「梵谷是位非常虔誠的基督徒，他真心地渴望向世人傳遞上帝的愛，而他對這渴望也具有不疑的信念，知道他的畫能將上帝的愛傳達出去，因此他做到了——雖然不是在他在世的時候，但他的確是做到了，他的畫感動了後世的千千萬萬人。梵谷放在潛意識中的渴望與信念是對上帝的愛，富裕並不是他關心的事情。事實上，他既沒有過富裕生活的渴望，也沒有過美好生活的信念，因此他的腦波頻率都跟富裕無關，富裕事物所

發出來的頻率自然就不會跟他起共鳴，而美好的事物也就不會被吸引進他的生命中。」

「原來是這樣，」李奇嘆了一口氣，很同情梵谷的際遇。

「那有沒有比較振奮人心的例子呢？」

「當然有，我跟你講我學姐的故事，一位大聲跟上帝吵架而創造出豐饒富裕的女企業家。」

富裕是一種心態
一種打從心底認定生命本來就是富裕的心態

「1960年代初期，台灣剛脫離農業社會，民生還不富裕，南台灣的高雄到處都看得到乞丐。有一天，一位媽媽帶著她五歲的小女兒出門。路過一條大街時，媽媽看到十公尺外有兩名乞丐，便拿了幾枚銅板給女兒，要她送給其中一人。小女生高興地拿著銅板，半跑半跳地朝乞丐而去，但才跑了幾步路，媽媽卻喚她回來。小女孩非常失望，以為媽媽改變了心意。不過，出乎意料之外地，媽媽只是問了她一個問題『妳想送給誰？』」

李奇專心聽著故事，不覺間，透過朱子祠屋脊灑在他身上的金黃光芒已近乎平直地映入他的眼簾。李奇不由得瞇起雙眼，想擋住耀眼的陽光。然後，就在這個時候，他看到了那對母女。

「我想給那位年輕的，」小女孩說。

「為什麼？」

「他看起來比較可愛啊。老老的那位看起來好可怕，」女孩天真地回答。

媽媽笑了一笑，略顯嚴肅地說：「妳拿去給那位老的。」

女孩有些不解，媽媽於是解釋說：「老的那位已無法工作了，須要幫助。年輕的那位只要他願意，他可以幫助他自己，他可以去找一份工作。」

媽媽說完後，下巴一揚，指向對角街頭。女孩好奇地回頭看向對街，李奇也順著女孩的視線跟著望過去，原來是碼頭派人到街上招募因應出口激增而急需的搬卸工人。

小女孩雖不知是那個單位在僱工人，但聽那工頭吆喝，也約略知道那裡可以找得到工作，因此回過頭，跟媽媽慧點一笑，然後開心地跑開了。

女孩跑到年老乞丐面前，禮貌地將銅板交到他手上，然後帶著燦爛的笑靨再跑回媽媽身邊。

媽媽用手撫摸著小女孩的頭，笑得很滿足。然後，媽媽打開小皮包，取出一個五毛錢的小硬幣，放進小女孩的掌心。

李奇感染這對母女美好互動的心境，不禁也微笑了起來。不過，忽然間，一陣烏鴉亂啼。李奇匆匆回神，低頭看向畫冊，卻見那群烏鴉似乎爭吵著，拿不定主意要排什麼字句。

李奇眉頭一皺，不想理會那群聒噪的鳥，於是抬起頭，但

幾秒鐘前還清晰呈現眼前的高雄街景卻已悄然無蹤了。這時，黎曲的聲音揚起：「剛剛那一幕，你看到什麼？」

「媽媽讓小女孩拿錢給乞丐時順便做機會教育，讓女孩知道人必須懂得自助，而不是等著別人來幫助他，」李奇還想著那對母女的畫面，因此語氣有些悵惘地回答。

「這是其中之一，還有嗎？」

李奇愣了一下，想不出除了這個還會有什麼答案。

「富裕的心態，」黎曲亮著雙眼，微笑地說。

「五歲的小女孩打從心底認定她是富裕的。雖然她可能並不知道這一點，但你看她臉上的表情、做出來的舉止，你就知道她潛意識中是富裕的心態，她知道她擁有很多，她樂於分享，樂於助人。而這位媽媽也是一樣，全身煥發出一種富裕的態度。」

黎曲才剛說完，李奇已注意到那群嘎嘎亂叫的烏鴉已寂靜無聲，於是好奇地看向畫中的麥田，只見一行新的文句在陽光下閃耀著。

富裕的心態創造富裕的狀態

「富裕的心態跟是不是有錢完全無關，富裕的心態只跟你的信念是什麼、以及你相信什麼有關。有些人很有錢，但他的信念是資源有限，他相信的是要與人戰鬥、與人競爭、與人爭奪有限的資源，因此每天每夜、無時無刻，他的潛意識都在發

射恐懼的頻率，就算他目前擁有一個『有錢』的狀態，但心靈上、健康上卻不是一個『富裕』的狀態。久而久之，恐懼的頻率也終將吸引到不好的事物來跟他起共鳴，有錢的狀態也會離他而去。」

李奇大氣不敢一喘，仔仔細細聽著讓他視野大開的這段話，等到黎曲說完後，才輕輕吐了一口長息，並且問道：「是不是富裕的心態就是愛的心態，相信『零度能』，相信資源無窮無盡，相信自己可以擁有很多，因此願意助人，願意與人分享？而這樣的心態會讓大腦發射出愛的頻率，將富裕的事物吸引來？」

「差不多正確。不過，更正確的說法是，相不相信零度能、相不相信資源無窮無盡都沒有關係，這些本來就是宇宙固有的性質，不會因為我們相信而存在，也不會因為我們不相信就消失。重要的是，我們從裡到外都表現出一種愛的心情，『知道』我們是富裕的，『知道』我們要什麼就會有什麼，這種發自內心的『知道』就是富裕的心態。」

李奇感覺到黎曲刻意用「知道」這個字詞，而不是「相信」，正想開口相問，但黎曲已主動解釋了。

「『相信』在很多時候是須要費一點力氣的，我們常常須要用一些證據來說服我們的意識及潛意識，然後我們才會願意相信。所須要的證據愈多，那個相信就愈薄弱。但是，『知道』卻是不費力氣，不須要證據的。比較這兩個句子，你就會知道這兩者細微但卻非常重要的差別。」

黎曲接著說道：「當你說『我相信我做得到』的時候，你心裡在想些什麼？是不是稍微考慮過，覺得有幾分把握了，然後才敢說這句話？假如是的話——我想通常都會是——那你就是有了遲疑，並不是真的相信，更不是毫不懷疑地相信。」

「但是，」黎曲看了面露疑色的李奇一眼，然後繼續說道：「當你說『我知道我做得到』的時候，你是否一派輕鬆，非常坦然，想都不用想就說出口了？」

李奇回想過去他說這兩句話時的場景與心境，很快地，認出了其中的差別，於是會心地笑了。這時，眼前忽然又出現了那對母女安祥快樂的神情，剎那間，他知道了——是的，這就是富裕的心態。

富裕的心態是不斷擴大舒適圈
不斷豐富生命的心態

「信念就是真正的相信，就是打從心底『知道』、並且認定事情本來就是這樣。懷抱著這樣的心情使其成真，過程中，就算所有的證據都顯示情況剛好相反，就算周遭的親朋好友都好意勸薦，認為事情並不可行，你所想要的畫面仍是必獲實現，」黎曲用斬釘截鐵的氣勢又吟誦了一段像是口訣的字句。

李奇對後半段沒有很懂，但在這個時候他只想儘快知道那女孩後來的故事，因此並沒有發問。

黎曲看他神情自然知道他是什麼心思，因此也不吊他胃

口，立刻將話題拉回到女孩身上。

「十多年後，那女孩大學畢業了，剛好遇上台灣電腦產業起飛的年代，她憑藉著她的能力、努力、還有對富裕的信念，很快地，她在服務的公司裡晉升到高階的管理職位並賺得了相當的財富。不過，富裕的心是驛動的心，是停不下來、想要不斷擴大舒適圈、想要不斷讓自己的生命更豐富的心；因此，沒有瞻前顧後，沒有太多風險考量，她離開了被僱用的公司，創設屬於自己的高科技公司。因為，內心的聲音指引她，告訴她這是通往更大成功的道路，而她也打從心底知道她會成功。」

「屬於她自己的公司？」李奇有些疑惑。

「雖然她『知道』她會成功，但她也知道周遭的一些親友會擔心，因此創立公司時，她沒有尋求任何奧援，她選擇獨資，一方面她可以輕鬆自在地完全照自己的想法來經營，二方面則可避免還沒獲利前股東會耽憂。」

「所以她一創業就成功了？」

「不，一連虧損了五年。」

李奇眉頭皺了起來，有些擔心。

「前三年虧損時，愛護她的朋友都問是否須要幫忙，他們可以進來投資，但她都婉拒了，她堅持公司虧損時不能讓別人進來涉險。第四跟第五年時，朋友不再說投資的事了，而是為她憂心，勸薦她是否要將公司結束，免得愈賠愈多。不過……」

「不過她還是相信她會成功？」李奇忍不住問道。

黎曲笑一笑，揮手驅趕烏鴉排出一行新的字句……

信念就是打從心底知道事情本來就是這樣

李奇看了那段文句，遲疑地問：「她打從心底知道創業一定會很辛苦，會經歷虧損？而且不一定會成功？」

黎曲神祕地微笑，半晌後才說道：「她打從心底知道事情會如她所願。」

李奇驚住了，暗忖這是什麼樣的人格特質，遇到困難時竟然還能這麼樂觀篤定。

「她擁有強大的信念，她打從心底知道她會成功，就像她還是那個五歲時的小女孩一樣，儘管家庭只是小康，但卻打從心底知道她是富裕的，並且全身散發出富裕的光采。不過，還有更重要的，她擁有信實不渝的盟友……，」黎曲故意賣了個關子。

「您不是說她獨資成立公司嗎？」

「上帝是她的盟友。她虔誠信仰上帝，知道凡上帝應允她的，就必會給她。很多年前，在她動念想要創業的那一天晚上，她在床頭跪了下來跟上帝禱告，祈求上帝幫助她，然後……」

李奇心情有些激動，猜想可能發生了神蹟，因此不待黎曲說完，便打岔說道：「她見到了上帝？」

「不，不是這樣。沒有任何神蹟發生，她也沒有看到上

帝。但是，她就是『知道』上帝已經應允她了。從那之後，每當事業面臨困境時，她都會跟上帝禱告，一直禱告到第五年，然後……她生氣了。」

李奇神經尖豎了起來，有些驚訝，不知道接下來會怎樣。

「那是她創業的第五年，大約六月底左右，公司虧損金額繼續擴大，甚至連下一筆訂單也都還沒有著落。這時，她決定跟上帝吵架，好好地、痛快地吵上一架。」

李奇全身震了一下，想不透那是什麼情景。

「那一天晚上，大部分的員工都下班了，外頭開放式辦公區只剩下少數幾位同事還在加班。她跟那些同事說了幾句打氣的話後，就面色凝重地走到靠牆的執行長辦公室內，將門鎖上，然後走到辦公桌側後邊，扶著桌緣，跪了下來……」

李奇專心聽著黎曲的描述，腦海中想像著一位俠女模樣的女生。然後，在斜陽夕照中，一個不留神，他看進去了另一個時空……，他看到了他心目中的這位俠女。

李奇忍住心中的驚駭與狂喜，靜靜地看著辦公室內的動靜，只見她面向著桌後的旋轉辦公椅蹲跪著，右手扶在座椅的扶手上，眼睛輕閉著，臉色一片蕭穆。李奇看了一會，心想她大概是在禱告吧。不過，幾分鐘過去了，她仍是閉著眼，姿勢動都不動。李奇開始有點不耐了，正想開口問黎曲，這時辦公室內伊呀了一聲。李奇連忙尋找聲音的出處，原來是那張大皮椅。

原本低頭禱告的她這時候略仰起臉來，仍然閉著雙眼，但輕皺著眉頭，右手則緊握著椅子的扶手，力量大到將那皮椅晃出了聲響。不過，引起李奇注意的是她那專注的神情，感覺起來，似乎那椅子上有個人正在與她對話一般。李奇滿心疑竇，強忍著訝異繼續觀看著，心想再一會也許能幸運地看到坐在椅子上的上帝吧。

但是，什麼都沒有發生，他什麼都沒看到。幾分鐘後，她睜開眼，神色舒坦地站了起來，眼睛充滿了信心的光采。

「看到了嗎？她剛跟上帝吵完架。」

李奇被黎曲的聲音喚了回來。轉瞬間，那間辦公室不見了，眼前是慈祥的黎曲。

信念是曠野上的小草　看似無根無依
暴風雨後卻依然挺立

「她不是一直都在禱告嗎？」李奇非常不解。

「既是在禱告，也是在跟上帝吵架。」

李奇睜大了眼，更狐疑了。

「信念就是打從心底知道……」

「我知道了，」李奇一聽到這個起頭，立刻想起不久前黎曲唸的口訣，因此興奮地將黎曲的話打斷並說道：「她打從心底相信上帝，信仰上帝，毫不懷疑，毫不動搖。她知道上帝應許她的就必定會給她，因此當公司一連虧損五年後，她會生氣

地想跟上帝爭吵。」

「對極了，」黎曲高興地讚許並接著問道：「不過，你知道她是怎麼跟上帝吵架的嗎？」

李奇緩緩搖頭，從頭到尾他只看到她在禱告，卻未曾見到她跟上帝吵架。

「在心裡。她在心裡頭跟上帝抗議，」黎曲鏗鏘地說。

「她知道在她創業之初，上帝已經應允了要幫助她成功，而她也完全依照她承諾自己及承諾上帝要做到的言行在經營公司，譬如正直誠實地對待客戶與供應商、體恤關照一起打拼的員工、勤奮努力地經營事業等，但是五年過去了，上帝卻未遵守承諾，沒有適時地伸出援手。所以，她生氣了，她在心裡頭大聲地質問上帝，問祂還要她怎麼做。」

「哇！」李奇讚歎地搖著頭，並緩緩說道：「這是一種什麼樣的信任，如果不是對上帝毫不懷疑地相信，怎麼可能質問上帝，還跟祂吵架。」

黎曲會心一笑，但旋即話鋒一轉，說道：「接下來，什麼都沒發生，業績也沒有出來。」

李奇原本還沉浸在那充滿正向信念的氛圍裡，聽到這句話，頭一低，心情沉了下來。

「但是，到了年底時，奇蹟發生了，忽然來了幾筆預期之外的訂單。然後，該年度結算後，竟然有了一百多萬台幣的盈餘。」

李奇抬起頭，高興地等著黎曲繼續往下說。

「公司創立的一到四年，年年虧損，但是每到年底，她都自掏腰包，拿錢出來發放年終獎金，感謝員工的辛勞。第五年時，公司總算賺了錢，興奮之餘，除了感謝上帝，她將所有的盈餘都獎賞給員工。而從這年開始，公司業績蒸蒸日上，每年都有很豐厚的獲利來讓她做更多想做的事。」

「更多想做的事？」

「嗯，她知道教育與學習是通往富裕的最重要路徑，因此她長期贊助偏遠地區的小孩與學校，尤其是山裡頭的原住民孩子。」

李奇眼睛亮了起來，心裡頭又浮想起那位俠女樣貌的女生。

富裕的信念吸引富裕的事物
貧窮的信念吸引貧窮的事物

「是不是很感動？」

「富裕真好，不僅自己豐盛美好，還能分享給別人，幫助別人也富裕，」李奇嚮往地說著，心中則許下願望——要好好學習這套富裕力的方法。

黎曲點點頭，然後不捨地說道：「時間有點晚了，我們來做個總結。」

「你潛意識裡所堅定相信的就是你的信念，你的信念是什麼，你的腦波頻率就是什麼，你就會吸引到相似頻率的事物

來跟你共鳴。梵谷的信念是他能完美地傳達上帝的愛，所以他的畫感動了後世的千萬人。我這位學姐的信念是她能擁有富裕的人生，並且知道上帝會幫助她，所以她吸引到了美好與豐盛。」

黎曲說完後，從左胸口袋裡拿出一個名片夾，打開後，從裡頭取出一個硬幣，然後交到李奇手中。李奇好奇地拿近一看，是枚早已不流通的五毛錢銅板。一時間，李奇不明所以，但繼之一想，竟激動得結巴了起來：「這……，這是……」

黎曲微笑地點頭，並說道：「很多年前，我學姐給了我這枚富裕的硬幣。每當我事業或人生不順遂時，我都將它握在手裡，然後信心就來了。現在我將它交給你，相信你也會擁有富裕的人生。」

李奇忍住眼角的淚珠，小心地將那枚硬幣收進他的錢包裡。這時，忽然傳來烏鴉怪鳴，李奇連忙查看畫中麥田，只見那隻鵝黃色的貓咪不知打那裡出現，跳進了麥田，正胡亂追趕著那群烏鴉。不過，沒幾秒鐘光景，貓咪不見了，鴉群不見了，剛剛坐在面前的黎曲也不見了。

| 第七章 |

綠絨貓與特斯拉的白老鼠

　　講台上，老師口沫橫飛地講授著。講台下，李奇聽著早已自修過的內容，心生無聊，正昏昏欲睡。不過，就在打了兩個盹後，李奇驚醒了過來，一隻蘋果綠色的貓咪從他的抽屜裡跑了出來。

　　李奇驚駭地看著那隻貓穿過隔鄰同學的桌腳下，然後又穿過次隔鄰的椅腳下，接著一個輕跳，躍上了朱莉的抽屜邊緣，朝著朱莉輕喵一聲後，就悠哉地鑽進了她的抽屜裡。

　　然而，更讓他驚駭的是，朱莉竟然伸手進抽屜裡，並一副看起來就像是在撫摸著那隻貓的樣子。李奇霎時睡意全消，原來不是只有他看見那貓咪，看來朱莉也看到了。過去每次看到這些奇怪顏色的貓都是他獨自一人，從來都沒有其他人看見過，但是這一次似乎朱莉也看到那隻綠毛貓了。

　　李奇知道接下來黎曲又要出現了，他很期待，但更期待的是如果朱莉也「真的」看到那隻貓，說不定她也會跟他一起進入平行宇宙去跟黎曲相會。因此，李奇墊起腳尖，撐起兩隻前椅腳，用兩隻後椅腳為支點，將身子儘量往後仰，並將頭往右後方伸出，讓視線越過右手邊的兩位同學，試圖看清楚跟他坐在同一列、離他最遠處的朱莉是否「真的」在撫摸那隻神祕的「薛丁格的貓」。

　　「叩，」一聲不大不小的聲音嚇了李奇一跳。一個不留

神，李奇竟將後仰的椅背敲到了後面同學的桌子。

李奇有些慌亂，心想大概要被老師罵了。卻那知回頭看向講台時，黎曲正促狹地看著他。李奇頓時覺得尷尬，也忘了計較原本在講課的老師及聽課的同學都不見了。不過，幾秒鐘後，他想起了朱莉，連忙往右手邊看去，卻失望地看到朱莉的座位上空盪盪地。

第六課　心「感」則靈

李奇看著黎曲轉過身在黑板上寫下這堂課的標題，一時會意不過來，感覺文字很熟悉，但卻又好像有那裡不對勁。

「之前的課我們體驗了富裕之鑰的兩種重要工具——濃情想像力及信念。這堂課我們要講的是富裕之鑰的另一個強而有力工具——全面感知（Six Sensing）——也就是貓咪的鬍鬚，」黎曲不理會面現遲疑神色的李奇，朗聲地破題，然後右手掌往講台中央的空曠處平直一攤，做了個邀請的手勢。

李奇好奇地看過去，差點跳了起來。

原本空盪的講台處這時竟站了位頭髮花白、嘴唇上方蓄著濃厚鬍子的外國人。看那形貌，李奇一眼就認出那是馬克吐溫（Mark Twain），於是既緊張又興奮地跟他招手，但是那「馬克吐溫」卻很沒禮貌，看也不看他一眼。

李奇有些訕然不快，但仔細觀察後，也就釋懷了，原來那只是馬克吐溫的全像影像（Hologram），並非真實的本尊。

李奇打量著馬克吐溫周遭，有些疑惑，感覺他站著的地方不像地面，而似乎是一個微微高出地表的圓形鋼製平台。在那平台後面，約莫十米遠的地方，兀立著一座像是控制台的大型機器。機器前方則有位側著臉、專心看著控制台儀表指針的纖瘦男子。

李奇耐心地等待著，他知道將有些事情發生。果然沒多久，控制台旁那西裝筆挺的男子有動靜了。只見他舉起右手，按下一個紅色圓鍵，然後轉動圓鍵旁的橘色轉盤。頃刻間，馬克吐溫站著的大圓盤急速地上下震動，並發出沉沉的低鳴。然後，不到十秒鐘光景，馬克吐溫的臉色變了。然後，又十來秒鐘光景，馬克吐溫摀著肚子，扶著屁股，雙腳開開地跨離平台，焦急地往洗手間的方向跑去。

李奇覺得奇怪，不知發生了什麼事，忽然遠處那男子轉過身來，望著正在開洗手間門的馬克吐溫笑著說道：「怎麼樣，很有效吧！」

「特斯拉！」李奇看到那張帶著紳士笑容的臉，激動地叫了出來。

「是的，尼古拉・特斯拉（Nikola Tesla），有史以來最偉大的發明家，」不知道什麼時候走到講台下的黎曲在李奇身邊耳語般地說著。

「馬克吐溫是特斯拉最好的朋友，也是他的白老鼠。」

李奇愣了一下，轉頭看向黎曲。

「馬克吐溫非常相信他這個朋友，每當特斯拉有新發

明，須要找人試用時，他總是興沖沖地樂於當白老鼠，」黎曲看著台上那對好朋友讚歎地說。

「馬克吐溫一直都有便祕的問題，」黎曲接著說道：「特斯拉發明了一個稱作『特斯拉振盪機（Tesla's Osscilator）』的機器，原本的目的是為了產出高效能的動力來取代效率不高的蒸汽機。不過，後來因為效能更好的渦輪引擎早一步問世，他就沒再繼續研發了。但是，這台機器還是有其它的用途……」

黎曲作了個怪表情，然後故意小聲地說：「便便製造機。」

李奇不由自主地捏了捏鼻子。黎曲見狀，心生好笑地說：「轉動那個橘色旋鈕，這部機器就能穩定地以特定的頻率振動。如果把它的振動頻率調到剛好與腸子的自然頻率一樣……」

黎曲忽然想到李奇可能沒學過「自然頻率（Natural Frequency）」，於是將原本要說的話中斷，插進一段說明：「每種東西都會以特定的頻率振動，心臟有心臟的振動頻率，吊橋有吊橋的振動頻率，書本也有書本的振動頻率，這種特定的振動頻率就叫做自然頻率。」

李奇聽到這裡，已知曉黎曲話中含意，便接著說道：「腸子也有腸子的自然頻率。特斯拉將他的機器調到用腸子的自然頻率來振動時，腸子就會跟機器發出的頻率起共振，吸收機器傳遞過來的能量，促進蠕動，於是馬克吐溫就會忍耐不

住，想要噗噗。」

黎曲笑了笑，說道：「這台機器還有個別名——地震機
（Earthquake Machine）。特斯拉曾將機器的頻率調到跟房子的
自然頻率一樣，造成房子像遇到地震時的巨幅震動。」

「結果呢？」李奇緊張地問。

「鄰居打電話報警。還好在警察來到之前，特斯拉就已將
機器關掉了，因為他自己也嚇壞了。」

李奇鬆了一口氣，但突然一道靈光閃過，明白了為什麼黎
曲要講特斯拉：「每一種東西都有它的自然頻率，當我們持續
發出跟想要的東西的自然頻率相同的腦波頻率時，我們就能跟
這些東西起共鳴，將它們『吸引』過來。」

黎曲讚賞地看了李奇一眼，然後走上講台，在黑板上寫下
一個新的標題……

視覺化你想要的事物　你就會得到

「知道特斯拉是怎麼造出那台地震機的嗎？」

「先在腦子裡構思草圖，接著畫出設計藍圖，然後再根據
畫出來的藍圖來建造，」李奇一邊回答，一邊暗忖著「不都是
這樣嗎？難道還可能有別的？」

「不是！」

「不是？」

「嗯！他沒有畫出任何草圖。」

李奇聽不懂，疑惑地看著黎曲。

「特斯拉沒畫任何設計圖稿。他直接在腦子裡想像那台機器，在腦子裡看著那台機器運轉，並在腦子裡看到那裡出了問題，然後在腦子裡找到出問題的地方，修改完之後，再繼續在腦子裡讓它運轉，一直等到他在腦子裡看到機器運轉順暢了，才畫出定案的藍圖，交給技工製造。」

李奇兩眼睜得大大地，不敢置信地看著黑板上的字句，並愣愣地說道：「您是說他將一切都視覺化，將一切都在腦中想像，在腦中看見？」

黎曲點點頭，然後說：「這種視覺化的技巧就是之前說的濃情想像力。不過，以特斯拉的例子來說，不單只是濃情想像力而已，還更重要的是……全面感知、跟宇宙接軌。」

打開你的天線　全面感知你周遭的訊息

黎曲轉過身，在黑板上寫下這段標題，然後靜靜地看著講台的空曠處。沒多久，原本已消逝不見的那對好朋友又出現了。

顯然地，馬克吐溫的肚子已經清爽了，只見他開心但略帶戲謔神情地問特斯拉是如何想出這台「便便製造機」的。

「我的大腦只是個接收器。宇宙存有一個核心，我們所須的知識、力量、靈感都在那裡。我未曾置身這個核心祕境，但是我知道它確確實實存在。（My brain is only a receiver, in the Universe there is a core from which we obtain knowledge, strength and inspiration. I have not penetrated into the secrets of this core, but I know that it exists.）」

特斯拉用神祕的語調緩緩地說完後，這兩個人又神祕地消失了。然後，黎曲又開口了：「濃情想像力就是充分運用我們的五感，在腦子裡面看到機器構造的每一個細節、聽到機器運轉的低鳴聲、聞到馬達散發出來的焦油氣、嚐到空氣被活塞衝擊裂解的燒灼味、並且感受到撫摸金屬表面時的冰冷感。但是，要真正構思出一台這樣的機器，除了我們習以為常的五感之外，還須要有第六種感官的協助。藉由這種存在於大腦深處、解剖學上看不到的『無形』感官……」

「第六感！」李奇忍不住輕聲叫出。

「是的，第六感。不過，不是一般人所說的那種靈異、科幻、難以捉摸的第六感，而是可培養、可運用、能幫助我們從宇宙拿取資訊及靈感的一種感知能力。」

潛意識就是你的天線　全面打開
全面感知　你就能跟宇宙溝通

「我們的潛意識就是這個無形的感官──第六感。潛意識就像永遠都不休息、永遠都不會累的天線一樣，你要24小時打開它，讓它持續不懈地從宇宙接收對你有用的資訊。」

「從宇宙接收資訊？」李奇不是很明白。

「嗯！從138億年前宇宙大霹靂的那一刻開始，所有發生過的事情、所有被我們創造出來的知識、以及所有先天就已經存在於宇宙的物理性質都是資訊。資訊在宇宙飄泊，在空中流浪，就像量子力學的機率波一樣，不攜帶能量，可快過光速，並且充滿宇宙的每一個角落……」

　　「機率波？」這是李奇上這門課以來第二次聽到這個名詞，上一回是在講「資訊只有一個，真相卻有千千萬萬種」的那堂課聽到的，那時他並沒有發問，但是這次他覺得該問個清楚才行。不過，黎曲卻似乎還沒想要多做解釋，只是自顧地就原先的話題繼續往下講。

　　「就像特斯拉說的，我們所須要的所有資訊，宇宙裡都有，因此我們可以做的就是把自己變成一個靈敏的接收器，打開所有的天線，盡情地接收我們想要的資訊。」

　　黎曲歇了一會後，又接著說道：「資訊是不具備能量的波動，因此它沒有能力主動接近你、餵食你，它只會被動地等待想接收它的人。要汲取資訊，你必須主動打開你的潛意識天線。」

盡情狂放地張開你的潛意識天線

　　「當你盡情狂放地張開天線，信任你的潛意識，你就能24小時不間斷地從宇宙吸取你所須要的靈感、創意、及知識，幫助你創造富裕。資訊有兩種，一種是先天存在的，譬如物理

性質；另一種是後天創造的，譬如歷史事件、文學創作、及各種專業知識等。不論是那一種，它們都是中性、不攜帶能量的⋯⋯『機率波』，」黎曲笑得詭譎地盯著李奇，他知道這是李奇亟想知道的主題。

「還記得『波粒雙重性』吧？」

李奇遲疑地輕輕點頭。

「以一『顆』電子為例，它既是粒子，也是波動。你不觀測它時，它是散布在宇宙各處的一個『機率波』，有1%的機率出現在這裡、2%的機率出現在那裡、1.3%的機率出現在⋯⋯」黎曲一邊說著，一邊東指西指地，就好像那「顆」電子真的出現在這些不同的地方一樣。

「我們不做任何觀察時，這『顆』電子出現在什麼地方沒有人知道，我們唯一知道的是它是一個機率函數，可以用一道波動方程式來描述它出現在不同地方的機率。但是，一旦我們做了觀測，這個機率波就會崩潰（collapse），電子現身何處就不再是機率，這時我們就能100%確認這顆電子在那裡。」

李奇頭皮有些發麻，聽不懂黎曲在說些什麼。

「不要擔心，雖然這個觀念很玄，跟我們習慣的世界很不相同，但是我想說的重點是『觀測』這個動作。」

行動是汲取富裕資訊的唯一方法

黎曲在黑板上寫下一個新的標題。

「所有的資訊都是機率波。也就是說，每一筆資訊都居無定所，有不同的機率出現在宇宙的不同地方。為了獲取你想要的資訊（譬如靈感、知識、創意等），你必須讓機率波崩潰，讓它100%現身在你的身上、出現在你的腦子裡；而要讓機率波崩潰的唯一方法就是『觀測』。」

李奇看著黑板上的標題一會，然後高興地說：「觀測就是行動。」

「是的，空想無益，必須具體地行動。」

「那之前說的濃情想像力跟信念不都是用想的嗎？」李奇困惑地問。

黎曲露出一個詭異的笑容，顯然他一直在等待李奇問這個問題。

「常常我們會覺得行動就是必須動到手、動到腳；事實上，坐著想可能也是一種行動。」

李奇微微一愣，但還沒回過神，黎曲已接著說：「行動有兩種，一種是心智的，一種是肢體的。有效的行動是全神貫注、高度聚焦的。當你全心全意聚焦在你想要的東西時，你的潛意識就會發射出精準的頻率，將那東西吸引過來——無論是動用手腳、或是動用大腦的行動都一樣。事實上，肢體的行動固然非常重要，但心智的行動才是主宰者，它能決定達成願望的程度及速度。濃情想像力及信念是高度聚焦的心智『行動』，全面感知也是必須全神貫注的心智『行動』，這三者相輔相成，是幫助你擁有富裕的最主要力量。至於白日夢則是發

散、沒有焦點的胡思亂想，不是具體的行動，因此不會讓資訊的機率波崩潰，不會讓你得到能幫你創造富裕的資訊。」

李奇讚歎地吐了一口大氣，心情既澎湃又洶湧。

六感全用　富裕力就能大幅提升

「全面感知有兩個層面，」黎曲邊說著，邊低頭看著左褲管口袋。

李奇好奇地跟著看過去，只見黎曲的口袋有些動靜，好像有什麼東西在口袋內蠕動著往上爬。果然，沒幾秒鐘工夫，一個金黃色的毛絨絨東西鑽了出來。

李奇還沒來得及細看，那乒乓球大的毛線球抖擻了一下，竟騰空飛起，並優雅地朝他振翅而來。

李奇認出那是薛丁格的貓，忍不住開心得露出童稚般的笑容。

這是李奇第二次見到這隻長翅膀的貓，前一次看到時是在黑夜籠罩的莒光樓上，那時只知道它的翅膀及身軀是金黃色澤的毛絨、鬍鬚是銀白的、尾巴則變幻著橙紅橘綠的顏色。但是這回所見卻有所不同，這貓咪的尾巴不再顏色捉摸不定，而是燦燦然、很漂亮的蘋果綠。而且，貓鬚也不是之前以為的純銀白色，而是在鬚根處呈現與臉頰相同色調的金黃色，然後沿著鬚身慢慢轉淡，並慢慢在末梢處變化成閃亮的銀白色。

「全面感知分成對外部宇宙訊息的感知及對內部自我潛意

識的感知⋯⋯」

李奇聽到這裡，看了看貓咪的鬍鬚，立刻搶著說道：「所以鬚根金黃色的部分代表對自我潛意識的感知，而鬚末銀白色的部分代表對外界宇宙資訊的感知？」

「嗯。我們這堂課到目前為止所談的都是對外部資訊的感知——藉助我們潛意識的第六感來感知、接收宇宙的訊息，譬如知識及靈感。當我們能夠習慣地將這個以第六感為基礎的對外部資訊感知與以聽覺、視覺、味覺、嗅覺、觸覺等五感為基礎的濃情想像力合併使用時，我們的富裕力就能大幅增長。」

五歲以前形成的價值觀會跟著我們一輩子

黎曲說完後，隨性地往身後的黑板揮了揮手，頃刻間黑板上出現了新字句。然後，他靜靜不語，似乎在等待著李奇發問。果然，李奇懸念著黎曲還沒解釋的另外半段貓鬚，疑惑又期盼地問道：「對自我潛意識的感知又是什麼呢？」

「這部分是用來檢視我們的信念，讓我們知道深埋在我們潛意識中的真正信念是什麼。」

「什麼意思？」

「就算你已依照我們上一堂課所講的方法，用『真心地渴望』將你想要的價值觀及想法放進你的潛意識裡，變成你潛意識中的信念，你還是可能會有相衝突的價值觀、相衝突的信念。」

「為什麼？您說過，信念就是我們潛意識中真正相信、並且堅定相信的事。既然已經是真正地相信、並且堅定地相信，那為什麼還會有跟它相衝突的價值觀及想法存在潛意識中？」

「這個跟我們童年的記憶有關，尤其是五歲以前。」

李奇睜大了眼睛，有些難以置信。

「我們的意識可能早就已經忘了五歲以前發生的事了，但是我們的潛意識卻從來都不會忘記。我們還是小朋友的時候，我們身上所發生的每一件事都烙印在我們的潛意識裡，這些事我們無法分辨好壞，我們就只是接受它，並將它轉化成埋藏在潛意識最底層深處的價值觀。譬如，在我小的時候，我的平衡感有問題，經常會跌倒，手肘及膝蓋總是有傷口，幾乎沒有好過。長大後，雖然走路不再跌倒了，但跌跤這個『價值觀』已深深植入了我的潛意識，成為我最底層的信念。」

「跌跤是一個價值觀？」李奇臉上現出不可思議的表情。

「小朋友沒有能力分辨好壞。我習慣了走路要跌跤，於是跌跤就成了對我『是好的』一種價值觀。如果走路沒跌跤，反而會不習慣，不習慣就是踏出了舒適圈，潛意識中的信念就會再把我拉回舒適圈，讓我跌跤。」

李奇又出現了驚異的表情，並焦急地等待黎曲往下講。

「我一直都不知道我有這個信念。在我年輕的歲月裡，我在工作及事業上總是跌跌撞撞，很難有大成就。一直等到進入壯年，發現了富裕力的祕密，我才踏出習慣跌跤的舒適圈。」

「您是怎麼做到的？」李奇迫不及待地問。

「用『真心地渴望』及『濃情想像力』將我想要的新信念植入我的潛意識中。然後，對我的潛意識保持24小時深度的感知，隨時隨地觀察我的潛意識，偵測我表現出來的言語及行為是否與我想要的新信念一致。一旦我『期待跌跤』的舊信念又跑出來時，立刻再將走路平穩、事業順遂這樣的新信念注入潛意識中。久而久之，新信念就會取代舊信念，成為新的舒適圈。」

李奇似乎聽懂了，但對「五歲前深埋在潛意識中的信念」這個聽起來頗為古怪的說法仍然感到不解，因此問道：「所以就算我們刻意將真心渴望的新價值觀植入潛意識中，仍然可能贏不了五歲以前就已生根的信念？」

對潛意識保持深度感知
才能知道自己真正的信念是什麼

「可說對，也可說不對，這就要看你能不能善用貓咪的金黃色鬚根去找出你不要的舊信念了。假設我們在年幼的時候讓一些不好的價值觀進入了潛意識——很抱歉，這往往不是我們自願的，而且往往我們也不知道有那些不好的價值觀已深植在我們的體內。長大後，假設我們從不去觀察我們自己的言行舉止，不去深度感知我們自己的潛意識，那麼就算放置了新信念到腦子裡，那些新信念都不會真正進入潛意識中，因為那些我

們從不知道它們存在的舊信念會完全不受干擾地，繼續安然地藏躲在底層潛意識中，頑固地指揮我們的本能與遇到事情時的臨場反應。」

黎曲稍微停頓了一下，讓李奇跟上，然後才又接著說：「於是，五歲以前就已養成的價值觀會一直左右我們的人生。但是，如果我們保持警戒，隨時隨地都在感知我們的潛意識，找出埋藏在底層深處的舊信念，然後針對舊信念設計出取代它的新信念，並且持續地將我們想要的新信念植入底層潛意識中，那麼新信念就會取代舊信念，引領我們走上富裕豐饒的嶄新人生。」

聽到這些話，李奇緊繃的臉上露出了笑容，緊盯著黎曲的眼睛也鬆軟了下來。

「既然童年的很多事情都已不記得了，那我要怎麼做才能知道自己有沒有不好的舊信念？」

「對潛意識保持深度感知，」黎曲指著黑板上的標語，然後又重複剛才說過的：「你必須讓自己保持警覺，不斷觀察自己的言行舉止。」

「我要怎麼深度感知？怎麼觀察自己呢？」李奇看著貓咪金黃色的鬚根，疑惑地問。

「『放下』跟『抽離』！」

「放下跟抽離？」李奇丈二金剛摸不著頭腦。

「行動上，你必須積極地打開所有的六種感官；但心態上，你必須放下、必須抽離。這樣你才能精準地觀察你自己，

知道你真正的信念是什麼。」

　　黎曲吞了口唾沫後，繼續說道：「這部分我們在最後一堂課會講到。不過在那之前，簡單地說就是，你必須將你從你自己身上抽離，站在你的體外，像個局外人一樣，用中性、沒有情緒的視角，觀察你在想些什麼、做些什麼。」

　　李奇先是覺得詫異，但仔細咀嚼後，開始有些明白了。

　　「當你用中性、不受情緒左右的方式來觀察你自己、感知你自己之後，你就會感受、接收到兩類重要的訊息。然後，你可以根據這兩類訊息來得知是否你有不想要的舊信念在糾纏著你，影響你的生命。接著，你就可以設計你想要的新信念，將它輸入你的潛意識中。慢慢地，只要你日夜不懈地這麼做，新信念就會取代舊信念，成為你新的習慣、新的舒適圈。」

　　「是那兩類訊息呢？」李奇興奮地問。

信念造就習慣　習慣讓歷史不斷重演

　　「第一類的訊息比較容易取得，隨時都可以觀察及感知，只要夠放鬆、夠用心就可以精確地得到，」黎曲邊說著，邊取出粉筆，在黑板上新字句的後半段劃下雙重底線。

　　「你可以找個心情平靜，沒有外界干擾的時間，把自己放空，然後回想是否有什麼事情在你的身上一而再、再而三地重複發生。正常情況下，我想應該都會有。歷史在你身上不斷重演就代表有某種深植腦中的信念在影響你，讓你不斷走相同的

路、做相同的事、經歷相同的遭遇。」

「所以第一類的訊息是『在我們身上一再重複發生的事』？」

「是的。舉我自己為例，我年輕時在幾家大公司工作過，曾經參與了一些大案子，但是每到緊要關頭都會因故被迫放棄。譬如，我帶著一支優秀團隊，花了好幾個月的時間準備一個大型的國際標案。一路上，我們的提案都得到案主青睞，將競爭對手遠遠拋在後頭，眼看只要再經過一場形式上的簡報就能得標了，但在做簡報的前一天晚上，我毫無節制地大啖了半顆西瓜，然後……隔天上午我竟頭昏眼黑地，癱軟在病床上，錯過了簡報時間，於是原本十拿九穩的標案就這樣拱手讓與了評分大幅落後我們的競爭對手。」

「西瓜？我不是很懂，感覺起來這是單一事件，只是您不小心西瓜吃太多了。難道這是重複發生的事嗎？而且，我不知道這跟您潛意識底層的信念有什麼關係？」李奇竊竊地問。

「不，我不會經常吃西瓜吃得頭昏眼黑地，這種事一次就夠了，」黎曲笑了出來。

「我想說的是，我觀察到在我身上經常會有一些意外事故發生，造成我工作及事業的不順利。這些意外雖不相同，但造成的影響卻是一樣的，因此我就知道必然是有一些潛藏的信念在影響我，讓我不斷陷入相同的遭遇。以吃西瓜的事來說，表面上看起來，似乎只是我肆無忌憚地亂吃；但進一步細看，卻是粗心大意；而再更進一步看，則是期待跌跤。」

李奇嚇了一大跳，想不透這是怎麼推論來的。

「是不是很疑惑吃西瓜跟期待跌跤有什麼關係？」

理智飄走　感性浮現
才能發掘出潛藏在深處的信念

「我運用全面感知，知道了有埋藏在潛意識底層的信念在引導我的人生。這些信念是我不想要的，但我並不知道它們是什麼。不過，我清清楚楚知道的是，我必須找出這些資訊，知道它們是什麼，這樣我才能夠針對它們來設計新信念，並把新信念灌輸給潛意識。」

「所以我們要尋找及感知的第二類訊息是『我們不想要的舊信念』？」李奇忍不住插話。

黎曲一邊點頭，一邊說道：「大多數時候，理智就像堅硬的椰子殼一般，固執地守衛在潛意識的外面。只有當你放鬆心情，放鬆肢體，讓理智邏輯輕輕地飄走，讓感性泉湧上來，並且打開所有的六感天線時，潛意識才會浮現，甚至跟你對話。這時候，只要全身放鬆地順從你的靈感帶領，你就會感知到你的內在，發現隱藏的脈絡，找到埋藏在深處的信念。」

黎曲輕輕緩緩地說完後，停了一會，然後繼續說道：「在我壯年以前，我在工作及事業上常常一開始時都很順利，但沒過多久，就會有突發的意外讓美好的前景出現陰影。以西瓜這個事件來說，原本我以為只是單一事件、只是我偶發地貪

吃。但當我放鬆自己，運用全面感知來尋找蛛絲馬跡後，我找到了發生在我身上的許多看似獨立事件的事情，它們表面上互不相關，但卻有驚人的共通性。」

李奇豎起耳朵，緊張地等著黎曲往下說。

「這些事情以不同的型式出現，有時候是吃多了西瓜、有時候是印表機壞掉、有時候是錯過車班、有時候則是重感冒。無論是什麼型式，它們的結果都是讓我在工作上受挫跌跤。這些事情的共通性就是——漫不經心、粗心大意。不過，這只是表象，並不是最根本的東西。因為，當我完全放鬆地任由我的六感帶我感知我的內在之後，我看到了我小時候跌倒擦傷的模樣，我聽到了我經常掛在嘴邊的『人生不如意十之八九』這句話，於是在那個剎那間，我明白了，但也嚇了一大跳，原來這才是我最深處的信念——我期待跌跤。」

黎曲深吸了一口氣，然後又說：「因為，唯有三不五時地跌跤，我才能待在我從小就已經習慣了的舒適圈裡——那個跌跌撞撞的情境。所以，在我毫不知覺的情況下，我的潛意識讓我在順境時不由自主地粗心大意，藉以創造出讓我跌跤的情境。」

李奇看著黎曲，臉上又出現了一個目瞪口獃的神情，就像正看著一個外星人一樣。但是，驚駭過後，李奇慢慢地點頭，心中暗忖「是的，黎曲說的沒錯，信念的力量太驚人了，因此務必要找出不想要的舊信念，否則不想要的歷史還是會一再重演。」

「放下、抽離、全面感知，這些方法感覺起來很抽象，有較具體的作法嗎？」李奇略顯焦慮地問。

觀察你遇到事情時的第一個反應
那是你最真實的信念

「有的，觀察你遇到事情時的第一個反應。不過，這麼做的時候，還是要用放下及抽離的心態，把六感天線全部打開，」黎曲指著黑板上的新字句說著。

「養成習慣，隨時隨地都豎起所有的六感天線，讓自己很敏感地接收及感知從你自己身上發射出來的訊息。我們每天都會經歷很多事情，每件事情發生的當下都是很好的機會來發掘我們底層的信念。遇到事情時，你的第一個反應、第一個感受、第一個閃過腦子裡的念頭就是你潛意識最深處的信念。」

「譬如呢？」李奇問。

「譬如，發生了天災，許多人受苦，你們班上發動募款來幫助災區的人，你跟大多數同學一樣，慷慨解囊捐助災民。這時候，你可以趁機觀察自己的心思，檢視你在聽到募款的那個剎那間，你的第一個感受是什麼？是感同身受、很想幫助災民？是擔心荷包要失血？是平平淡淡、沒有感覺？還是其它的情緒？」

黎曲接著說道：「在發掘底層信念的過程中，你最後決定慷慨解囊並不重要，因為那不一定是你真正想作的事，也不

見得是你真正的信念。你遇到事情時的第一個反應才重要，那是你潛意識最深處的真正信念，那就像是你的本能，會在你不知不覺中影響你、引導你。假設你觀察到你的第一個反應是感同身受、想幫助災民，那麼恭喜你，你的底層信念是愛人、助人，你的大腦發出來的是愛的頻率。持續這麼做，你的富裕力會不斷提升。假設你的第一個反應是平平淡淡、沒有感覺，那麼不要難過，至少你已經知道了你底層的信念不是愛的信念。你可以設計新的信念來輸入你的潛意識中，假以時日，新信念就會取代舊信念，成為你新的本能。」

「那……如果我的第一個反應是擔心沒錢捐款呢？」

黎曲和藹地說：「就算你最初始的反應是擔心荷包失血，也千萬不要責備自己。雖然你發出來的是恐懼的頻率，恐懼沒錢、恐懼匱乏、或是恐懼失去；但是，承認它、接受它。你承認及接受的事情就會變成中性的資訊，對你不再具有力量。但是如果你抗拒、不願接受，那麼這些事就會一直存在你腦中；而且你愈是抗拒，它的力量就愈是強大。」

「承認你的底層信念，無論它是好是壞。接著，根據你所發現的底層信念來設計新的信念。然後，日日夜夜都不停息地將跟愛與富裕相關的新信念輸入潛意識中，」黎曲一說完，就見李奇寬慰地覥腆一笑。

想了一會後，李奇問道：「在這個發掘底層信念的過程中，放下跟抽離似乎非常重要。感覺起來，這麼做才能讓自己毫無偏見地感知自己，找出真正的信念。但是，如果我不容易

做到將自己抽離呢，是不是還有什麼可行的做法？」

傾聽你經常掛在嘴邊的話　你的信念就在裡頭

黎曲見李奇又將話題帶回放下跟抽離，立刻知道這件事或許對他真的很困難，因此便在黑板上寫下一個新方法，希望能幫他更容易找出潛藏的信念。

「你經常叨叨唸唸的話就是你潛意識的窗口，這些話往往是無心之話，但卻代表了你真實的內心世界。仔細聽聽你在說些什麼，你潛意識的祕密就在裡頭。譬如，當我用心傾聽我自己時，我才驚覺我竟然常常想到『人生不如意十之八九』這句話，甚至更糟的是——還經常將它說出來。表面上看來，這是一句再平凡不過的老生常談，是很多人遇到不順遂時，自我解嘲或是自我安慰的話。但是，我觀察到我自己說得太頻繁，而且經常是在不經意間脫口而出或是在腦中閃過，於是我就知道這句話對我而言已不再是一般的自我安慰話語了，而是隱身在潛意識中的信念。這信念代表的就是我相信人生是不美好的、人生是多挫折的、人生是跌跌撞撞的。有這樣的信念，很自然地，我發出的腦波頻率就會吸引到各式各樣讓我跌跌撞撞的情境。」

「所以，我應該保持靈敏，隨時傾聽我跟別人的對話以及我自己內心的獨白？」李奇問。

「對極了！你真正的信念就在這些不經意說出以及自然而

然脫口而出的話語裡。」

說完後，黎曲看了一下錶，知道已接近下課時間，便說：「時候差不多了，我們來做個總結。」

心誠不一定靈　心感才會靈

看到這段文字，李奇笑了出來，也明白了為什麼這堂課剛開始時，看到黑板上的課題會覺得似乎有那邊不對勁，原來是因黎曲將眾所周知的「心誠則靈」改成了「心感則靈」。

不過，笑歸笑，李奇這時也豁然開朗了，他心裡頭暗忖「沒有錯，心誠還不夠，要讓願望實現，必須動用所有的六感，找出有害的舊信念，設計及輸入新信念，然後真真實實地『感受』想要的願望『已經』實現。因為……」

「因為如此一來，腦波的吸引力才能發揮神奇的力量，讓願望『真真實實地』實現，」黎曲微笑地說。

李奇嚇了一大跳，他睜大眼睛盯著黎曲，不明白為什麼黎曲竟能讀到他心中所想的。不過，李奇還沒來得及細想，右側方朱莉的座位處似乎隱約傳來幾聲叫喚他的聲響，感覺起來像是朱莉的聲音。李奇連忙丟開黎曲，轉頭看往右側。

沒想到，只才一瞧，又驚出了一個目瞪口呆，原來真的是朱莉。只見她雙手環在胸前，臂彎上蜷著一隻貓，而在朱莉附近，還有許多同學嬉鬧著，看來這時正是下課的時候。

李奇看著朱莉懷抱著那貓往他走來，心中有些忐忑，一

時間難以適應這突如其來的時空轉換。忽然間，他想起了綠毛貓，便趕緊看向朱莉胸前。這時，朱莉已走到他的桌旁，並冷不防地雙臂往前一遞，笑說：「喂，貓咪還你！」

李奇先是一愣，接著倒吸了一口氣，既高興，又失望。原本他還擔心那隻貓是綠絨貓，擔心眼前的朱莉只是幻覺，還好是多慮了，那貓咪只不過是一隻尋常可見的可愛雜紋貓罷了。李奇一方面高興朱莉是「真的」，而不是跟黎曲一樣，是一個來自平行宇宙的時空旅人。但是另方面，他也有些失望，悵惘朱莉沒能跟他共同進入那個有趣的時空。

「你在恍神些什麼呀！？上課都心不在焉地。」

李奇被朱莉這麼一說，有些赧然，但還是不知道朱莉說還他貓是什麼意思。

朱莉見李奇還呆愣著，佯裝生氣地說：「認不得你的貓啦？你叫它跑到我抽屜裡去的啊！」

霎時間，李奇全都明白了，但也更糊塗了，他不知道如何用邏輯來看待這個怪誕的宇宙。

李奇無可奈何地一笑，當作是自我解嘲，但卻見朱莉並沒有發覺他的尷尬，只是兀自低著頭撫摸躺在課桌上的那隻貓，於是心中一動，也伸手摸向貓。

兩人分別摸著貓咪的頭部及頸背，並互相交談了兩句。不覺間，心境上親近了不少。

忽然，李奇感覺右小指碰到了一個柔軟略硬的東西，低頭一看，果然跟他猜想的一樣，是朱莉的右小指。

李奇捨不得分開，手指僵著不動，心中小鹿亂跳著。朱莉也沒動靜，臉上仍是淡淡的笑容。幾秒鐘後，上課的鐘聲響了，兩人才慢慢將手指分離……

| 第八章 |

朱莉的寶藍色髮夾

　　李奇與幾位男同學背對著蘸月池，閒坐在石護欄上，享受著太武山上的微微涼風。

　　這是金門高中一年一度校外教學的日子，學校安排到太武山上的海印寺參訪。太武山雖只是小山，最高處僅253公尺，但因是島上最高峰，且有許多古蹟名勝，所以一直以來都是民眾必遊之處。不過，在海峽兩岸敵對之際，山上有重兵駐紮把守，因此除了每年的農曆正月初九開放登山外，平常時候要入山就得要專案申請，就像這天的校外教學一樣。

　　半個多小時前，學校租用的七、八部遊覽車抵達山下。李奇班上的男同學一下車便嘻嘻鬧鬧，相互比快地急行上山。到了海印寺時，大夥已全身是汗，因此一看到寺前的蘸月池，就爭先恐後地跑到池邊，並跳坐上沁涼的花崗石圍欄，邊乘涼喘息，也邊胡聊瞎扯。

　　閒聊了好一陣子後，同學們漸漸被其它東西吸引，離開了池畔。有的人走往內殿參觀，有的人移到寺旁石階閒坐，有的人則追逐著寺外的小黃狗玩耍。李奇不是個愛熱鬧的孩子，想自己一個人清幽一下，因此跳下花崗石圍欄，面對著蘸月池，將兩肘臂擱在石欄上，看著池中的清澈泉水，悠哉神遊。

　　遐想了一會，李奇不覺忘魂出神。忽然，右臂被人輕拍，李奇連忙收回心神，卻乍見一隻小指般大的寶藍色小貓由

面前那人的髮際蹦跳出來，躍入蘸月池中。李奇悾然一驚，定睛瞧向池內，卻不見任何貓影，也不見池水晃漾。狐疑之際，暗忖「難道是黎曲來了」，於是趕緊回頭看向來人，出乎意料之外地，眼前不是黎曲，而是朱莉。只見朱莉慧黠地笑著，開玩笑地詰問：「又心不在焉了。看你唸唸有詞地，跟誰講話啊？」

李奇有些不好意思，但掩不住對朱莉主動找他說話的喜悅，開心地回說：「沒有啦，在想著電阻的色環要怎麼背才記得住。」說完後，正眼望著朱莉，不意中卻又吃了一驚。

李奇呆呆地看著朱莉秀髮上的那個寶石藍髮夾，心中快速轉過許多念頭，他不知道這只是巧合，還是冥冥中將有其它事情發生？隱隱約約間，他覺得他跟朱莉、還有那隻五顏六色的「薛丁格的貓」應該是有些神祕的因緣。因為，上一次是看到了一隻綠絨貓鑽進朱莉的課桌抽屜，之後兩人便開始有了較多的互動；而這一回是她的髮夾竟變幻成了一隻湛藍貓……

「孩子，我們又見面了。」

李奇聽到這聲音，震跳了起來，幾秒鐘前還在面前的朱莉已經不見了。李奇有些失望，心想或許是自己遐想太多了，看來朱莉跟貓只是巧合地一起出現而已；因為，那隻寶藍貓並沒讓他跟朱莉有更進一步的交流，它的出現似乎只不過是為了帶他進入黎曲的宇宙罷了。

第七課　要像池中泉　日夜汩湧不息

黎曲往池水比劃了幾下，頃刻間，水面上出現了像寶石一樣的湛藍字跡。李奇知道新的一堂課開始了。

「我們先複習一下培養富裕力的三個重要方法。」

「我來說看看，」李奇自願地說。

「好，你來說。」

「富裕力就像一把鑰匙，能夠打開富裕宮殿，釋放出深鎖在殿內的各種財富與幸福。這把『富裕之鑰』長得像一隻有翅膀的貓咪，那一對金澄澄的翅膀分別是濃情想像力及信念，它們是藉由內心底層的潛意識力量來培養富裕力的兩種最核心方法。貓咪的鬍鬚則是全面感知，透過對自己深度的敏銳觀察來瞭解自己真正的信念是什麼，然後據以擬訂新信念來消滅不想要的舊信念，」李奇高興地複習著之前學過的。

黎曲聽到「消滅」這兩個字微微一愕，似乎有些話想說，但一轉念，反而微笑地說道：「非常好。是的，我們想要的富裕都在潛意識裡，區別只是有的人想要心靈上的富裕，有的人想要財寶上的，有的人想要健康上的，有的人則同時想要這三者。沒有好或壞，也沒有對或錯。」

黎曲停頓了一會，然後自問自答地說；「會不會太貪心？絕對不會。要一種富裕跟要三種富裕並沒有什麼太大差別。因為，宇宙本來就是非常地豐富，你可以同時擁有任何你所想要的東西，只要你懂得如何去要，只要你懂得如何去打造

一把你專屬的富裕之鑰。不過，培養富裕之鑰並不容易，因為它是有生命的，它可能長大，可能縮小，也可能消失不見。」

李奇想起之前的某一堂課曾聽過這個觀點，因此焦急地問：「要怎麼做才能讓這隻貓咪健健康康呢？」

童年的記憶永遠都不會消失
接受它　不要對抗它

黎曲變換了水面的字句後，用像佈道家般的口吻說道：「我們會成為什麼樣的人都由我們的潛意識決定。我們潛意識裡想的是什麼，我們就會是什麼。」

「如同你已經知道的，」黎曲繼續說：「培養富裕之鑰的三個最重要方法都跟潛意識緊密相關。但是，我們潛意識真正想的卻可能跟我們以為的大不相同，所以，在前一堂課我們說到，當運用『濃情想像力』及『信念』將富裕的想法灌輸給潛意識後，我們內心底層卻可能還是有相衝突的信念，讓我們發射出相衝突的腦波頻率，造成我們沒有辦法得到我們想要的事物。」

「所以須要用『全面感知』來找出相衝突的舊信念，」李奇搶著接過來說，但心中很不解，暗忖「這不是剛剛已複習過的嗎？」

「是不是覺得奇怪為什麼我把你剛剛說過的又再重提一遍？」

李奇點點頭，有些不好意思。

黎曲指了指水面上閃著湛藍光芒的字句，然後說：「童年的記憶永遠都不會消失，永遠都會在我們的潛意識裡，也永遠都會是我們潛藏的信念。就算我們用全面感知找出了這些底層的舊信念，並設計了新信念來輸入潛意識中，舊信念還是會一直存在。」

李奇有些錯愕，好一會後才期期艾艾地問：「可……可是……前一堂課，您不……不是說……我們可以設計新信念來取代舊信念嗎？」

「是的。我們可以設計新信念來『取代』舊信念，讓新信念成為我們新的本能、新的習慣、新的舒適圈。但是，舊信念卻還是一直都會存在，也一直都會是我們本能的一部分，因為信念、童年的記憶、幼時發生的事通通都是資訊，而資訊永遠不滅。所以，我一直以來都是說用新信念『取代』舊信念，讓舊信念不發揮作用；而不是說用新信念『消滅』舊信念。」

「您是說信念可以被取代，但卻無法被消滅？」李奇迷惑地問。

舊信念就像沁入石壁的礦物質
永難割捨　但卻會不斷地漏滲出來

黎曲指著蘸月池的花崗石壁，語重心長地說道：「我們的潛意識就像這片花崗石壁，在它還很年輕的時候、在它不自願

的情況下，許多雜七雜八的礦物質沁入了它的縫隙，成了它不可分割的一部分。這些五花八門的礦物質就像是我們不想要的舊信念，是在我們不知不覺的情況下進入了我們的潛意識，尤其是在我們幼年的時候。我們不知道它們存在，更不知道它們在影響我們。」

看了狀似聽懂的李奇一眼後，黎曲繼續說道：「雖然這些礦物質已經深入並固著在花崗石中，但還是會慢慢漏滲出來。如果池中的水是死水，不流動，那麼這些緩慢滲出的礦物質就會占滿整個池子，就像我們的腦子被不好的舊信念占滿了一樣。表面上看來，這些礦物質在池中的濃度很稀薄，不過，由於它們是池水中唯一的東西，所以它們會是主宰者，會在每一個緊要的關頭主導我們的選擇與決定。」

「但是，」李奇聽明白了，因此開心地接著說：「如果池水是活水，那麼不斷湧出來的清水就會將那些我們不想要的舊信念帶走。」

「是的，清水就像是美好的新信念，當我們將清水注入池中後，緩慢溶入池中的礦物質就會被沖淡，於是新信念就能主導我們的本能反應。」

李奇歪了一下腦袋，回想池中出現的第一段文字，很快地便露出了燦爛的笑容並興奮地說道：「『要像池中泉，日夜汩湧不息』。這堂課我們要談的是『持續不懈（Lasting-ness）』，對吧？」

持續地餵養
二十四小時不停地餵養你的富裕之鑰

　　黎曲很高興李奇已經抓到了重點，於是微笑地說：「舊信念是在花崗石形成的初期就已沁入岩中的礦物質，會跟著你一輩子。新信念則是岩石已長成後才慢慢生養出來的，因此很難像舊信念一樣牢牢地深入花崗石壁之中。所以，舊信念一直都會是你的本能，而新信念則要持續不斷地灌輸到潛意識裡，才有機會成為你的本能。」

　　李奇一邊聽，一邊緩慢地點頭，這下子他已完全清楚持續不懈對養成新信念的重要性了。不過，他對池中字句寫的「二十四小時」頗感疑惑，因此問道：「『二十四小時』？真的可以嗎？還是這只是一個誇張的強調說法？」

意識睡著了　潛意識仍在工作

　　「這並不是誇張的譬喻，而是實務上可行，並且真的必須這麼做的具體方法。」

　　黎曲指了一下水面上的新標語，然後又說：「先設計你想要的新信念，然後利用潛意識二十四小時都不睡覺、永遠都不眠不休的這個特性，持續不懈地跟你的潛意識溝通，將你的新信念輸送給它。這樣，你的新信念就會取代舊信念。甚至，你的新信念還可能沁入你最底層的潛意識中，成為你的新本

能。」

「要用什麼方法來輸送新信念給潛意識呢？濃情想像力……？還是……？」李奇不解地問。

「是的，就是之前你所學過的濃情想像力、信念、及全面感知這三個基本作法。」

「所以我必須輪流使用這三種方法？」

「不，不是這樣的。濃情想像力、信念、及全面感知這三者相依相生，很難截然區分出彼此，所以無法『輪流』來使用它們。實務上，我們必須三者同時並用，才能有效地將美好的新信念輸入潛意識中。在這節課，我要教你的就是綜合這三者為一體的兩種有趣的方法。」

李奇睜大了雙眼，既好奇又興奮地看著黎曲。

肯定句：啟動你潛意識力量的咒語及口訣

「第一種方法是肯定句（Positive Affirmations）。」

「那是什麼？」李奇更好奇了。

「記得之前我們曾經唸過一些像是咒語、也像是口訣的話句嗎？」

李奇當然記得，有好幾次他都有這種感覺，覺得黎曲像是在唸口訣，而不是在跟他說話。

「信念就是真正的相信，就是打從心底『知道』、並且認定事情本來就是這樣，」李奇將黎曲曾經唸誦過的一段「口

訣」默誦了出來。

黎曲會心地一笑，然後右手往池水揮舞了幾下。轉瞬間，水面上的淡淡藍光重新排列出一段文句。

唸誦肯定句是為了讓你發出
與新信念相對應的腦波頻率

「肯定句就是一段對你有感覺、有意義的文句。這段文句能激發你的情感，讓你沉浸在你所想要的畫面已經實現的感受裡。使用肯定句這個方法時，你必須先將你所想要的新信念設計成一段容易記誦的文句。這段文句合不合邏輯、合不合文法一點都不重要。重要的是，這段文句必須對你有強烈的意義，跟你有強烈的聯結。」

李奇有些意外，原本他以為肯定句就是類似行為準則、或是道德規範之類的宣言。

黎曲讀出李奇臉上表情的含意，因此問：「是不是覺得意外？」。

李奇點了個頭，黎曲接著說道：「道德規範或行為準則之類的宣示陳意雖高，但句子缺乏感情，讀不進心坎裡，不會讓人有深刻的感受，因此不會讓我們發出美好的腦波頻率，將美好的事物吸引過來相共振。所以，教條似的句子並不是肯定句，唸了只是白唸而已，甚至還可能引起反效果。」

「反效果？」

「嗯。事實上，會吸引來反效果的不是只有像教條的句子而已，就算是曾經對你有用的肯定句也可能引來反效果。」

「我不懂。如果是這樣的話，那為什麼還要唸肯定句？」

重點不是肯定句本身　而是它所帶動的情感

「誦唸肯定句的目的是為了將你的理性抽離，讓你的感性澎湃活躍。這樣一來，你就能不受理性干擾地跟你感性的潛意識說話，把肯定句中所含的信念溝通給它。因此，肯定句本身必須是對你有強烈感覺的句子，能誘發你美好的情緒，讓你進入你所誦唸的句子中所描述的情境。」

聽到這裡，李奇頗有些感想，便說道：「您說過，理智就像堅硬的椰子殼一樣，固執地守衛在潛意識的外面。我想，道德規範等教條式的句子嚴肅剛硬，是理性的說教，而不是感性的訴求，因此唸誦這樣的句子，就只會引起更多的理性衝撞罷了，是無法跨越理性的意識所構築的圍籬，讓我們想要的新信念進入感性的潛意識中去的。對吧？」

「太好了！一點都沒有錯！事實上，假設你所設計的肯定句太過理性，讀起來就像道德教條一般，那麼，你在唸誦的過程中就非常可能會愈唸愈心煩，愈唸愈氣躁，於是你所發出的不但不是好的腦波頻率，反而是緊張浮躁的頻率。」

李奇忽然靈光一閃，問道：「是不是可以這麼推論，就算

是以感性為訴求的肯定句，甚至是曾經對我們有用的肯定句，如果我們在唸誦的過程中產生了不好的情緒，譬如緊張、恐慌、或是懷疑，那麼我們發出來的也是不好的頻率？」

「正是如此。所以重要的不是肯定句本身，而是它所帶動的情感。」

肯定句是為了幫助你感受你
所想要的畫面已經實現

「我願意放下對跌跌撞撞的需求，我張開雙臂，輕鬆擁抱正迎我而來的巨大財富與幸福，」黎曲鏗鏘沉穩地唸誦了一段肯定句。

李奇有些錯愕，這段話感覺起來怪怪地。

黎曲當然知道，但他並不急著解釋，仍是照他想要說解的順序與步調說道：「很多年前，我運用『全面感知』觀察我的內在，發覺跌跌撞撞是在我幼年時就沁入我潛意識中的信念，因此我用肯定句設計了這段新信念。我將這段話每天唸，每夜唸，開車的時候唸，跑步的時候唸，睡覺前也唸，甚至作夢時都唸。我二十四小時不停歇地讓這段話進入我的潛意識中。然後，在不知不覺間，它成了我的新信念。」

黎曲停頓了下來，看了面現疑惑神情的李奇一眼，然後才又說道：「這段話很多地方不合文法、不合邏輯。但，這就是跟潛意識溝通的方式，用感性的語言，而不是理性的字句。」

「不懂得『放下對跌跌撞撞的需求』是什麼意思？對吧？」黎曲笑笑地問，就見李奇不住地點頭。

「我們每天消耗的能量中，高達百分之二十是供應給大腦。遠古的時候，為了求生存，大腦必須盡量減少判斷，只消耗日常生活所須的能量，因為這樣才會有多餘的能量給身體其它的部位來應對『戰或逃』的反應。這樣的行為模式早已寫入我們的DNA中，成為我們的本能，所以我們的大腦喜歡安定、平穩、可預測；不喜歡變動、衝突、不可預期，因為那須要消耗額外的能量去做思考，減少應對『戰或逃』的能量。」

「安定、平穩、可預測就是指有固定的行為模式？」

黎曲做了個手勢，鼓勵李奇繼續說。

「也就是有『習慣』的行為模式？」

黎曲又點點頭，微笑地等李奇往下講。

李奇沉吟了一會，不知接下來該如何推論。不過，忽然想起黎曲幼年時經常跌跤的故事，頃刻間，思路全通了。

「習慣就是舒適圈。離開舒適圈就會渾身不自在，這時潛意識就會設法在我們不知覺的情況下將我們拉回舒適圈。除非……除非我們有意地去擴大或改變我們的舒適圈，讓潛意識習慣新的舒適圈。」

黎曲高興地拍了拍李奇肩膀，並接著說道：「所謂的『需求』就是指潛意識想要回到固有習慣、固有行為模式的需求，也就是回到舒適圈的需求。這個需求是我們意識層面所不知，甚至否認的，但它卻是潛意識最真實的渴望。」

黎曲接著又說：「我針對我潛意識想要跌跌撞撞的需求設計了這段肯定句，藉由不斷地誦唸，讓潛意識安心地『放下』這個『需求』，並讓潛意識沉浸在張開雙臂擁抱巨大財富與幸福的畫面裡。」

　　李奇一邊聽黎曲講述，一邊想像著他所描繪的畫面。不覺間，他已進入了那個情境，彷彿浸沐在「巨大」的財富與幸福之中。

　　黎曲讓他享受一會那種愉悅充滿全身的感覺後，然後說道：「你在寫文章的時候，不會用『巨大』來形容幸福，因為那不合修辭文法。但是在肯定句裡，你愛怎麼用就怎麼用，只要對你有感覺，能激發你的想像，觸動你的情緒，你就該那麼用。因為，肯定句是私密的，是用來跟你的潛意識溝通的。你不必理會別人怎麼看待你的肯定句，你也不必理會它優不優美；你唯一須在意的是，它要能幫助你感受你所想要的畫面已經實現，幫助你發出美好的腦波頻率。」

　　李奇想了一會後，說道：「我想我已經能體會為什麼肯定句是濃情想像力與信念並用的方法了，但是我不太懂它是怎麼跟全面感知相關聯的？」

唸誦肯定句若覺心煩就必須停止

　　「使用肯定句的目的是為了讓潛意識能夠自然愉悅地接受新信念，在毫不懷疑的心境中，將我們想要的畫面視為當然。

然後，我們所相信的、我們所以為是真的、我們所衷心感受體會的，就會因腦波的共振法則而具體實現，」黎曲再度以一種傳道士般的語氣說著。

「但是，」黎曲話鋒一轉，接著說：「很多時候，我們的心情會受許多因素影響而變得焦慮，我們的信心也常常會動搖，這時我們若不知覺而繼續誦唸肯定句，我們混亂的大腦就會發射出雜亂的頻率而產生反效果。」

「您意思是說在唸肯定句的同時還須要打開所有的六感天線來觀察我們自己？」

「是的。任何時候我們都必須打開所有的天線來全面感知我們的言、行、舉止。只有這樣，我們才能發掘我們潛意識所想的跟我們所期盼的是否相符。唸誦肯定句時也是一樣，除了運用濃情想像力及信念之外，還必須透過全面感知來覺察我們的心境是否平和喜悅、還是焦躁不安。只要覺察到有不安的情緒，就應停止，否則只會帶來反效果。」

李奇滿意地笑了，覺得對肯定句都懂得差不多了，不過還剩下一個問題不瞭解，因此問：「我要怎麼開始呢？還有，有沒有正確的運用場合、時間、及方式呢？」

只要心境對　隨時隨地都能運用肯定句

「首先，你要運用全面感知找出你不想要的舊信念。然後，設計你的新信念。接著，把新信念轉換成對你有深刻感受

的肯定句。」

「要如何轉換呢？」

「一開始你可能不知道怎麼做。不過，你可以模仿。模仿久了，你就會知道如何創造對你有用的專屬肯定句。」

「模仿？」李奇眼睛一亮。

「有兩位非常棒的作者，你可以從他們的書裡找到許多極為有用的肯定句。我自己經常在用的肯定句以及我在課堂上說過的一些肯定句都是從他們的書上得到啟發，然後根據我自己的情境與需要修改而成。」

「是那兩位呢？」李奇迫不及待地想知道。

「一位是約瑟夫·摩菲（Dr. Joseph Murphy），另一位是露易絲·賀（Louise Hay）。你可以從有宗教家胸懷的摩菲博士所撰寫的『潛意識的力量（The Power of Your Subconscious Mind）』及慈祥美麗並熱力無限的賀女士所著作的『創造生命的奇蹟（You Can Heal Your Life）』讀到非常多很有用的肯定句。然後，你可以根據你想改善的項目唸誦他們所提供的相關肯定句。慢慢地，當你有了感覺、有了體悟之後，你可以修改這些肯定句來切合你特殊的情境。」

黎曲等李奇作完筆記後，才又說道：「誦唸肯定句不須特定的儀式，不須特定的時間，也不須特定的場合。你可以躺著唸、坐著唸、也可以走著唸。你可以開車時唸，睡覺時唸，或是聽音樂時唸。你不必焚香淨身，你也不必盤腿靜坐，你唯一須要的是信心、信任。」

相信你所誦唸的　全然地相信

「假設你對你寫下的肯定句有懷疑，不要唸它。因為，你所懷疑的，潛意識會照單全收。當你對肯定句中所描繪的情境沒信心時，每唸誦一次，你就會發出一次懷疑、不安、恐懼的頻率。其結果就是，你會吸引來你所恐懼、不安的事情來跟你相共振。」

李奇驚嚇了一跳，他沒想到唸誦肯定句還可能會有嚴重的後果。

「相信你所寫的肯定句，相信你的腦波力量，相信宇宙的神奇。只要你的心境是相信、是信任，唸誦肯定句就會讓你所想要的畫面加速實現。」

「那我應該怎麼唸呢？大聲地唸？在朋友面前唸？還是自己一個人偷偷躲起來唸？」

「你覺得在公然大眾的場合，你有辦法唸嗎？」黎曲執疑地問。

李奇搖搖頭。

「你覺得在朋友家人面前，你能夠專心投入地唸嗎？」黎曲再次追問。

李奇想了一下，緩緩地搖頭。

「這就對了，唸肯定句的目的不是要吸引別人的注目，而是要讓你能全心全意地進入你所想要的情境與畫面之中。因此，最好是在你獨處的時候唸，這樣才能避開別人異樣眼光的

干擾。而且，默唸的效果往往比出聲唸來得好。」

「默唸？像背書那樣嗎？」

鏗鏘有力地默唸肯定句　要像琴音敲彈在心坎上

「不是像背書那樣。背書時我們只是一昧地記誦，不會去
管句子的抑揚頓挫，不會去感受句中的場景。默唸肯定句則要
鏗鏘有力，讓一字一句都像琴音一樣敲彈在你的心坎上，迴盪
在你的腦海中。」

「默唸？鏗鏘有力？」李奇不懂這兩件看似相左的事怎麼
會兜在一起。

「將默唸的速度放慢，就像你平常說話的速度一樣，但是
要在腦子裡清晰響亮地唸出聲音來，就好像那些出色的演說家
一樣，每個咬字、每個音節都很清楚；每個動作、每個表情都
很生動。當你這麼默唸時，你會聽到你自己的聲音，你會感覺
那就彷彿是清脆的琴音敲響在空曠的山谷中，牽動著你的心弦
一起共鳴；你也會感受到你句中的情境，就如同你正身處當場
一般地真實。」

李奇高興地笑開嘴，覺得已經抓到了肯定句的訣竅。不
過，轉念間，忽然想起了誦經，因此好奇地問：「常常看到左
鄰右舍的鄰居長輩讀誦經書，這應該不算是肯定句這種方法
吧？」

「不算。經書的內容通常晦澀難懂，誦經者往往只是口頭

上唸而已，心裡頭卻無法真正進入書中所描繪的情境，因此無法激發出『想要的畫面已經實現』的那種感受來改造我們的潛意識。而且，經書的內容無法切合每個人獨特的情況，自然也就無法針對每個人不同的潛意識情境來發揮作用。所以，誦經比較像背書，而不是肯定句。」

「您意思是說讀誦經書是沒有用的？」

黎曲神祕地笑了起來，指著池水要李奇看一段新的字句。

讓理智煥散　就能放鬆地冥想你想要的畫面

「誦經雖然不是肯定句，但卻與這節課我要教你的另一種跟潛意識溝通的方法有些相關。」

李奇沒追問那是什麼方法，只是靜靜地等待黎曲揭開謎底。

「冥想，」黎曲看著水面，朗聲地說。一會後，才又讚歎地說：「冥想的力量跟肯定句不相上下。」

「您是說靜坐？」

「不，不是靜坐。大家總把這兩個名詞混用了，靜坐跟冥想並不相同，」黎曲又是神祕地笑著。

「靜坐講究呼吸，強調靜心。正確的靜坐能夠調息養身，增強身體的免疫功能，幫助身體療癒，而這也是許多人從事靜坐的目的。冥想則不要求調息與心靜，而是要能專注地想

像自己所想要的畫面，並在心中真實地感受到那個情境，甚至感覺到一切都已成真。」

「聽起來，靜坐跟身體保健比較相關，冥想則與財富及心靈成長的關連較大？」

黎曲搖搖頭，說道：「不全然是這樣。冥想的時候，你可以想像心靈、錢財的富足，你也可以想像身體方面的富足。只要你全心投入地想像，你就能得到。而靜坐的時候，你的呼吸、心跳、腦波都慢了下來。你身體產生的溫暖氣場能幫你強身保健並療癒傷處。但是，在這種身心都很舒緩的時候，也是跟你的潛意識溝通的最好時候。你可以藉這個時候將你想要的富裕情境及畫面輸入你的潛意識中。這些畫面並不局限於身體方面，也可以是心靈或財富相關的。」

「所以就本質上來說，靜坐跟冥想並沒有太大區別，都是要讓千思百慮的理性意識飄走，讓潛意識浮現出來？」李奇不是很有把握地說。

「對極了。但靜坐並不容易，很多人都很難靜心，很難進入靜坐的鬆弛狀態，」黎曲話鋒一轉，繼續說道：「因此我要教你的是比較隨性，不須盤腿，不須調息，不須特定場所，也不須特定時間的冥想。你可以任何時間、任何地點、任何姿勢做冥想。五秒鐘、一分鐘、五分鐘、十分鐘，都沒有關係，只要能夠進入全面感知的冥想，你要的富裕就會出現。」

聽到黎曲說得這麼輕鬆，李奇大感興趣，眼睛睜得大大地。

想像口中含著一顆酸梅

你若皺了眉或是垂涎欲滴　你就是在冥想狀態中

「就這麼簡單？」李奇看到池中藍光瀲漾的字句，有些詫異。

「很容易，對不對。不須要特別的儀式及地點，只要放輕鬆，讓你的想像帶領你，你的心靈就能輕盈地飄飛起來。然後，利用這個放鬆的剎那，想像你所想要的畫面與情境，真實地感受它，用你所有的六感來體會它。過程中，如果理性意識跑進來干擾，那就中止。不過，不要因為中斷了而覺得可惜，也不要懊悔。而是要高興，高興你有過一次美好的冥想經驗。不用計較冥想了多久，重要的是你已經多增加了一次發出美好腦波頻率的機會。經常地冥想，持續不懈地這麼做。跑步時、聽音樂時、睡覺前、睡醒時，任何時候都可以冥想。不過，須運用全面感知，觀察你是做畫面清晰且情緒高度集中的冥想，還是做思緒飄來忽去的白日夢。如果察覺是白日夢，就淡淡地將它放掉，不要再繼續下去。」

「跑步或走路時冥想，不危險嗎？」

潛意識是多工的　你愈信任它　它就愈能多工

「跑步或走路時做白日夢的確很危險，但冥想不會。潛意識有一個祕密，它可以多工。而且，你愈信任它，它就愈能多

工處理你所有的事情，包含在危險的時候警示你。」

黎曲不理會李奇臉上訝異的神情，繼續說道：「冥想的時候，你的腦波頻率非常單純乾淨。這時候，你的潛意識非常清明，可以多工處理許多事情。你只須放輕鬆，信任它，它就會用心守護你，幫你留意周遭的一切。但是當你做白日夢時，你的腦波頻率雜亂無章，你的潛意識必須疲於應付你變來變去的想法與指令；在這種情況下，它很難準確地多工處理不同的事情，甚至難以兼顧對你生命安危的警戒。」

李奇聽明白了，但心中還有些懸念，於是轉換主題問道：「之前我們談到誦經，不知它到底是什麼？是冥想嗎？」

你可以藉助儀式來幫助你進入冥想

「相對必須靜心及調息的靜坐來說，冥想已經是很容易上手的了。但是，如果你覺得要進入冥想的狀態也不是很容易，那麼你可以藉助一些儀式。」

「您是說誦經是一種幫助冥想的儀式？」

「是的。有時候我們須要一些儀式才能專注下來。焚香、禱告、盤腿、合十、以及誦經在相當程度上都是儀式。透過這些虔敬的儀式，我們的潛意識比較容易安定下來；然後，我們才能比較容易進入全面感知及濃情想像的冥想狀態。」

李奇回想起之前跟著祖母焚香誦經的經驗，不禁有感而發：「我想，誦經本身並沒有神奇的力量，它沒有任何法力能

讓我跟潛意識溝通，因為我根本不懂經書的內容，無法跟經句起共鳴。但是，透過誦經的儀式，我的心情的確會被感染而安定下來，而我的腦子也會被誦經聲占滿，這時，我的意識也就被牽絆住了，無暇理會其它的事情，因此也就不會頑固地擋在潛意識外面，阻礙我跟潛意識溝通。」

黎曲欣慰地說道：「音樂也有同樣的效果。每個人都有喜歡、合適的音樂。當你將這些音樂用適當的音量播放時，它會占滿你的腦子，絆住你的意識，這時你就可以輕鬆地將你想要的訊息灌輸給潛意識了。」

聽到這番話，李奇微微笑了起來。紅通通的夕陽下，他的腦子裡響起了那首好聽的「瓦倫西亞」，眼前則如真似幻地出現一個坐在橙樹下的模糊倩影。然後，他聞到了淡淡的橙花香。

李奇好奇地回頭，眼前卻沒有人影，最近的同學離他至少都有十公尺之遙。

李奇有些不解，但立刻驚覺他應是離開了黎曲的宇宙，回到自己的世界裡來了。果然，當他再轉過頭後，身旁的黎曲已經不見了。但是，讓他喜出望外的是，朱莉正在身旁，一如他未穿梭時空前一般。

「我有一個口訣，要不要學？」

「什麼口訣？」李奇愣了一愣。

「電阻的色環啊！你不是正在背那些顏色嗎？你怎麼了？老是心神不寧地。」

李奇羞愧地憨笑著，神情很是尷尬。

朱莉不理會李奇的傻笑，眼睛滴溜一轉，背誦道：「Boldly Believing in RICH……」

「嗶……！」一聲尖銳的哨聲響起，接著老師們拉開嗓子，大聲呼喚學生們上車。

「下回再告訴你，走吧！」朱莉說完後，跟著一群女同學半跑半跳地往巴士的方向嘻嘻哈哈而去。

李奇滿腹狐疑地愣立著，猜不透朱莉唸的東西跟電阻色環有什麼關係。不過，又是一聲高亢的哨音響起，撕裂了西天的雲彩，李奇趕緊跳離蘸月池，朝著巴士跑去。

| 第九章 |

一條沒有尾巴的魚

　　李奇划著槳，有些靦腆，但喜色完全寫在臉上，藏也藏不住。

　　這是一個週末的下午，李奇與七、八位男女同學約好到離鎮上腳踏車車程約半小時的古崗湖划船。

　　李奇怕朱莉被其它同學邀走，因此一到湖邊就立刻忍住怦然狂奔的心跳，口乾舌燥地邀請朱莉坐他的船。雖然朱莉毫不忸怩地答應了，但一直等到小舟划離了岸邊，李奇才鬆口氣，確認了自己的幸運。不過，那顆緊張狂喜的心卻還是安定不下來。

　　李奇邊划著船，邊聽著朱莉輕快地哼著歌曲，邊思索著要找出個有趣的話題來。但幾分鐘過後，腦子似乎僵住了，然後臉色漲紅了，划船的手也生硬了。

　　朱莉都看在眼裡，暗中覺得好笑，但怕他尷尬，便率先打破寂靜，說了些同學間的趣事。沒多久，李奇的緊張忐忑全消了，小舟也變得輕盈了，遠遠看去就像朵輕盈的黃睡蓮，悠哉地飄盪在綠波間。

　　李奇沉浸在這個美麗的畫面中，不敢相信自己的好運氣。

　　不過，正當李奇含著笑，專心聽著朱莉講她飼養的貓咪時，忽然朱莉的臉色微微一變，像是瞧見了什麼難以置信的東

西一般，兩隻眼睛充滿驚訝地看著李奇後方。

李奇連忙回頭，卻見除了碧波盪漾外，水面上靜悄悄地。

李奇疑惑地轉過身，看著朱莉，正要相問，卻又見朱莉驚呼出聲，並激動地指著船首不遠處的湖面。

李奇嚇了一跳，顧不得神情又喜又駭的朱莉，趕緊再轉過頭去。沒想到，自己竟也驚了個目瞪口獃，那碧綠無波的湖面上居然躍出一條一米長、有著亮麗金屬光澤的紫紅色長尾魚。

李奇沒見過尾巴這麼長的魚，更沒見過這種顏色的怪魚，有些害怕，差點忘了呼吸。獃滯了好半晌後，紫紅魚沉入了湖心，水面回復平靜，他才想起朱莉，於是將頭轉正，想關心一下朱莉。卻那知，才一回頭，又驚跳了起來。

「看到那隻長尾魚了嗎？」

李奇看著坐在朱莉位子上的人，心裡頭嘀咕了起來。過去每次見到黎曲，他都很開心，但這次卻不同。在這個難得的午後，他只想跟朱莉在這寧靜的湖面上共度，就算是黎曲也是煞風景，也不受歡迎。

第八課　只有你自己（yourSELF）　　　能讓你富裕

黎曲指著小舟右邊的水面，李奇轉頭一看，忍不住驚叫出聲，只見兩尺開外一群小小的紫紅魚在湖面上蹦蹦彈跳著。不

過，由於半透明的尾巴頎長得太誇張，跟身體的長度完全不合比例，所以跳躍的樣子有些蹣跚。

　　李奇身體微微後仰看著那群怪魚，有些緊張。但是，當他用眼角餘光瞥見黎曲跟他微笑示意後，也就放輕鬆了。這時，他才看清楚原來那群魚雖然看似亂跳亂蹦著，但卻是頗為有序地排列著這堂課的主題。

　　「仔細看看那群『長尾』魚，」黎曲刻意地強調魚的特徵。

　　李奇無奈一笑，他知道短時間內離不開這個光怪陸離的宇宙了，因此只好暫將朱莉從心頭放下，並準備好要面對各種可能的怪東西。

　　「這種魚叫『削爾富魚（SELFish）』，有一條長長的尾巴。」

　　李奇一聽到這個英文單字，就知道是個雙關語，但不懂這條「魚」跟富裕有什麼關係。

　　「『削爾富魚』是條自私的魚。自私會削弱你創造富裕的能力。」

　　李奇微微一愣，但繼之一想，已明白因果，便搶著說道：「自私的心態是害怕失去。害怕失去就是恐懼，恐懼資源有限，恐懼自己擁有的會被別人搶走，因此緊緊抓著不放，不敢、也不願跟別人分享。恐懼的腦波只會吸引來更多的恐懼。」

　　黎曲稱許地看著李奇，並往魚群隔空一撥，只見那群紫魚

一陣騷動，排出了一段新字句。

將自私的魚尾巴去掉
專注自我（SELF）就能創造富裕

李奇看不懂這段話的意思，正要思索，卻見那群長得像紫水晶鯛（Electra Deep Water Hap）的怪魚紛紛脫落掉長尾巴，並輕盈躍動地排列出一個尋常的單字SELF。而那些掉落的透明長尾巴也沒閒著，竟然在SELF之後排成ISH這個字串。然後，慢慢、慢慢地，那個ISH輕輕地游離，並輕輕地延展出「I Suffered Harshly」這串文字，而不到片刻，就輕輕淡淡地消失在湖水裡了。

李奇看到這一幕，一陣悸動，雖然還不是很懂，但「我被傷得很重（I Suffered Harshly）」這段非常哀怨的話卻讓他很驚悸。

黎曲感受到李奇的震悸，於是用和緩安慰的語氣說道：「『削爾富魚（SELFish）』有愛跟恐懼兩種情緒，魚身的部分是自我（SELF），是愛的情緒。魚尾的部分是恐懼，是受害者的心態，是經常把『我被傷得很重』這句話掛在嘴邊、放在潛意識裡的負面態度。」

「受害者心態？您是說自怨、自憐、自我封閉、憂鬱感傷、把一切過錯都推給別人、並怪罪老天對自己一點都不仁慈的負面心情？」

黎曲聽到這一連串貼切的形容，笑了出來。

「受害者心態是一個威力強大的小惡魔。當你覺得你自己是受害者時，你那恐懼受傷、恐懼別人會來傷害你、恐懼老天會對你不仁慈的想法會讓你墮入情緒負回饋（negative feedback）的迴路裡。你的負面情緒會不斷地累積，你的自怨自憐會吸引到更多的自怨自憐，而你不斷放大的恐懼會讓你吸引到更多你所害怕的事情來跟你相共振。」

黎曲一說完，李奇已有體悟，便接著說道：「自私（Selfish）的出發點是恐懼，恐懼會削弱富裕力，吸引來不好的事物。把自私的魚尾巴──那個受害者的心態──甩落掉，就變成了自我（Self）……，但是……」

李奇沉吟了半天，不知該如何推論下去。

「不知道『自我（SELF）』跟富裕力有什麼關聯，對不對？」

所有的事情都是
「我自己（mySELF）」的責任

「你的生活是貧或富，你的心情是好或壞，你的事業是順利還是顛簸，都只跟『你自己（yourSELF）』有關，跟別人都不相關。」

黎曲才剛說完，就見李奇嘴巴張得大大地，一副難以置信的模樣。

「責怪別人很容易。我們可以輕意地把我們的貧困、疾苦、不快樂、不順利歸咎給別人，並在推委卸責的那個瞬間得到暫時的解脫，但是之後呢？之後得到了什麼？你的貧困、疾苦、不快樂、不順利還是一樣存在，推卸不掉，被推掉的反而是能讓你渡過這些難關的能力。」

「您是說永遠都不要怪別人，甚至連環境不佳時也不要怪罪局勢不好？」

「沒有錯。所有的事情都是我的責任。」

「局勢不好也是我的責任？」

「時局不好還是有人能夠創造出富裕的生活與事業，所以局勢不好只是藉口而已，擁有富裕力的人往往能在大多數人覺得局勢不好時創造出更多的富足與幸福。」

李奇半信半疑，不知如何接口，這時黎曲已接著說道：「聚焦自我（SELF）就能創造富裕力。」

聚焦自我（SELF）就能創造富裕力

「把所有的事情都看成是自己的責任是非常有力量的一個創造富裕的方法。當你把所有事情都視為你的責任時，你會很仔細地思慮每一個步驟，小心謹慎地三思而行，絕不會莽莽撞撞地胡亂行動，因為成不成功都操之在你，沒有任何人可以怪罪，沒有任何事可以當成你失敗的藉口。」

黎曲停歇了一會後，繼續說道：「把所有的事情都看成

是自己的責任就是聚焦在自我身上，不理會別人說什麼、做什麼，就只專注在你自己想要什麼、你自己在做什麼。」

「這不是很自私嗎？」李奇脫口而出。

「不，這跟自私完全不同，自私是有尾巴的。自私的人有一條由受害者心態、推卸責任、害怕失去、不願分享等情緒合成的長尾巴。他們習慣把責任推卸給別人，並緊緊抓住現在擁有的，不敢、也不願跟別人分享。自私的尾巴是由恐懼構成的。自我則完全不同，聚焦自我（SELF）的人已經脫落了自私的長尾巴（I Suffered Harshly），因此他們不會覺得自己是受害者。他們的心態是對自己負責的心態，是愛的心態。他們愛自己，愛自己所在做的事，愛自己周遭的人，因為在他們的內心深處，所有跟自己有關的人、事、物都是自我擴延出去的一部分，而他們愛自我，愛所有跟自我相關的事物。」

「我想我可能懂了。表面上看起來，專注在自己想要的東西上、不理會別人的想法，似乎很自私，但實際上卻是愛的表現——愛自己、也愛自己周邊的人。所以，這反而是一種對自己負責任的態度。」

李奇看到黎曲同意的表情，便又說道：「沒有人會為我的成功或失敗負責，也沒有人應該為我的富裕或貧困負責。我的好或不好都是我自己的責任，唯一能為我的一切負責的人就是我自己，所以我應該愛自己，聚焦在自己身上，做自己想要做的事，而不是把焦點放在別人身上，做別人期待我去做的事。」

「說得很對。當你所做的事是為了符合別人的期待時，你的腦波頻率是恐懼的頻率，你害怕達不到對方的要求，害怕達不到對方的期待。因此，就算最後你做出來的結果符合了對方的期望，你恐懼的頻率還是會讓你吸引到一些不想要的東西。」

黎曲看了頻頻點頭的李奇一眼後，又接著說：「但是如果你是完全聚焦在你自己身上，你所做的事都是你自己真心想要的，那麼你的頻率是愛的頻率，你會有熱情，會有百折不撓的活力，你會吸引到好的人、好的事來幫你成就你所想要的。」

聚焦自我的人樂於分享

黎曲往湖水撥弄了一下，指揮紫紅魚排列新的文句。李奇別過頭，欣賞著那閃著金屬光芒的亮紫色，不意間，卻驚見魚群中飄浮出一隻晶瑩剔透的小精靈，輕盈地拍著翅膀飛舞著。

「那是『分享小精靈（Elf of Sharing）』，」黎曲裝作神祕地說。

「每個聚焦自我（SELF）的人身邊都會有『分享小精靈』。愈是對自己負責、愈是聚焦自我的人，愈懂得愛。他們熱愛自己，也熱愛自己周遭的一切。他們非常樂於分享，因為他們知道分享會讓愛不斷循環，讓富裕不斷增生。」

李奇邊聽著，邊看著那隻美麗的小精靈。不過，沒一會，小精靈疾速振翅，一溜煙地消失了。

「我們將來還會遇到它，那時候我再介紹你們認識，現在我們再繼續談『自我』……」

黎曲話說一半，李奇想到一個疑問，於是打岔問道：「聚焦自我的人，不理會別人說什麼、做什麼，這是不是一意孤行，很跋扈？」

黎曲笑一笑，說道：「好問題，我正等你問這個問題。」

Affluentability = SELF

「還記得創造富裕力的四個方法嗎？」

「濃情想像力（Emogination）、信念（Faith）、全面感知（Six Sensing）、持續不懈（Lastingness），」李奇想也不想就回答了。

黎曲滿意地笑了一下，然後又問：「試著把這四個字的第一個英文字母排列一下，你看到了什麼？」

李奇疑惑地看著黎曲，不知他在賣什麼關子，不過腦子裡還是依著黎曲所言，將那四個英文字胡亂地排列了起來。忽然間，一個特殊的組合在空中閃爍著紫紅色的光芒……

不，不是在空中，而是在水天交接處，是那群小小魚所排列出來的。

「S.E.L.F.」李奇忍不住驚叫了起來。

Six Sensing

Emogination

Lastingness

Faith

　　李奇這時才想起為什麼之前黎曲提到「自我（self）」的時候都像是在刻意強調這個字眼，原來他是有特別用意的，原來他是在說雙關語。李奇大大吸了一口氣，起了些雞皮疙瘩，心裡頭對富裕力與自我（SELF）的關係不禁又是驚奇、又是悸動。

做你自己（*Be yourSELF*）

　　「做你自己。發生在你身上的所有事情都是你自己的責任，沒有任何一件事是別人的責任。當你遇到困難或重大決定的時候，永遠要聽從你自己內在的聲音。討厭你、不喜歡你的人，可能會說些風涼話來打擊你。不必受他們影響……」

　　「資訊是中性的，我們怎麼解讀，它就會是什麼，」李奇搶著說道。

　　「一點都沒錯。把這些人的話當耳邊風就好。不必動怒，不必生氣。愛怎麼說，是他的自由。你不去解讀他們說的話，那些話對你就沒有力量，不會影響你。你偏要去解讀他們的話，你就賦與那些話力量，那些話就會傷到你。也就是說，

你要不要受傷害，完全取決於你，而不是他們，也不是他們所說的話。受不受傷，是你自己的責任。」

「但是對於關心我的人所說的話呢？」

「也不必聽！」

李奇已預期到是這個答案，但聽到黎曲說得這麼斬釘截鐵，還是猛然一驚。

「關心你的人害怕你受傷，害怕你走錯路，因此常常會出於好意地勸薦你。他們會用他們的經驗來給你忠告及建議。但是，他們的意見常常是被恐懼籠罩著，只是他們不知道而已。」

「為什麼？」李奇滿頭霧水。

黎曲不直接回答，而是別過頭去，指揮那群紫紅魚排出一個約莫籃球大小的圓圈圈。不過，那個漂亮的圈圈卻穰穰鬧鬧地，一點都不安定，只見那群魚兒拼命地往圈圈的中心擠，但沒有一隻願意往外頭寬廣的地方游去。

李奇看得納悶，不知道那個圓球到底是什麼含意。就在這時，他才注意到離小紫球半個船身遠的地方有一隻水晶般的小精靈輕快地舞動著翅膀。

黎曲知道李奇已經看到那隻小精靈了，便說道：「那是冒險小精靈（Elf of Adventure），它會幫助熱愛自我並且真心想要冒險的人。」

黎曲看了小精靈一會，然後話鋒一轉，說道：「我們都有慣性，都喜歡熟悉的環境，因為待在熟悉的地方，做熟悉的事

最輕鬆，最不費力。」

「舒適圈！那個紫魚球是舒適圈！」李奇興奮地說，他已猜想到那群魚想表達什麼了。

黎曲欣慰地看著李奇，鼓勵他往下講。

「那些小魚就像我們的潛意識，拼命地往舒適圈裡鑽，卻不敢往外頭去冒險。」

「沒有錯，我們大部分人都是這樣，害怕外面的世界，害怕新的環境，只喜歡安穩，不敢冒險，」黎曲附和地說。

靜默了一會後，黎曲繼續說道：「許多愛護我們、關心我們的人也是如此。他們可能會用各種不同的理由勸我們留在原地、不要冒險。表面上看來，這些理由都有道理。譬如，你才剛畢業，什麼社會經驗都沒有，不適合創業；你工作才兩年，經驗及技能都還不足，不該冒冒然創業；你在這位置上已經十年了，老闆也重用你，離開好嗎；你都已經老了，再多撐個幾年就有退休金了，真的還要出去冒險嗎？」

李奇噗哧一聲笑了出來，不住地搖頭。

「事實上，這些規勸的言語往往是他們自己內心的寫照。當然，他們是愛護你，疼惜你，以為你沒想清楚，只是一時衝動，所以才盡可能地勸你不要衝動行事。但是，很多時候，這些勸薦的話就只是單純地反映他們內心的不安而已。」

「我知道啊，他們一定會覺得不安的，因為擔心我過度冒險，失敗受傷。」

「不是，」黎曲有些無奈，神祕地笑著。

吊了李奇一會胃口後，黎曲指了一下那團小紫球，然後說：「很多時候，我們周遭的親人及朋友都『害怕』我們成功。」

　　李奇嚇了一大跳，兩眼直瞪著黎曲，等待聽他說分明。

不要聽別人話中的情緒
只要聽他們話中的資訊就好

　　「親友們都已經習慣了跟你相處的模式，因此當你說要改變、要冒險時，他們的潛意識就會開始緊張，因為他們必須適應一個不同的你。也就是說，他們不能再用過去習慣的方式來跟你相處，他們必須被迫走出他們的舒適圈。所以，儘管在意識的層面他們很期盼你成功，但是在潛意識裡，他們是害怕的，他們怕你真的成功了。你的成功會讓他們的潛意識知道你跟他們不同，讓他們對自己產生負面想法，甚至讓他們覺得將失去你。因此，在他們潛意識的指揮下，他們會用各種理由來勸你多想想，不要輕易冒險。」

　　李奇覺得有道理，不禁背脊一陣寒涼。

　　「千萬不要誤會我要你一意孤行，完全不理會別人告訴你的。我想讓你知道的是，無論是不喜歡你的人、或是關心你的親友，聽他們說話時，你都不須要聽他們話中的情緒，那些情緒都只是他們內心的反射罷了，對你不但沒有幫助，反而會害了你。你應該聽的是他們話中的資訊，那是去掉了情緒之後的

中性訊息。然後，你再根據你自己的直覺跟判斷，做出適合你的決定。」

「話中的情緒跟資訊？這是什麼意思呢？」

「舉剛才的例子來說，假設你已經工作十年了，正想要出來創業，但是你的親友都勸你打消念頭。有的人說你經驗還不夠充足；有的人說你的人脈還不夠寬廣；有的人說時局不好，一動不如一靜；有的人甚至潑你冷水，說你不是創業的料。這時候，你要將自己抽離，用中性的心情，像個局外人般觀察你們的對話過程，並且運用全面感知來解讀說話者的說話方式、表情、及肢體語言，看看他的話語是情緒反應居多，還是真的有道理。」

黎曲見李奇聽得專心，便繼續說道：「當你這麼做之後，你可能會感覺到有的人有些隱藏的恐懼。但是，你可能不知道那些恐懼是什麼，而他們自己也非常可能不知道他們的潛意識中有暗藏著的恐懼。不過，這都沒有關係，因為一旦你覺察到有恐懼的氛圍在他們的話語裡，你就知道不要讓你自己的情緒陷入他們的情緒之中，以免他們的情緒影響到你的判斷。你唯一應該做的，就是真心真意地感謝他們對你的愛護與建議，然後仔細反芻他們話語中的資訊，藉著這些資訊來幫助你做判斷。」

「我知道了，您只是用比較誇張的講法來強調不要聽別人講話時所表現出來的情緒罷了，事實上，還是要多聽別人的意見……我意思是說……那些不含帶情緒的資訊。」

黎曲滿意地笑了笑，然後問道：「知道關心你的親友通常會有的恐懼是什麼嗎？」

　　李奇搖搖頭，非常好奇地想知道。

恐懼可能只是單純地因為關心而產生
但也可能是他們幼年時的殘存記憶

　　「恐懼有很多種，有些就只是單純的關心，怕你失敗，怕你受傷害。只是，這些純粹出於善意的關懷當透過他們的表情、肢體語言、及說話方式表現出來後，你所感受到的卻可能是他們的懷疑、憂慮、甚至是不相信你會成功。」

　　李奇先是一愣，但繼之一想，立刻明白。他有些感傷地說：「做決定前，多參考親友意見是好的。但是，這卻也可能聽到不中聽的話，或是體驗到能力不被相信的不好感受。」

　　「這時候，就應將你的情緒抽離，不要被親友的話所挫折，也不要被激怒，一定要相信他們是好意，是為了你好，只是他們並不是你，沒有你那麼瞭解你自己，所以可能誤解你了，不知道你的能力。然後，用中性的態度，參考他們話中不含帶情緒的資訊，看看你自己是否真的準備好了，看看你是否真的對即將要做的事情充滿熱情。一定要記得，冒險小精靈只幫助那些熱愛自我並且真心想要冒險的人。不要為了賭氣而做決定，要因為你已有了相當程度的把握與熱情而做決定。賭氣時的心態是受害者的心態，發出的腦波頻率是不好的頻率，會

讓你的冒險旅程充滿荊棘。」

黎曲抑揚頓挫地娓娓道來，李奇聽得頻頻點頭。

黎曲繼續說道：「他們可能會有的另一種恐懼則不是出於對你的關心，而是原由於他們對自己幼年時所發生事情的殘存記憶，這些記憶深深躲藏在潛意識的深處，細微難察，但卻一直影響著他們。這些恐懼除非運用全面感知去發掘，否則沒有人知道它的存在。」

「那是什麼呢？」

「那是跟受害者心態相關的情緒與記憶。譬如，年幼時經歷過家中長輩創業失敗而被迫到處搬家躲債主；原本和父母有許多美好的互動，但父母共同創業後，只顧得照料事業，經常忙得看不到人影；或者是，父母創業成功了，雖然帶來豐裕的物質生活，但卻應酬不斷，致使自己經常孤單一人，感受不到親情溫暖。這三個例子，以物質層面來說，相差天南地北；但就精神層面而言，卻是非常類似，同樣都會在幼小的心靈上蒙覆上恐懼的陰影，也同樣會在潛意識的深處烙印上親人創業將使自己受害的印象。」

李奇長噓了一聲，悠悠地說：「看來無論創業成不成功，幼年時的這些經驗都會讓潛意識將創業跟顛沛流離、孤單、失去親情這些負面的畫面畫上等號。」

不要對抗
讓受害者心態（*I Suffered Harshly*）的魚尾巴自然脫離

「在成長的過程中，或多或少我們都會因為某些事件而產生不同種類的受害者心態。這些自怨自憐的魚尾巴會讓我們想把責任推給別人，想躲藏在小小的舒適圈裡，而這些都將削弱我們的富裕力。」

「那該怎麼做呢？」

「不要對抗！對抗只會讓它的力量更強大。」

「對抗是發出恐懼的頻率？恐懼內心那個受害者的心態揮之不去？」李奇問。

「一點都沒錯。聚焦在『你自己（yourself）』身上，熱愛你自己、熱愛你周遭的人、熱愛你在做的事；運用『你的自我（your SELF）』，把全面感知、濃情想像力、持續不懈、信念變成你的生活習慣，變成你的一部分。當發覺你對某些事情有受害者心態時，放慢腳步，放鬆心情，不要在意它，只要知道你有一條受害者的魚尾巴就好。繼續運用你的自我（SELF），一段時間後，那條魚尾巴自然就會脫落了。你愈不去在意它，你愈運用SELF，受害者心態就愈沒有力量。」

李奇受到黎曲催眠般語調的感染，心情沉靜了下來，不覺間閉起了眼睛，感受魚尾巴自然脫離時的輕鬆感覺。

忽然，船身一陣晃動，李奇趕忙睜開雙眼，眼前竟是朱莉美麗的身影，正興奮地指著船首的水面要他回頭看。

李奇又驚又喜，轉頭看向湖面，恰見一條一米長的不知名怪魚躍出水面，在陽光斜映下，燦爛地閃爍著金屬般的紫紅光澤。

不過，只才半瞬，那紫紅魚已沉入水中，湖面回復了平靜。

李奇回過頭，但見朱莉仍是一臉興奮。

忽然間，一陣悵惘油然而生，他很想告訴朱莉那個奇異宇宙的經歷，也很想跟她分享白髮老校長的故事。但是，話才到口，連忙壓下，他害怕嚇著了朱莉，於是只好改口問道：「妳上回說的口訣是什麼？」

朱莉心中一喜，開心地唸道：「Boldly Believing in RICH till Overwhelming You Generally Brings Vast Genuine Wealth. Get Started !!」

李奇邊聽著，邊將那段話翻譯成中文來思考，感覺朱莉說的是「大膽地相信『富有（RICH）』直到你無法承受那個隨之而來的沁入肺腑的感動，通常就會為你帶來巨大的真實富裕。讓我們起而行吧！」

李奇一臉迷惘，感覺這段話跟黎曲教他的富裕力似乎有深刻的關連，但卻不懂它跟電阻的色環有什麼關係。

「我媽媽教我的，她說是我的祖先一代代傳承下來的口訣。據說……」

朱莉沉吟了一下，然後放低音量，假裝神祕地說：「據說能開啟宇宙神祕的力量……」

看了有點震驚的李奇一眼後，朱莉燦然一笑，說：「不過，很奇怪的是，這段口訣竟然跟電阻的色環編碼相符。」

「怎麼說？」李奇還是滿腹狐疑。

「BBROYGBVGWGS。Black Brown Red Orange Yellow Green Blue Violet Grey White Gold Silver。黑棕紅橙黃綠藍紫灰白金銀。」

李奇聽著朱莉流暢地唸著電阻色環編碼，邊回想著老師用彩色粉筆寫在黑板上，用來說明繪印在每一根電阻上的四個色環所代表含意的對照表。

色環顏色	第一環	第二環	第三環（前兩環數字須乘上之倍數）	第四環（代表電阻值的誤差）
黑（B）	0	0	x 10^0 = x 1	
棕（B）	1	1	x 10^1 = x 10	
紅（R）	2	2	x 10^2 = x 100	
橙（O）	3	3	x 10^3 = x 1,000	
黃（Y）	4	4	x 10^4 = x 10,000	
綠（G）	5	5	x 10^5 = x 100,000	
藍（B）	6	6	x 10^6 = x 1,000,000	
紫（V）	7	7	x 10^7 = x 10,000,000	
灰（G）	8	8	x 10^8 = x 100,000,000	
白（W）	9	9	x 10^9 = x 1,000,000,000	
金（G）			x 10^{-1} = x 0.1	± 5%
銀（S）			x 10^{-2} = x 0.01	± 10%

沒半晌，李奇雙手一拍，高興地說：「我懂了！妳是將各種顏色的第一個字母編寫成一段有意義的句子，這樣一來，難背的顏色順序就轉換成了好記的句子。」

　　「不過……，」李奇納悶著，一會後，疑惑地問：「妳的祖先？他們怎麼會用英文來編成這個口訣？」

　　朱莉微微一笑，正要開口回答，卻聽見同學在岸上招喚他們，於是說：「我們先回去吧，改天再告訴你。」

　　李奇答允了一聲，並立即划動雙槳，往岸邊划去。

　　斜陽下，湖水燦燦金紅，映照著朱莉黑中帶紅的髮絲，煞是好看。

| 第十章 |

樹梢的小精靈

李奇的家是座傳統的閩南式建築，原本有大小兩個庭院，但在國共對戰時代，小庭院挪了一部分建成一座防空洞。每到單號日晚上，海峽對岸都會打宣傳彈，讓砲彈在高空炸開，將內藏的政治傳單飄散開來。砲彈的威力雖然不強，但在空中爆裂的彈殼碎片還是會殺傷人，所以李奇家的防空洞經常為左鄰右舍提供保命的庇護。只是，那個防空洞並非常常用得著，因為李奇的家人都已練就了好耳力，單憑砲聲音調就能判斷砲彈的落點遠近來決定須不須躲防空洞。

防空洞是用花崗石建造，洞頂原本是厚厚的土壤，種些蔬菜，後來因蚯蚓及菜蟲太多，便把土壤剷掉，改鋪水泥。

在沒有太陽照射的時候，李奇總喜歡搬套小桌椅到洞頂看書，他喜歡那種與天空接近的舒服感覺。

這一天是個週日，一大早天空就銀灰銀灰地。李奇一如往常，搬了桌椅到防空洞頂後，就專心地讀起書來。

約莫幾十分鐘光景，李奇讀倦了。恍恍惚惚間，似乎聽到有個窸窸窣窣的聲響，李奇猜想應是家裡養的那隻「喵」，臉上頓時露出一抹笑靨。

李奇抬起頭，望向兩米外的李樹，果然有隻貓兒爬在樹幹上，翻落了點點片片的潔白花瓣，像細雪般飄散下來。不過，那並不是他的「喵」，而是隻從沒見過的灰貓。李奇一陣

驚喜，怕驚惹到它，便靜靜地看著，一動都不敢動。沒想到，他沒驚嚇到貓，反倒是貓驚嚇到他。正當李奇看得專心有趣之際，那灰貓竟望著他，對他詭譎地微笑。

李奇猛然嚇了一大跳，但頃刻間，立刻就警醒他又進入了那個奇幻世界。

李奇東張西望，尋找黎曲的身影，但除了不斷飄落的雪白花瓣，周遭是一片空寂，而更遠處則是銀灰的天、銀灰的雲。

李奇疑惑地將視線拉回，看向李樹，卻又驚了一跳，那詭笑的灰貓已失了蹤影，取而代之的是七、八隻晶瑩美麗的小精靈在枝頭上嬉鬧著。

第九課　攜手你心中的小精靈（ELFS）

李奇默唸著那群小精靈用飄落的花瓣編排出來的標語，雖感迷惑，不知這堂課將要體驗些什麼，但心裡頭卻有一種說不出的歡喜，說不上是為什麼，大概是那句子寫得溫馨，而那群小精靈長得可愛吧。不過，當再仔細看那標題時，卻微感意外，感覺小精靈那個複數的英文字「elfs」似乎拼錯了。

「看到那隻站在最前頭、面對其它小精靈、就像個孩子王般的精靈了嗎？」

李奇聽到這個慈祥的聲音，立刻高興地回頭，但是黎曲並不在他視線可及的任何地方。花了幾秒鐘時間搜尋，李奇才看清黎曲是在五米開外的斜屋頂上，就像個高中生般，輕巧地站

在半弧型的磚紅屋瓦上。

「校長好！」李奇開心地問候著。

「那是『選擇小精靈（Elf of Choosing）』，它是精靈長，是所有精靈的王，小精靈們都要聽從它的指揮調度。」

李奇滿頭霧水，不知那是什麼意思，而更讓他不解的是這群小精靈到底是誰？為什麼會出現？跟富裕力有什麼關係？

「小精靈（ELFS）」
在你的「自我（SELF）」之中

李奇看著「選擇小精靈」毫不扭捏地指揮精靈們用潔白落瓣排列著新字句，體會到黎曲所說的「精靈長」的意思。尤其是，當他看到原本以為應該是帶頭大哥的「冒險小精靈」竟然也乖乖地聽從指揮時，更是對那「選擇小精靈」充滿敬意與好奇。不過，正當李奇想進一步探索他的好奇心時，黎曲已開始說話了。

「仔細看看那個句子，有發現什麼嗎？」

李奇聽到這個略帶威嚴語調的問句，連忙放下對精靈們的好奇，仔細端詳起花瓣字句來，但卻怎麼看都看不明白。不過，隔了小半晌後，竟一個靈光閃過。

「想要擁有富裕力，必須聚焦『自我（SELF）』，也就是全面感知（Six Sensing）、濃情想像力（Emogination）、持續不懈（Lastingness）、信念（Faith）這四者。有趣的是，這

個所謂的『自我（SELF）』是有玄機的，它裡面躲藏了許多小精靈。」

李奇興奮地說完後，就看到那群小精靈似乎靈通他的心意，先是將落花排成SELF的字樣，然後將最前頭的S往後面調動，於是……現出了ELFS這個神奇的字眼。

「答對了，」黎曲誇獎了一下，然後說道：「只要你夠專心，夠聚焦，把『自我（SELF）』內化成你的一部分，變成你的生活習慣，你心中的小精靈就會出來幫助你。」

李奇點點頭，很高興瞭解了這個既是雙關語、又是確實有效方法的富裕祕密。不過，再看向那花瓣文句時，不禁好奇地問：「小精靈的複數型應該是elves吧？」

「哈，被你發覺了。一點都沒錯，應該是elves，elfs是個錯誤的字。但是，記得富裕力的根源在那裡嗎？」

「富裕力的根源就在我們的心裡、在我們的潛意識裡，」李奇毫不猶疑地回答。

黎曲欣慰一笑，接著問道：「要怎麼跟你的內心溝通，將你想要的富裕畫面輸入你的潛意識中？」

「冥想及肯定句，」李奇又是想都不想地回答。不過，話才剛回完，眼前猛然一亮，想到黎曲在講述肯定句的那一堂課時所說的內容，於是情不自禁地嘴角綻出了猶帶稚氣的笑靨。

「潛意識就像個小小孩，是極端感性、而且情緒化的，它不懂文法、也不懂邏輯。因此，用冥想及肯定句這些方法跟它溝通時，不用管合不合文法，也不用管合不合邏輯。重要的是

要用感性的畫面，其次才是語言及文字，但也必須是感性的語言及文字。跟潛意識說理是說不通地，必須讓潛意識能夠產生濃厚的情感聯結，我們想要的信念及富裕畫面才能順利輸入，讓它視為當然。」

聽到李奇所說的，黎曲開懷地笑開了。

「太好了，說得極好。所以，不要太在意ELFS拼得對或錯，你只要知道在你的潛意識中有許多的小精靈，而它們只有在你全神貫注在『你自我（yourSELF）』時才會出現。如果你不夠聚焦，思慮四處飄移，那麼小精靈們就都躲了起來，這時你是無法招喚它們出來幫助你完成任何夢想的。」

黎曲說完後，跟選擇小精靈做了個手勢，接著就見到精靈們在它的指揮下搬移著花瓣。

你每天都會有無數個選擇　永遠要選擇正面的

李奇納悶著，不懂為什麼每天會有無數個選擇。

「曾經有腦神精醫生做過研究，我們的大腦每天大約會做三萬多個決定。」

李奇嘴巴張開開地，嚇了一跳。

「每一個決定就是一個選擇，而大部分的選擇都是在我們沒有意識到的情況下做的。譬如，起床後洗臉、刷牙；走路時兩腳交互前進；吃飯時張開嘴巴；看書時張開眼睛。」

「這不都是自然反應嗎？」李奇有些疑惑。

「是自然反應沒錯。但是，在它們還沒有成為你的自然反應之前，你已經做過了無數次相同的選擇，你在不知不覺的情況下已將這些事情內化成你的習慣，所以它們才會成為你不必經過思考就自然做成的反應與決定。」

　　黎曲看出李奇還沒全然瞭解，於是繼續解釋：「你可以重新做選擇，你永遠都有選擇權。你可以選擇起床後不刷牙、不洗臉；你可以選擇走路時用跳的、而不是左右腳交互行進；你可以選擇該吃飯時不張嘴；你也可以選擇看書時閉著眼睛去神遊。」

　　「我懂了，難怪我們每一天會做三萬多個選擇。事實上，絕大部分的選擇都是我們在不知不覺中就做了。」

　　「我們每一天所做的任何一件事，無論大或小，都是我們選擇之後的結果。我們選擇要冒險還是退縮，選擇要誠實還是欺騙，選擇積極教育學習還是成為沙發馬鈴薯（couch pota-to），選擇要用愛或是恐懼來面對事情。如果我們不做選擇，我們的潛意識、我們的習慣、我們的舒適圈就會幫我們選，」黎曲歸納說道。

　　黎曲刻意停頓了一下，然後又說：「所以，如果你選擇要過富裕的人生，那麼你就要永遠有意識地選擇正面的思想與行為，然後讓這些選擇變成你的習慣，成為你的舒適圈。」

「選擇小精靈」是精靈的王
只有它才能呼喚指揮其它的精靈

「只有當你選擇了正面的思想與行為之後，『分享小精靈』、『冒險小精靈』、『學習小精靈』、『誠實小精靈』、『沉默小精靈』、『放下小精靈』、『可能小精靈』等等精靈們才會出來幫助你完成夢想。也就是說，選擇小精靈是精靈們的王，只有它才能呼喚指揮其它的精靈，而你唯一須要做的就是做正面的選擇，讓選擇小精靈站出來幫你指揮其它的精靈們。」

黎曲一口氣說完後，見李奇聽得有趣，便繼續說道：「如果你已下了決心要擁有富裕力，那麼你就要聚焦自我（SELF）……」

「這我知道啊，您已經講過很多次了，」李奇忍不住將黎曲打斷。

別人的「選擇小精靈」指揮不了你的精靈

黎曲笑一笑，然後說：「聚焦自我（SELF）除了要運用你的自我（your SELF）——也就是S.E.L.F.這四種力量外，還要將注意力及重心放在你自己（yourself）身上……」

「我知道啊，這是一種對自己負責任的態度，而不是咎責別人的受害者心態。只有對自己負起完全的責任，發出的腦波

頻率才會是吸引富裕事物的頻率，」李奇有些不耐煩地說。

黎曲不理會李奇的感覺，接續說道：「專注在你自己身上就是你要自己做選擇，而不要任由別人幫你選。因為，只有你自己的選擇小精靈能指揮你心中的精靈們，別人的選擇小精靈無法指揮調度你的精靈。這也就是為什麼當別人幫你做決定與選擇時，你的熱情、冒險、勤奮、學習等舉止行為很難被激勵出來的道理，因為你的熱情小精靈及勤奮小精靈根本不會理會幫你做決定的人的選擇小精靈。」

黎曲見李奇恍然大悟地點頭、不耐煩的情緒都沒了，便向選擇小精靈瞬目示意。只見它迴過身，優雅地跟背後的一個精靈打手勢，然後就見到那個活力滿滿的小精靈輕快地飛到李奇面前跟他問好，而其它的精靈們則忙碌著排列新的字句。

不要想著把餅做大　那還是競爭的思維

李奇認出那是曾經見過一次面的「冒險小精靈（Elf of Adventure）」，非常地高興，因為他一直都喜歡冒險的感覺。不過，看到那段與常識背離的文句，高興的情緒很快就被疑惑取代了。

「冒險小精靈有個更貼切的名字，叫做『開創小精靈（Elf of Creating）』。很多人都誤會，以為膽子大就是冒險。事實上，膽子大只是冒險小精靈表現出來的樣貌罷了，它真正的內在精神是開創——運用創意的思考、不理會別人限制性的

想法、跳脫競爭思維的窠臼、創造出新品種的餅。」

「新品種的餅？那是什麼？」

「什麼都有可能！可能配方不同，可能烘焙的方法不同，也可能長得一點都不像個餅，甚至還可能是只能玩而不能吃的餅。不過，最重要的是，它跟現有的餅都不相同，」黎曲笑笑地回答。

李奇眉頭一皺，看了一下飄落的李花瓣所排成的句子，狐疑地問：「大家不都是說要把餅做大嗎？」

「相較於在既有的餅上面相互爭奪，把餅做大的確是很好的想法。但是，把餅做大的內在信念是什麼？」

黎曲見李奇還是一臉迷惘，便手勢有力、語調鏗鏘，表情像個禪師當頭棒喝般地說道：「恐懼！恐懼競爭者的搶奪與競爭！」

李奇被黎曲的樣貌驚嚇了一跳，但心中的困惑卻依舊存在，一點都沒有減少。

「跟一堆競爭者一起競爭現有的餅會誘發強烈的恐懼，因為當你看到眼前就只有一塊小小的餅，而想爭食的人卻這麼多時，你的恐懼一定無與倫比。你一定會害怕資源有限；一定會害怕你不拿就會被別人搶走；甚至還會害怕你的能力不足，搶奪不過別人。雖然有的人能力較強，能將餅做大，但是現有的競爭者都很熟悉如何爭奪這塊同樣配方、同樣烘焙方法做出來的新增大餅，因此很快地，餅又會變得不夠大。更何況，這是市場上早已存在、為大家所熟悉的餅，新進的競爭者很容易就

能加入戰局，讓再大的餅都不夠大。所以，就算把餅做大，恐懼害怕還是一直都會存在，」黎曲耐心地解釋。

「我知道了，把餅做大的人，事實上並沒有做太多開創的事情，他們只不過是為了減輕競爭壓力所帶來的恐懼而創造出更多同樣種類的餅罷了，他們底層的心態仍是恐懼──恐懼餅太小、恐懼競爭激烈。」

「是的，正是如此。恐懼的腦波頻率只會吸引來更多的恐懼。把餅做大只能短暫地減輕競爭的壓力；時間一久，競爭的情況不但不會變輕，反而可能加重。」

黎曲說完後，跟選擇小精靈比了個手勢，然後就見到它神情自若地指揮了起來。沒一會，李樹下出現了一道新的標語。

要致力於創造新品種的餅　那才是富裕的思維

「記得恩特普萊滋的農人嗎？」

李奇的黑眼珠不自覺地往左上角飄過去。黎曲一看，知道他正在回想那片被斜陽映得紅通通的雪白棉花田，便不打擾他。

半晌後，黎曲說道：「留在鎮上的農人一心一意想要創造富裕的生活，而不是被綁在棉花這個熟悉的舒適圈裡，所以他們願意冒險，願意開創各種可能性。然後，冒著未知的風險，他們將棉田改成花生田，創造出花生這個新種類的餅，為自己帶來了豐裕的回報。」

李奇再一次為那群農人的故事深刻地感動。不過，他還是有些小疑問，於是問：「那些離開小鎮的農民不也是在冒險嗎？」

　　「他們是被迫離開，是基於恐懼而去冒險。而且，他們的冒險是有限度的，他們不敢離開棉花這個熟悉的舒適圈，他們只敢尋找同樣種類的餅。也就是說，離開小鎮的人是恐懼失去溫飽而不得不冒險；留在小鎮的農人雖然也有類似的恐懼，但更多的成份是想開創富裕的人生，而不只是圖個溫飽而已。這樣的心境就是……愛的思維。」

　　經過這一對比，李奇完全明白了。忽然，一張黑白的相片閃過腦海，於是好奇地問：「洛克菲勒好像也有類似的故事？」

　　「是的，許多有名的人物都有開創新品種大餅的事蹟。洛克菲勒（John D. Rockefeller, 1839—1937）創建的標準石油（Standard Oil）曾左右全球90%的煉油事業，1911年雖在美國高等法院反托拉斯法（Sherman Antitrust Act）的強制下拆分為30多個大大小小的獨立公司，但時至今日，那些拆分後的公司整合起來的總市值反而比原來的標準石油還大上非常多。其中最為人所知的兩個公司就是經過多次重組合併後的艾克森美孚（ExxonMobil）及雪佛龍（Chevron）。」

　　黎曲喉頭嚥了嚥，然後繼續說：「他能有這樣的事業成就除了歸功於他對上帝虔誠的信仰及他對事業必然成功的堅定不移信念外……」

「就跟那位高雄港邊的五歲小女孩一樣，」李奇忍不住打斷黎曲的話。

黎曲會心一笑，並接續說道：「除了打從心底就視為理所當然的信仰與信念之外，開創小精靈一直陪伴在他身邊是再重要不過的因素了。十九世紀後半葉，煉油廠的主力產品是煤油，它取代了高成本的鯨魚油成為在夜晚照亮家家戶戶的新能源。在煉油的過程中，有一種副產品，所有的煉油廠都把它當成廢棄物，隨意傾倒在土地上或河川裡；唯一的例外是洛克菲勒的標準石油。雖然在那個時候，洛克菲勒並不知道那個有毒且易燃的副產品有什麼用處，但他不輕言浪費，他把所有的副產品都收集起來，並且要求公司裡的化學家們努力研究那些東西的可能用途。」

李奇聽得有趣，兩耳豎得高高地。

創造新品種的餅不只是一種商業手段
更是一種生活態度

「1880年代後期，在煤油舒適圈裡大賺其錢的煉油業開始出現了不尋常的緊張氣氛。首先，由於燈絲材質與燈泡生產品質的大幅改善、以及特斯拉交流電技術的長足進步，電力照明變得便宜親民，逐漸侵蝕到煤油照明的市場。接著，汽車工業蓬勃發展，能產生較大馬力的內燃引擎（Internal Combustion Engines）獲得市場青睞，大有取代蒸汽引擎及電力引擎之勢，

但唯一欠缺的東風是能讓內燃引擎有效運轉的燃料。很不幸地，煤油並不是這個東風，它在汽車這個新興的領域上完全沒有用武之地。」

「我想起來了，能驅動內燃引擎的便宜燃料就是大家棄若敝屣的那些在提煉煤油過程中產生的廢棄物，」李奇回想起曾經讀過的故事。

黎曲微微一笑，然後說：「原本內燃引擎的設計是使用酒精做為燃料，但是為了幫標準石油新推出的劃時代產品創造市場，洛克菲勒運用了一些政治與商業手段，半強迫地讓當時正在興起的福特汽車修改引擎設計，改為以汽油為燃料。不過，估且不論他所用的那些手段毀多於譽，他能將汽油這個沒人要的廢棄物變成有用、甚至變成煉油的主產品，這種開創新局的能力卻是不爭的事實。因為，如果不是他堅持不浪費，把創造新種類的餅當成一種生活習慣及生命態度，開創小精靈也不會一直在他身邊幫他的忙。」

「所以當其它煉油廠抵不過煤油需求大減而紛紛倒地時，標準石油卻能不斷成長，」李奇讚歎地說。

「事實上，洛克菲勒創造出來的不單只是汽油這個新種大餅而已。當其它煉油業者一心一意鑽營在煤油上面，將其它附帶產物都視為廢棄物而胡丟亂棄之時，洛克菲勒默默地要求工程師們做研發，探討各種可能性。於是，老天也回報以豐富的果實，總計標準石油從那些沒人要的廢棄物中創造出了數百種前所未有的新種大餅來。譬如，肥料、潤滑油、蠟燭、染料、

油漆、用來做口香糖的石臘、以及用來鋪路的瀝青等等。甚至，為了減少油品運送的成本及避免物流受制於人，他還創造出輸油管這個新種設備來取代火車，」黎曲一口氣將洛克菲勒的開創性格說完，就見李奇滿臉欽佩的神情。

「所以，什麼都有可能，」李奇噓了一口氣，讚賞地說。就在這時，李奇眼角餘光瞥見李樹梢有些騷動，於是忍不住轉頭看過去。

出乎意料之外地，他看得又驚又喜，一位長得像奧黛麗赫本（Audrey Hepburn）的精靈仙子不知何時飛到了枝芽上頭，而其它的小精靈們則圍著她寒暄不已。不過，熱鬧氣氛只才片刻，選擇小精靈就乾咳了一聲，於是眾小精靈們又忙碌了起來。

Nothing is impossible, the word itself says 'I'm possible'!

「人生沒有什麼事情『不可能（Impossible）』！永遠不要說不可能，因為這個字眼本身就清清楚楚地告訴我們『我是可能的（I'm possible）』！」

李奇嚇了一跳，不是因為話中的內容，而是因為這是他第一次聽到精靈說話。雖然那個聲音清揚優雅，就跟「羅馬假期（Roman Holiday）」裡那位天真無邪公主的聲音一樣，但他還是嚇了一跳。

李奇獃獃地看著那赫本精靈，竟看得出了神。那仙子瞧見

他的憨態，對他甜美一笑，然後臉孔微揚，纖手順著眼神的方向往空中一指。

李奇望向空中，眼前是一座高大的石牆，牆後隱隱然有燦爛琉璃屋瓦露出牆頭。李奇認出那是他心中的富裕宮殿。

「很可愛吧？那是『可能小精靈（Elf of I'm Possible）』。」

李奇一聽到這個和藹的聲音，心情頓時一沉。果不其然，那赫本精靈已翩翩飛走了。

「圍繞著富裕宮殿的那道石牆是『不知道之牆（Wall of I Don't Know）』，牆上的那道大木門是『不可能之門（Door of Impossible）』。注意喔，那道牆不是『未知之牆（Wall of Unknown）』，而是『不知道之牆』，這是有很大差別的。」

李奇搔搔頭，看著黎曲，有些不明所以。

「『未知』是一個中性的資訊，沒有好、也沒有壞。我們每天都會遇到未知，我們會成為什麼樣的人，會有什麼樣的成就，端看我們用什麼樣的態度來面對它。對於懂得開創的人來說，『未知』不但不是牆，反而是機會。他們不會輕易說『我不知道』，然後任憑機會流失。相反地，他們會積極尋找各種可能性，把未知變成創造富裕的機會。」

李奇聽到這段解說，茅塞頓開，便興奮地接著說道：「但是對於把自己關在舒適圈裡的人來說，只要是沒遇過的東西、不熟悉的環境，他們自然的反應就是說『我不知道』。他們不願面對未知，不敢面對未知，於是他們本能地用『我不知

道』來搪塞，這時『未知』就變成了一道巨大的『不知道之牆』，阻隔他們接近富裕宮殿。也因此，他們看不到『可能』的機會，只看到一堆的『不可能』。」

黎曲滿意地笑了笑，然後更深入地說道：「『不知道』跟『不可能』的背後都是恐懼——對『未知』的恐懼以及對必須走出舒適圈的恐懼。當你聚焦自我（SELF）、選擇愛而不是恐懼時，開創小精靈、可能小精靈、以及其它還沒有介紹給你認識的小精靈們就會環繞在你身邊，協助你飛進你的富裕宮殿裡。」

這時，可能小精靈又出現了，只是這次她是牽著開創小精靈的手。

開創的習慣帶來無限可能　　可能的態度造就各種開創

李奇心中一陣酸溜溜的感覺浮起。黎曲看在眼裡，有些好笑，不過他假裝沒看見，自顧地說道：「可能小精靈跟開創小精靈經常是成對出現的。當你把開創新種大餅、開創各種新局變成你的生活習慣及生命態度時，你就會看到各式各樣的可能性；而當你不輕易說我不知道，並且對每個未知都保持好奇心，對每個困難都嘗試找出可能性時，你就會開創出新的道路來。」

李奇聽到這番解釋，心裡頭那個淡淡的醋意退去了。黎曲見狀，會心一笑，並朝著選擇小精靈看了一眼。沒一會，李花

瓣編排出一段新的文句。李奇看向那段標語，驚得目瞪口呆。

Boldly Believing in RICH till Overwhelming You Generally Brings Vast Genuine Wealth. Get Started !!

「您……怎麼……也知道這個句子……？」李奇期期艾艾地問。

黎曲眉毛、額頭都凝了起來，狐疑地反問：「怎麼了？難道你也聽過？」

李奇正要點頭稱是並相告事情始末時，卻見黎曲憂傷地看著遠方，好像在懷想些什麼傷感的事，因此便將到口的話吞回，並默默地看著黎曲。

頗半晌後，黎曲回過神，自我解嘲地訕訕一笑，但眼角卻隱隱約約泛著薄薄淚光。

李奇心中大奇，不知這段既像是富裕力密語、又像是電阻色環口訣的句子到底隱藏著什麼祕密，竟然會讓黎曲出現這麼異常的愁緒。

李奇緊繃著神經，等待黎曲開口。不過，顯然黎曲並沒有想要透露個中祕密，他假裝風沙吹進了眼睛，將眼角的淚珠抹除後，就開始解說那段話的含意。

「這段話總結了這門課所要教你的培養富裕力的方法。當你大膽地、毫不懷疑地、視為理所當然地相信『RICH』，一直到那個相信深深地感動你、觸動你、沁入你的肺腑、透入

你的心底，讓你激動得難以承受，想要跪拜下來、想要感謝上蒼、想要親吻大地，這時，你所衷心祈求、感受、想像的美好事物往往就能實現。」

李奇看著黎曲用佈道家般的神情及口吻說著，不禁為之動容，於是也融入了那個深刻感動的情境之中。不過，一會後，他想起了兩個不是很明白的地方。

「您說的RICH到底是什麼？感覺還有別的含意，並不是單純指富裕而已？」

Riches Is Circulating Homogenously.

李奇愣了愣，似懂非懂地，正要開口相問，卻見那李花瓣排成的新字句裡飛出了另一對手牽著手的小精靈，看起來很幸福快樂的模樣。

「富裕均勻無礙地循迴流通！」黎曲朗聲說道。

「這是什麼意思？」

黎曲暫不理會李奇的發問，兀自側過頭，指著剛飛到身旁的精靈，介紹說：「這是『流通小精靈（Elf of Circulating）』跟⋯⋯」

「分享小精靈（Elf of Sharing）！」李奇高興地叫了出來，他認出這位在古崗湖中曾經見過一次面的精靈。

黎曲淺淺一笑，然後說道：「富裕的事物喜歡流通，不喜歡像一灘死水、局限在一個地方。最明顯的例子就是財富。舉

洛克菲勒為例，當他16歲做第一份工作時，他就養成了捐贈的習慣，每年大約捐出收入的百分之六；到了20歲時，他捐出收入的10%；然後隨著事業不斷地成長與擴大，他愈捐愈多，最後成了全球最重要的慈善家之一。而有趣的是，他捐出的金額愈多，他的財富不但不縮水，反而是愈來愈多。」

「感覺起來像是善有善報。不過，並不是，對不對？」

李奇問完後，不待黎曲回答，又說道：「感覺起來，也像是您說的『富裕的事物喜歡流通』。不過，這也只是表象，對不對？」

黎曲笑笑地看著李奇，鼓勵他往下講。

「我想真正的原因應該是腦波共振的吸引力法則。」

黎曲打了個響指，示意李奇繼續說。

「洛克菲勒愛極了他的事業、愛極了財富、也愛極了擁有巨大財富能讓他幫助他想幫助的人與事的那種感覺，所以他的潛意識讓他二十四小時持續不斷地發射出來愛的腦波頻率，並讓他吸引到更多的愛與財富來跟他相互共鳴。」

「你抓到重點了！這種腦波頻率共振的機制造成了富裕事物喜歡流通的現象。當我們打從心底熱愛財富的時候，我們發出愛的頻率，吸引來財富。而當我們打從心底喜悅地將我們擁有的財富分享給別人時，我們也發出愛的頻率，同樣也會吸引來財富……」

「我知道了！所以分享小精靈跟流通小精靈會一起出現。因為，當我們熱切地將我們擁有的分享給別人時，那份熱

切的愛心就會流通下去，為我們自己帶來更多的愛與富裕。而當我們分享得愈多、愈熱切的時候，富裕的流通就愈快，回流到我們身上的就會愈多，」李奇打斷黎曲，並說了一段深刻的感想。

「不單只是財富喜歡流通，其它種類的富裕也喜歡流通跟分享。譬如，知識、人脈、及心靈的富裕也是如此，都喜歡分享及流通。以心靈的富裕來說，有些人喜歡到醫院或慈善機構當志工，當他們打從心底想要這麼做、並不求回報的時候，他就會發射出愛的頻率，驅動愛心在宇宙流通，於是就會有更多的愛流通回來他自己身上。」

李奇點頭稱是，對RICH的含意已經完全瞭解了，於是轉換主題，問起那段「富裕力咒語」中另一個他不明白的地方。

「那段口訣說當我們用SELF這個方法來創造富裕的時候，我們想要的美好事物『往往』就能實現。為什麼不是『必然』實現呢？」

不要想著必然　不要期待必然
你只須要「全心全意地相信」

「『海森堡測不準原理』是宇宙的基本法則，所以，所有的事情都是機率，沒有任何一件是『必然』。不過，更重要的是，當你想著必然、期待必然，你的潛意識就有了害怕事情可能會不如所願的擔憂，於是你的腦波頻率就會被這個恐懼所主

宰。」

黎曲一說完，李奇立刻接著說道：「瞭解了。重要的是全心全意相信自己想要的畫面已經實現，並全心全意投入那個畫面已經實現的情境之中。在這種情況下，我們發出的腦波頻率是愛與喜悅的頻率，我們根本不會分神去想願望是不是會實現，因此也就不會有擔憂恐懼的頻率來干擾我們。」

起而行　唯有行動才能讓夢想實現

黎曲指示精靈們排出新的標語後，說道：「那段富裕力口訣的最末段是『讓我們起而行吧！（Get Started！）』，知道為什麼嗎？」

李奇先是一愣，但想到剛剛提到的量子力學，便順著這條線索思考，沒一會，回想起了之前課堂上說過的，於是自信地說：「所有的事情都是機率波。也就是說，所有的事情都有各式各樣的可能結局，而每一種結局都有相關連的發生機率。如果我們要讓事情的結果如我們所願，唯一的方法就是讓機率波崩潰，使我們想要的那個結局發生，而其它的可能結果通通消失。但要讓機率波崩潰，不能空想空談，唯一的方法就是實際『觀測』。」

黎曲非常滿意地看著李奇，並引導地說道：「觀測就是……」

「行動！只有行動才能讓機率波崩潰，讓我們想要的結果

實現！」

李奇興高采烈地將黎曲的話接完。然後，無原由地，心裡頭懸著的那個狐疑又浮起了，他想問黎曲為什麼也知道朱莉告訴他的那段密語。雖然黎曲可能不知道那是記誦電阻色環的口訣，而是將它用為培養富裕力的咒語，但是顯然地，黎曲跟它有很深的淵源。不過，正當他要開口，李樹上卻傳來一陣騷動，將他的話打斷，原來那隻灰毛貓出現了，正追逐著小精靈們玩耍。

李奇看著那隻在樹隙亂鑽的貓，想著那閃亮的灰色還真漂亮。忽然，他注意到了，顏色！

是的，顏色！

李奇已經看過那隻薛丁格的貓很多次了，每次都是不同的顏色，但是從都不以為意，以為那只是隨機出現的色彩。但是，這一次他有個奇怪的感覺，那些顏色可能是有意義的。

李奇腦子裡飛快地運轉，從在家中院子裡見到黑貓的那個傍晚開始回想，然後，貓咪的顏色一個個出現了……

黑、棕、紅、橙、黃、綠、藍、紫、灰……

李奇大吃一驚，原來貓咪的顏色真的不是隨意出現的，原來顏色的順序是有意義的，原來這些顏色背後代表著電阻色環、也隱含著富裕力的密碼。

李奇深深地吸了一口氣，起了許多雞皮疙瘩。

忽然，一個更讓他驚駭的念頭閃現。

朱莉說那電阻色環口訣是她的祖先一代代傳承下來的，並

故作神祕地說那口訣能開啟宇宙神祕的力量。是的，現在他已經知道那口訣不僅能幫助記誦電阻色環，而且還真的能夠幫助潛意識運作，啟動宇宙的神祕力量，從而增強富裕力。但是，為什麼黎曲也知道這口訣？莫非黎曲跟朱莉或是朱莉的先人有些什麼關聯？

　　李奇正想回頭問黎曲，不過，腳邊卻傳來一個毛毛軟軟的感覺。李奇忍不住綻開笑顏，低頭一看，果然是他養的那隻「喵」在他的腳邊磨蹭著。

　　李奇蹲下身，將「喵」抱了起來，他知道時空又回復正常了，因此懸在心中的疑問只好等下回再問黎曲了。

第十一章

木棉樹下話別離

　　李奇打開連接小庭院的側門，望著靜巷斜對面的三百年老木棉，心中有些忐忑，但更多的是興奮的期待。

　　這是一個週末的午後。前一天傍晚要放學時，朱莉趁同學忙著收拾書包、鬧哄哄的時候，裝作閒晃地走到李奇的書桌旁，小聲地問他隔天是否有空，然後兩人就約定了今天這個時候在大木棉樹下見面。

　　李奇走出家門，帶上門板，舉起左手，擋著耀眼的日光，跨到巷子對面，沿著三米高的水泥牆走了約莫二十公尺，來到一片斑駁的老木門前面。門內，就是那株參天老木棉。

　　李奇敲了敲門，門片裂縫處一道目光射了出來。沒一會，門開了，一位滿臉滄桑的老士官長笑容可掬地招呼李奇入內。

　　李奇關上木門，踏上水泥臺階，三步後，來到頂端的小院落，接著往左一拐，走到一張小石桌前面。李奇橫跨一步，蹲下身，就著木棉樹下的石桌椅坐了下來。老士官長拍拍他肩膀，跟他瞎聊了幾句後，就自顧地走開了，留剩下李奇獨自一人。

　　這裡是座當地人稱作「衙門」的閩南式古建築的後院，清朝時是總兵署，為島上行政中心；現在則前院做為警察總局，後院做為一個軍事據點，有一班官兵駐守。李奇的家跟這衙門

就隔著一條四米寬的靜巷，因此從小就常跟鄰居在這裡玩，跟駐紮的官兵也都相處融洽。

李奇看了一下手錶，距跟朱莉相約的時間還有十來分鐘。突然間，心臟跳得好快，於是仰起頭，噓了一口氣，看著頭頂上三十多公尺高的木棉樹綠傘蓋，心中則思量著已不知道思量過多少次的問題。近日來，總覺得朱莉有些心不在焉的模樣，好像有很多心事，李奇想問她，但又怕是跟他自己有關，因此一直隱忍著不敢問。而當朱莉主動約他見面時，那份忐忑不安的心情不但沒有減少，反倒更高懸著。他不知道朱莉約他見面到底是該喜還是該憂？是要跟他保持距離？是要跟他有更多的互動跟瞭解？還是為了其它意想不到的理由？

李奇腦子裡亂紛紛地，愈是接近見面的時刻，心裡頭就愈紛亂。

李奇仰著的脖子痠了，因此他將視線慢慢下移，無意識地看著那須得兩個高中生才能合抱的蒼勁老樹幹。但是，就在他不注意的當口，忽然一個白影閃過，李奇猛地一震，懷疑是否自己看錯了，感覺那是隻米格魯（Beagle），就在大樹幹的側後方正輕快地往上「跑」。

李奇知道一定是自己昏花了，他不相信有狗狗會爬樹，更別說是在樹上「跑」了。不過，他還是又緊張又好奇地盯著樹幹瞧。

然後，就在李奇看得專心的時候，頭頂上傳來一陣窸窸窣窣的聲響。

然後，幾片翠綠的樹葉飄落了下來。

　　然後，幾根殘枝掉了下來。

　　然後……李奇嚇了一大跳，一隻白色的貓咪……

　　是的，一隻白色的小貓咪落了下來。

　　李奇趕緊伸手去接，免得貓咪受傷了。但是，他沒接著貓咪，因為他自己也在往下掉……

　　李奇嚇得閉起雙眼。不過，才幾秒不到，他落地了。

　　李奇睜開眼眸，周遭一片昏黑。他用力眨了幾下眼睛後，漸漸適應了身旁的暗淡光線。然後，他看到自己是在一個長矩型的坑洞內，而在這洞內還有其他人。

　　李奇又用力眨了幾下眼睛，他認出洞內那四個人都是西方的面孔，其中一位看起來是個才十多歲的孩子。

　　李奇驚魂未定，想張口呼喊，但卻叫不出聲音來。等到好不容易能發聲叫喊時，那群人卻似乎都聽不見，仍是兀自在黑暗的洞中席地坐著。李奇一陣惶恐，心跳飆高了起來。他勉力讓自己沉穩下來，然後他想到了那隻從樹上掉落的白色貓咪。這時，他不禁無奈地笑了起來，他不再害怕了，他知道他又掉進了那個古怪的平行宇宙。而他也知道了，就像之前見著特斯拉與馬克吐溫時一樣，這群人只是些古老的資訊罷了，他只能看著他們，但卻無法跟他們互動。

　　不過，雖然對處境已不再擔心，李奇卻焦急了起來，因為跟朱莉約好的時間就快到了。

　　李奇心裡頭煩亂了好一會後，知道一時半刻是脫離不了這

個怪異的世界，因此只好專心地看著黎曲想讓他看的。這時，李奇才看清楚了那四個人。只見其中兩位一臉愁苦，貼著洞壁枯坐著，並目光呆滯地看著前方。另兩位則在角落處端坐著，似乎正說著悄悄話。

李奇看不出個所以然，只感覺牆角邊的那中年男子似乎在跟那十來歲的孩子講些什麼嚴肅的話題。

頗半晌後，忽然那原本靜肅的男孩微笑了起來。李奇好奇地盯著，想知道是怎麼一回事。

這時，一陣亮光，亮得他只能瞇起雙眼。光耀之中，他看到那孩子的背上竟長了一對發著淡藍螢光的小小翅膀。

不……不是那孩子長了翅膀……

亮光稍弱之後，李奇才發現是有隻小小的精靈飛在那孩子的肩背上。

接著，又是一陣更明豔的亮光，李奇的眼睛被眩曜得完全闔上了。

一會之後，李奇感覺光線變弱了，才慢慢睜開雙眼。

出乎他意料之外地，眼前已不是那個暗洞，而是木棉樹下的那張小石桌。隔著桌，黎曲正微笑著坐在他的正對面。

第十課　終生學習　終生探索

李奇嚇了一跳，不是因為瞬間離開了那個黑暗的坑洞，也不是因為黎曲又不速而來，而是這一回沒有藉助粉筆黑板、

沒有藉助橙花李花、也沒有藉助長尾巴魚來排列文句，感覺起來，黎曲只是發射了一個腦波，然後他就清清楚楚地「看到了」這堂課的課題。

事實上，這情況已不是第一次了。之前李奇也有過幾回類似的經驗，感覺黎曲似乎跟他有些心電感應，只是這一遭的感受更為強烈清晰。

「你剛才看到的那個十四歲的孩子叫菲利克斯·曾德曼（Felix Zandman），那位在教他數學的中年男子是他叔叔。」

「教他數學？」李奇疑惑地問，他沒看到紙筆，也沒看到書本，就只看到他們兩人坐在牆角邊悄悄地說著話。

「他們是猶太人。菲利克斯的父母、兄弟、及其他親人都死在納粹的大屠殺，只剩下他跟叔叔兩人逃過一劫。一對曾受過菲利克斯祖母恩惠的波蘭夫婦冒著生命危險將他們叔姪倆及另外兩位猶太人藏在地下室的坑洞裡。」

李奇臉色一沉，聽得很難過。黎曲又接著說：「從1943年初躲進那個洞穴，一直到1944年七月蘇聯擊退納粹，『解放』波蘭，總計17個月的漫長時間裡，他們都生活得暗無天日、膽戰心驚。但是，在這段黑暗的時光裡，菲利克斯找到了引領他日後創建龐大事業帝國的亮光，也找到了讓他自由邀翔宇宙的翅膀。」

李奇又喜又驚，原本以為只是個悲慘的故事，卻沒想到竟然有振奮人心的結局。李奇豎直了耳朵，期待著黎曲趕快說分明。

「那隻飛舞在菲利克斯背後的螢光小精靈是『學習小精靈（Elf of Learning）』，是它照亮了菲利克斯的前程。如果不是它陪伴身旁，你能想像菲利克斯一個血氣方剛的孩子如何能夠在一個長170公分、寬150公分、而高卻不到120公分的陰暗地洞裡藏躲17個月嗎？」

　　李奇想像著那個在原本就已經幽暗的地下室裡挖鑿出來的漆黑地洞，想像著四個男人躲在這個根本無法直立、只能屈膝彎腰的小小地方，不禁黯然。

　　「您是說他靠著學習數學來度過那漫長的地洞歲月？」李奇問。

　　「可說對，但也不完全對。菲利克斯喜歡數學，因此『學習數學』讓他得到無比的快樂，幫助他忘卻生活上的苦難。但是，真正讓他脫胎換骨，並一輩子受益的是『學習』這個行為，而不是學習數學或是學習其它的科目。」

　　「瞭解。真正重要的不是學習什麼主題，而是擁有想要學習的心及俱備用心學習的態度。」

　　李奇下了個很棒的注腳，然後問道：「洞裡頭一片昏黑，而且看起來也沒有書本跟紙筆，菲利克斯是如何學習的？」李奇非常地疑惑。

只要有心　困難自然能夠克服

　　「困難從來都不會是困難，端看你如何看待它。」

李奇想到了那位長得很可愛、看待什麼事情都覺得可能的赫本小精靈，於是搶過話頭說道：「什麼都有可能，我想您是這個意思，對吧？但是，難道是靠記誦？」

「是的。很難想像學習數學竟然可以用記憶及默誦，是不是？」

李奇愣了一愣，雖然是他先給出這個答案，但充其量只不過是胡亂猜測而已，並沒有把它太當真，所以當黎曲確認他的回答時，他只能驚訝不已，因為那畢竟不是他學習數學的方式，也不是絕大多數人有能力使用的方式。不過，當他將自己設身處地被「囚困」在地洞裡17個月時，他也開始覺得他能跟菲利克斯一樣，在腦子裡想像三角跟幾何了。

學習是個神奇的反應爐　能將資訊熔煉成匯聚生命大河的涓涓細流　細流不停息　大河就能滔滔滾滾

「菲利克斯熱愛學習，一輩子都在學習。年輕的時候，由於那些特殊的生活經歷，學習已經融入了他的舒適圈，成了他的生活習慣，甚至是成了生命本能的一部分。大戰結束後，他遷居法國，憑藉著地洞裡打出來的數學基礎，他一連取得了機械學士、物理碩士、及物理博士的學位。之後，他移居美國，在一家電子公司擔任高階主管職位，帶領研發團隊不斷地學習及創造。」

「研發不就是創造嗎？為什麼也是學習呢？」李奇問。

「尖端的研發工作經常是沒有人跡的道路，甚至是一片荒蕪，連道路都沒有；這時，所有的一切都須要自己去經歷與開創。由於沒有人走過、沒有人可以為師，因此不斷地摸索，並從摸索中學習就成了最有效的研發方法，而且也往往是唯一的方法。」

「我知道了，您說他一輩子都在學習，事實上是指他主動地摸索、試誤（Trial and error），然後從中學到新的知識與能力，並從而開創出新的東西來；而不是說他像個學生一樣，只是被動地吸收學習。」

「是的，就是這個意思。學習可以分為兩種，以菲利克斯為例來說明，藏躲於洞穴裡學習數學以及之後重回校園當學生的時代，有叔叔及教授教導他，這是一種由別人安排課程及鞭策趨動的學習方式，也是我們絕大多數人習慣的被動學習模式。但是開始工作之後，沒有人有義務教導他，也沒有人有責任幫他安排課程，這時的學習就不再是由老師及學校帶領，而是靠自我鞭策與趨動的主動學習模式。」

黎曲歇了歇，然後又說：「主動學習遠遠比被動學習更有力量，尤其是當你聚焦自我（SELF），運用全面感知、濃情想像力、持續不懈、以及堅定不移的信念來摸索與學習時，你就能將你大腦的潛能完全打開，從宇宙汲取你所須要的資訊與知識，就像特斯拉一樣。」

李奇想到特斯拉發明地震機及交流馬達的傳奇故事，忽然一陣澎湃的暖流由頭頂貫穿直下，讓他激越不已。

主動學習　終生學習　富裕力的能量才能隨時盈滿

「你知道後來菲利克斯怎麼了嗎？」

李奇眼睛瞬間亮了起來，聚精會神地等待答案。

「他根據自我學習及探索所得到的知識，發明了一種不易受高溫及酷寒影響而失效的特殊電阻——耐溫變電阻（Temperature-resistant resistors）。但是他的僱主不相信這個產品有市場，拒絕製造及行銷他的發明，因此他於1962年自行創業，將他的研發成果附諸實現。果然，一如預期的，他的產品獲得了美國軍方及太空總署（NASA）的青睞，讓他賺了很多錢。不過，他並不以此為滿足，仍是不斷地探索、學習，不斷地發明新東西。如今他所創立的威世科技（Vishay Intertechnology）在經過多次擴張與購併之後，已是全球首屈一指的電子公司之一。在2011年他過世的那一年，威世年營業額高達26億美元，全球約有22,000名員工。」

李奇登時目瞪口呆，一方面是因為確認了黎曲果然是來自未來世界的人——至少是40年後的2011年；另方面則是因為對菲利克斯的成就感到驚訝激賞。好一會後，李奇才回過神，讚嘆地說：「難怪很多人說教育是脫貧最有效的方法。」

「事實上，教育並不見得能幫人脫貧。精確地說，『自我』教育及『自我』學習才是脫貧最強效有力的方法，」黎曲做了個修正。

沒有人有能力教導你
你自己（*Yourself /Your SELF*）才是你最好的老師

黎曲凝視著李奇，全神貫注地將一串文句用腦波傳送給李奇後，頗有深意地對他笑了一笑，然後取出一面貓咪形狀的小鏡子，將它遞給李奇。

「看著這面鏡子，用心地看進去，你看到誰了？」

「我自己，」李奇不知黎曲問這個問題的用意何在，因此語氣略顯猶疑。

「用心地看進去，」黎曲刻意再強調了一次。

「……」李奇更猶疑了，不知黎曲期待什麼答案。

「如果你只是用眼睛看，那麼你就只會看到『你自己（yourself）』而已。這個鏡中的你不會跟你有心靈上的互動，就只是孤立在鏡中的另一個你罷了，甚至就只是一個不相干的人而已。但是，如果你用『心』看，看進他的眼睛，看進他的心裡，你就會發現鏡中人也回望你，好像正用心靈感應在跟你說話一般，這時你跟他有了交流，你們不再是孤獨的個體，你們是合一的人。這個人就是『你的自我（your SELF）』，他會給你安定的力量，幫忙你探索學習，協助你度過任何的難關。」

「我知道您是在講雙關語，講那個創造富裕力的方法 SELF。對吧？但是，這跟學習有什麼關係呢？」李奇現出迷惘的神情，不是很明白黎曲想說些什麼。不過，李奇才剛問

完，就看到鏡中的他竟長出了一對精靈的美麗翅膀。

「沒有人有能力教導你，除非你真的想要學習；沒有人有能力灌輸你任何知識，除非你真的想要吸收。」

黎曲聲韻鏗鏘地說了段發人深省的話後，換了個輕柔的語調繼續說道：「學習的開關掌握在你自己手裡，你不啟動那個開關，就算有再好的老師教你，你還是學不進任何東西。但是，當你啟動了那個『選擇』的開關，選擇學習，並且更進一步地選擇自我學習，這時，你內在的學習小精靈就會飛出來，伴隨著你，幫助你吸收學習。而在這同時，如果你採用SELF的方法來學習，那麼效果更會事半功倍。」

李奇點點頭，明白了，並且想起了第八課所學的，因此將它跟這堂課的內容關連了起來：「『所有的事情都是我的責任』，所以要不要學習、能夠學習多少都是我自己（myself / my SELF）的責任。」

「是的。很多學生覺得是被父母逼著去上學，很多上班族覺得是被公司逼著去學習，這都是受害者心態，都是不願對自己負責的想法。用這樣的心態去學習，只是平白浪費時間而已。」

「這部分我都懂了。但是，為什麼我自己是我最好的老師呢？難道明師對學習沒有幫助嗎？」

明師只是教練　你才是上場的球員

「愛因斯坦說『我從不對學生施教，我只是提供他們學習的環境（I never teach my pupils, I only provide the conditions in which they can learn.）』。一個好的老師能引導你學習，在你遇到學習瓶頸的時候指點你，但是你能夠學多少、學多深入，還是要靠你自己。所以，你自己（yourself）才是你的老師。而且，更重要的是，如果你能運用SELF的四種方法，像菲利克斯一樣，用你的濃情想像力在腦子裡經歷、體驗你所學習的東西，你的學習會更有效率，這就是我那句雙關語所說的——你的自我（your SELF）是你最好的老師。」

「嗯，聽起來很有道理。不過，還有件事我不是很明白。」

黎曲微笑地看著李奇，等待他發問。

「很多人都很崇拜那些很有名氣的老師，覺得能夠追隨他們就能保證學習成果豐碩，您覺得呢？」

你需要的是明師　而不是名師

「學習的過程中，難免會有瓶頸，這時你需要一位好的教練，給你一些啟發性的指導，協助你自發地做更多的練習與探索來突破瓶頸。這些能啟發你的明師可能沒有什麼名氣，但他們在乎你，願意花時間指引你方向，能為你提供一個好的學習環境。但是，很多知名的老師卻只在乎他自己。他們只在乎有多少人追隨他，但不在乎學生能學多少。甚至，他們根本沒有

能力引導學生探索與學習，因為這些能力從來都不是他關心、也不是他想擁有的。」

「如果遇到這樣的『名師』，該怎麼做呢？」

「你是學習的主角，其他人都是配角。你要為你自己負責，而不是為別人負責，更不是為這位名師負責。因此，遠離他！遠離這個名師！另尋在乎你、願意花心神指導你的明師。但是，最重要的是，相信你自己，相信你的能力。你愈相信你自己的學習能力，你就愈能發揮你的潛能，而你也就會是你自己的明師。」

看著鏡中人　他是這世上唯一能幫你的人

黎曲又用腦波傳了一段新的標語給李奇，然後指了指李奇手中的貓形鏡子，並用充滿感性的口吻說道：「這個鏡中人是這世界上唯一能幫助你的人——無論是學習上、生活上、事業上、或是任何一件事情上都是如此。」

慈祥地看了李奇一眼後，黎曲接著又說：「常常我們把自己弄得很煩躁，心神飄忽不定，這時我們的學習、生活、及事業也會一團糟。遇到這種情況時，拿出你的貓咪鏡，用心地看進去，心無旁騖地看進他的眼睛，全心全意地跟他用『心』對話。很快地，你的心就會靜了，你的思慮就會清了，你的靈感就會自然浮現了。」

李奇跟著黎曲催眠般的輕柔語調看進鏡中的自己，脈脈地

看入鏡中人的瞳仁之中，不知不覺間，果然就如黎曲所說的，一股安祥平靜的氛圍籠罩了全身。李奇默默地享受著這個感覺，但是，忽然間，鏡中出現了一道白影，他猛然一驚……一隻白色的小貓掉了下來……從樹頂，透過鏡中的反映，一隻白色的貓咪正在墜落。

李奇趕忙丟開鏡子，張手去接。不過，出乎意料之外地，他並沒接著，只是並非因為落速太快，而是那隻貓竟下墜得出奇地慢，好像完全不理會重力加速度一般。李奇非常驚訝，念頭翻三攪四地胡亂出現，一下子懷疑這個黎曲所在的平行宇宙是否有著不同的重力法則，一下子困惑這隻貓咪是否就是黎曲現身之前由樹梢掉落的那一隻？又一下子神魂顛倒，分不清楚自己到底是處在什麼時空。然後，就在迷迷疑疑之際，那隻小貓咪掉進他的掌心了。

那貓咪有著一對可愛的玄黑色圓眼珠，正黝亮地凝視著他，但那眼珠卻出奇地小，小得就像Hello Kitty的眼睛那麼小。而更讓李奇驚異的是，那貓咪幾乎沒有重量，輕得就像羽毛一樣。

駭異之餘，李奇定睛細看，原來手心中捧的並不是貓，而是一朵奇特的木棉花絮。李奇喜歡木棉花絮，每年到了這個季節，家中庭院總是飄滿了潔白的木棉絮，他經常都會拾起來放在掌心中，感受它的溫存。但是，所有的木棉絮都是絮心之中只有一顆黑棉籽，他從沒見過兩顆心籽、又這麼大朵的。

李奇腦子一時轉不過來，這一切發生得太快了，快得根本

來不及思考，只能聽憑直覺反應，因此難怪他會錯將雙籽木棉絮誤認為黑瞳小白貓。不過，看著手中這朵輕柔的木棉絮，李奇笑開了。然後，就在這時，隔著棉絮，他才注意到眼前有一道人影正緩緩朝他走來。

李奇抬頭看去，吃了一驚，但立刻喜上眉梢，並立即離了石椅，站起來歡迎來人。

「抱歉，讓你久等了，我從大門進來，找了一會，才找到這後院。」

「沒關係……我剛剛也……剛好有事，」李奇有些不知所措，一方面是因為不適應突如其來的時空轉換，二方面則是因為心儀的人出現了。

兩人閒話了幾句學校的事情後，朱莉面有憂色地說：「我要離開了。」

李奇頓時心頭小鹿狂跳，不知朱莉說的「離開」是何含意。

「我要搬去西班牙了，今天是來跟你告別的。」

「西班牙？」

「……為什麼？」隔了良久，李奇才既錯愕、又傷心地問。

「我是最近才知道的，我有部分西班牙的血統。我的先祖是醫生，原本在荷蘭人的艦隊上擔任醫官，但在鄭成功與荷蘭艦隊的一次對戰中被俘擄了，之後就一直追隨鄭成功，在他的船艦上做軍醫。」

李奇嚇了一大跳，呆呆地看著朱莉的棕眼珠，然後又呆呆地看著她那黑中帶紅的髮絲。頗一會後，他想起在延平郡王祠見到黎曲的那一天，在像是清醒、又像是夢幻的一個場景中，他「看到」鄭成功水師與清軍的海戰，而在燃燒的甲板上，在烽火中，竟有一張西方人的面孔……

　　李奇暗忖：「難道那位在鄭成功旗艦上救助傷兵的西洋醫官就是朱莉的先祖？」

　　「鄭成功以金門為根據地，攻取台灣之後，我那先祖自願留在金門，並娶了本地姑娘，落地生根。他們生了幾位子女，除了我媽媽這一系的之外，其他的都先後回西班牙去了。三百多年來，親戚間斷斷續續偶有聯絡，因此我媽媽知道她在西班牙有些很遠房的親戚，但從沒告訴過我，也從沒讓我知道我的西班牙血緣，大概是怕我胡思亂想吧。」

　　李奇聽得目瞪口呆，接不下話，只能愣愣地等著朱莉往下講。

　　「兩個禮拜前，我們輾轉收到一位西班牙律師的信，說我媽媽是瓦倫西亞一棟房產的繼承人，因為其他的親戚都不在人世了。」

　　「瓦倫西亞！？」李奇又驚跳了起來。不過一會之後，卻無由地想起了馬利歐・蘭薩唱的那首瓦倫西亞情歌，於是不禁期盼起將來會與朱莉相逢在瓦倫西亞的橙花下。

　　李奇還兀自夢想著，朱莉則低下頭，從背包中取出一個蘋果綠的小布袋，並大方地遞給李奇。

「喂，這是給你的。」

李奇有些受寵若驚，接過小布袋，正想鬆開袋口的縛繩，朱莉連忙阻止他，並微赧地嬌嗔道：「不可以打開噢，必須等到我到了西班牙後才能看。」

李奇趕緊允諾，但心中忍不住好奇。他撫摸著掌心大小的小布袋，猜想著裡頭或許是個堅固的小木盒，但木盒中會是什麼呢？

這時木棉樹上忽然一陣窸窸窣窣的聲響，李奇與朱莉都抬頭來看，原來果真是有一隻白色的小貓咪在那高聳的樹傘中，似乎正追著麻雀玩耍。李奇看了一會貓咪，心情頗為閒適，但不知何由，臉上神經竟微微緊繃，接著頸子也隱隱僵直，然後一對黑瞳居然不聽使喚地抖動下移，並生硬地往右側偷偷瞥去。李奇用發顫的眼睛餘光緊張地瞄了朱莉一眼，只見她還仰著頭瞧著樹頂。忽然間，一個不安份的綺念浮起，於是忍著胸口狂跳、耐著呼吸急促，偷偷地伸出手，大膽地去牽朱莉的手……

| 第十二章 |

盒中謎

　　朱莉離開金門已經七天了，李奇一直忍到這天，才取出朱莉在老木棉樹下給他的臨別禮物，因為當初答應了朱莉，必須等她到了西班牙之後才能打開來看。

　　這時候的金門仍是軍管，百姓要到台灣，除非是有特殊關係或是性命攸關的緊急事情才能申請乘坐軍機，否則就只能搭乘軍方的登陸艇。登陸艇是平底船，必須等到漲潮時才能靠岸上下客，因此從金門料羅灣碼頭到台灣高雄港的一趟不到三百公里的航程往往須要耗費36至48小時，其中約有三分之一時間是在等候潮汐。到了高雄之後，還須搭火車或客運上台北，然後才能由松山機場飛往國外。這些都不是一時半刻可以完成的行程，所以李奇才會等到朱莉離開了七天之後才比較有把握她已經到了瓦倫西亞，然後才敢如先前所承諾的拿出小布袋，準備揭曉珍藏多時的小祕密。

　　這一天是個週六，李奇吃過中飯後就迫不急待地帶上那個蘋果綠的小袋子，騎了腳踏車，往離鎮上約二十分鐘車程的牧馬侯祠馳去。

　　唐朝時，金門設有牧馬場，熟諳馬性的陳淵被朝廷派任為牧馬監，率領了一支小型軍隊及十二個姓氏的族人由中國大陸來到位處豐蓮山麓的這個馬場牧養戰馬。除了養馬，陳淵還帶領百姓耕稼，將這個當時稱作浯洲的金門島開墾得卓有生氣。

後人為感念他，尊崇他為「開浯恩主」，並在豐蓮山下建了牧馬侯祠來奉祀他。

李奇讀小學及國中的時候，金門最高的行政首長「金門防衛司令官」偶會在陳淵冥誕的那一天率領鎮上的中小學師生到牧馬侯祠上香祭拜並做精神講話。雖然那時候的李奇不是很明白陳淵的事蹟，但卻喜歡上了這個古意盎然的祠堂。所以，在這個要拆閱朱莉禮物的特別日子，李奇特意騎車到這個平時杳無人煙的小廟，他想安安靜靜一個人，在這個靜謐幽隱的祠堂裡，細細品味朱莉的心意。

騎到牧馬侯祠後，李奇在廟埕左側的榕樹下將腳踏車停妥，然後穿過幽清古樸的前殿及中庭。到達後殿的觀音佛堂之後，李奇左右看了看，果然一如他所預期地，全無人跡，只有簷間的雀鳥啁啾脆鳴，於是滿意地走到佛堂外的花崗石階處，坐了下來。

李奇將小布袋放在膝上，緊張地鬆開袋口的繩結，裡頭正如他所猜想的，是個小木盒。

李奇將紫檀色的木盒放在掌上細細瞧著，發覺盒上有一個三位數字的密碼鎖，而在鎖的上方，木質的部分有三個小小的圓點，分別是紫、橙、白三個顏色。頃刻間，他愣住了，不知該用什麼數字來解鎖。他回想之前與朱莉的所有互動，據以猜測可能的數字組合，但卻怎麼試都開不了鎖。

喪氣之餘，他將木盒翻來轉去，試圖尋找是否那個邊角寫有數字或是暗示，甚至還伸手到小布袋中，期盼能找到蛛絲馬

跡。不過，什麼線索都沒尋著。

李奇錯愕地呆坐著，他沒想到朱莉給他出了道難題。他仰起頭，深深吸了一口氣，想讓頭腦清醒些，無意中卻瞧到前殿的屋脊上似乎有隻金色的貓咪匆匆閃過。

一見到那貓咪，李奇無奈地一笑，看來黎曲又要來攪局了。

只是，等了一會，四週仍是靜悄悄地。李奇有些詫異，暗忖「難道看錯了，難道只是隻普通的貓？」就在這時，一道靈光閃過，「金色」……的貓，是了，一定是這樣……

李奇想起朱莉教他的記誦電阻色環的口訣，於是趕緊盯著密碼鎖上方那三個有色小圓點，把那三個顏色循著口訣中的顏色對照表做對應，沒多久，三個數字出現在腦子裡……

紫：7

橙：3

白：9

李奇將三個號碼轉輪轉到定位後，用力吸了一口大氣，然後屏住呼吸，將右手大拇指抵住轉輪，輕輕往上撥……木盒開了。

李奇忍著怦怦狂奔的心跳，慢慢將盒蓋打開。但是，當看進盒內時，他傻眼了，盒中什麼都沒有，只有一張看似年代久遠的泛黃小便條紙，紙條上則有娟秀字跡書寫的四個阿拉伯數字。

李奇百思不解，不明白朱莉想告訴他什麼。她的生日？她

在西班牙的經緯度？她在瓦倫西亞的地址？還是她的郵局保管箱密碼？

想了許久，一點頭緒都沒有，李奇非常地懊惱。忽然，一陣馬蹄聲從遠處隱隱傳來。李奇側耳細聽，那蹄聲愈來愈近，似乎就已在廟門口了。

李奇滿腹狐疑，猜不透這早已不牧馬的地方怎麼會有跑馬聲。他仔細地將小木盒收拾好，然後走往前殿。

出了廟門，李奇嚇了一大跳，眼前是片紅紅黃黃的沙漠，而在塵土飛揚中，一群健碩的美洲野馬嘶鳴著。

李奇有些惶恐，害怕那群野馬會朝他奔來。他緊張地提防著馬群，不意間，一聲尖厲的貓叫聲腳邊揚起。李奇低頭一看，是一隻金色的貓咪衝跑了過去，看起來應是被野馬驚嚇著了。

李奇轉頭看那貓咪，見它正沒命似地跑向祠堂，但是……奇怪的是……當他將目光平視時，他看到的不是牧馬侯祠，而是一座教堂，一座高聳而莊嚴的哥德式教堂。

李奇對這種突兀的時空轉變早已有過多次的經驗，因此沒半瞬就知道他又進入了黎曲的宇宙，於是對外頭那些野馬也就不再擔心了。他好奇地走進教堂，沒想到立刻就被內殿的恢宏氣勢震懾住了。好半晌後，他才收回心神，將目光往周遭顧盼瀏覽，這時才注意到最遠端的祭壇前方有群圍成圈圈的修女。

李奇知道那群修女只是些古老資訊的畫面重現而已，不會跟他有任何的互動，更不會被他驚擾到，因此就大膽地往祭壇

走去，想看看她們在忙些什麼。不過，才走到內殿的中央，距修女們還有一段距離，一道燦爛的日光剛巧透過彩繪的嵌花玻璃窗射了進來，在他正前方的走道上映出了一段斑斕美麗的標題……

第十一課　默默·感恩

李奇看著映射在地上的課題，心想：「看來修女們是在默默地祈禱、感恩吧？」

「回過頭來，你就會知道她們為什麼要祈禱、還有在祈禱些什麼。」

李奇一聽到背後的聲音，鬆了一口氣，知道黎曲出現了，於是也就不再擔心須得自己一個人孤單地在這個陌生的教堂中摸索。但繼之回想黎曲所言，卻不禁心中微微一震，因為他更加確認了之前所懷疑的——黎曲似乎跟他有某種奇特的心靈聯繫與感應，感覺起來，黎曲似乎真的能在他不開口的情況下讀到他的心思。

不過，那個疑惑的念頭才剛浮起，李奇就決意暫不理會。他轉過身去，想看看究竟是什麼事情讓修女們虔敬地祈禱。然而，他卻驚訝地發現黎曲並不在眼前。

「往上看，」黎曲含笑的聲音又再揚起。

李奇將視角上揚，就剛巧與微笑地倚著欄杆、站在二樓唱詩班廂房內的黎曲雙目相覷，於是便開心地往位於教堂入口處

上方的閣樓廂房走去。只是左顧右盼，到處都找不到樓梯。

「往這邊走。」李奇正感納悶，忽然左前側又傳來黎曲帶著笑意的聲音。

李奇循話語響起的方向看去，嚇了一跳，他不明白到底是怎麼回事，幾秒鐘前明明已經看過，閣樓底下是沒有樓梯的，但此刻黎曲卻站在一座兩側都空盪盪、沒有扶手的螺旋梯上頭。李奇懼高，因此看得膽戰心驚，一顆心高懸了起來。

黎曲走下那座「驚險的」螺旋梯，來到李奇身邊，說道：「這裡是美國新墨西哥州的聖塔菲市（Santa Fe, New Mexico）。1872年時，一群羅瑞多修女（Sisters of Loretto）奉聖塔菲總教區主教之命在這裡興建一座『聖母之光禮拜堂（Our Lady of Light Chapel）』。她們僱用了一位法國的建築師來設計這座教堂，但是很不幸地，當教堂於1878年快完工時，建築師突然過世了。這時，修女們才發覺沒有樓梯可以通往二樓的唱詩班廂房。」

「沒有樓梯？」

「嗯。找不到設計藍圖，所以不知道原來的設計有沒有梯子。不過，就算有的話，那梯子究竟長什麼樣子？安排在什麼位置？工人們不知道，建築師的助理也不知道。」

「那怎麼辦呢？」

「修女們找來當地的一些建築師做評估，但沒有人敢接這案子，因為殿內的空間太過狹小，他們會的那些傳統的樓梯設計都顯得太巨大、太佔空間，無論採用那一種款式，都勢必會

破壞內殿的美感，」黎曲邊說著，邊回過頭去，指了指二樓的廂房跟地面，接著將食指指在螺旋梯上。

李奇也跟著看向左前方牆角處的那座螺旋梯，焦急地等著黎曲揭開謎底。

全然託付　全然感恩地祈禱

又一道日光透過嵌花玻璃窗在李奇腳邊的走道上打出一段綺麗的文字。

李奇邊欣賞著那些美麗光影組成的文句，邊思量著句中的含意，不意間，那些光點竟飛離了地面，並不疾不徐地在空中匯聚起來，成形為兩個小精靈，其中一個衣衫繽紛五彩、皮膚泛著淡淡金光，另一個則衣衫樸質、但全身透露著自信光芒。

黎曲跟兩個小精靈打了個招呼，然後說：「修女們並不氣餒，雖然她們還不知道誰會來幫忙興建，但她們『知道』必將有道樓梯，而且還會是座美麗的樓梯。」

黎曲一說完，兩個小精靈便拍著翅膀，往教堂的另一端飛去。

黎曲讚歎地看著已飛到祭壇邊的兩個小精靈及圍著圈的修女們，然後又說：「她們決定用『九日敬禮（Novena）』向木匠的主保聖人聖若瑟（ Saint Joseph ）祈求。」

李奇疑惑地看著黎曲，不知那是什麼。

「她們連續九天向聖若瑟祈禱……」

「我知道了，」李奇興奮地打斷黎曲，說道：「她們全心全意地相信聖若瑟會幫助她們，甚至她們打從心底就『知道』會有一條連接地面跟閣樓的漂亮樓梯，於是她們運用SELF的力量，藉由祈禱的方式，在心中濃情地想像孩子們莊嚴喜悅地踏著階梯走上唱詩班廂房裡。她們毫不懷疑，全心地相信九天的祈禱過後，樓梯的難題就會獲得解決。」

　　黎曲高興地看著李奇，說道：「差不多都說對了。比較須要修正的是，她們並不知道SELF這個字詞，也不知道它會啟動腦波共振的吸引力法則。但是，這些並不重要，重要的是她們全心全意地相信，全心全意地信任。」

　　「不過，虔誠祈禱了九天後，」黎曲故意賣了個關子：「什麼事都沒發生。」

　　看到李奇微微一愣，黎曲才又笑笑地說：「一直等到第十天的傍晚，一位頭髮灰白的中年男子騎著瘦馬，就像克林伊斯威特（Clint Eastwood）一樣，從沙漠的遠方慢慢行來。」

　　李奇腦子裡不禁響起荒野大鏢客的蒼涼音樂。只是，心情還沒有完全溶入西部電影的場景中，黎曲已接著說道：「那男子說可以幫忙解決樓梯的問題，但要求絕對隱密，除了修女們的三餐送飯之外，任何人都不可以接近教堂，更不可以偷窺。」

　　李奇一陣訝異，很好奇接下來的故事。

　　「那男子將自己閉鎖在這個教堂中，沒有人知道他在裡面做些什麼。修女們則謹守承諾，阻止任何鄉民接近，她們自

己也從未進去看過。三個月後，修女們再送飯去時，沒有人回應。逼不得已，只好打開教堂大門，這時才發覺那人已經離開了，但是在內殿的邊角處則兀立著這座讓世人驚豔、讓工程界百思不解的美麗螺旋梯。」

「工程界百思不解？」

「嗯。仔細看，說說你看到什麼了？」

李奇走近螺旋梯，仔細地打量，頗一會後，驚呼了出來：「沒有柱子支撐！？」

「是的，你很難想像這是怎麼做到的。從建築外觀上，這座22英尺高的螺旋梯拔地而起，在空中360度迴旋了兩次，除了連接地面及連接廂房的那兩階之外，其它的每一階都是懸空的。你看不到任何的釘子，也看不到任何的支柱，你會懷疑這樣的梯子牢靠嗎？但是，一百多年了，這個梯子屹立不搖，就算是33個階梯都站了人，梯子也絲毫不晃動。」

李奇忍不住抓住其中一階，用力晃了晃，果真文風不動。

「不過，還有更離奇的。」

黎曲見李奇兩耳豎得高高地，才又說道：「從建築材料及建造過程來說，這座階梯更是充滿了神祕疑雲，讓人不得不稱呼它是『奇蹟之梯（Miraculous Stairs）』。根據修女們所述，那神祕男子只用了曲尺、鋸子等簡單的木工工具及少許熱水就獨自一人建造了這個神奇的旋梯。」

李奇眼睛瞪大了起來，忍不住不停地打量那座優美的螺旋

梯。

「摸摸這梯子的木材，仔細看看它的紋理。這是一種非常堅硬的針樅樹，但是……有趣的是……，」黎曲又刻意賣了個關子。

「聖塔菲市、甚至整個新墨西哥州都不生產這種針樅樹。而更啟人疑竇的是，在整整三個月的施工過程中，除了修女們送飯之外，沒有人接近過教堂，更別說有大隊人馬運送木材進去了。」

李奇愈聽愈驚，全身雞皮疙瘩都浮了起來。

感恩就是讓潛意識澈底地相信
事情已經實現　已如所願

「就算到了今天，螺旋梯的奇蹟也還是個謎。那個神祕的男子到底是誰？為什麼他要隱密地施工？為什麼他不拿取酬勞？而他又是如何憑藉一己之力建造出這座旋梯的？」

「不過，」黎曲又接著說：「這個故事的重點並不是它有多傳奇，而是這個傳奇是如何發生的。」

「祈禱？」李奇略帶疑惑地說。

「不，不是祈禱。祈禱只是儀式而已，那不過是修女們外顯出來的樣子罷了；真正產生力量、讓奇蹟發生的是感恩，這是修女們在內心裡、在潛意識裡所做的，而這部分是我們從外觀上看不到的。」

李奇微微一愣，但旋即明白了過來，因此高興地說：「就跟冥想以及肯定句的方法一樣，真正重要的不是做了什麼儀式、默唸了什麼句子，而是腦子裡想了什麼、潛意識裡發出了什麼腦波頻率。」

　　李奇才剛說完，就見那兩個在修女們頭頂上盤旋飛舞的小精靈朝他們飛了過來。

　　「這是感恩小精靈（Elf of Gratitude），」黎曲指著那全身泛著淡淡金光的漂亮精靈介紹著。

　　「在運用濃情想像力及全面感知時，有時候會因思緒雜亂而無法置身在想要的畫面已經實現的情境裡，也無法感受到美夢成真時的濃烈情緒，這時我們發出的腦波頻率跟我們想要的美好事物的自然頻率並不一致，因此無法將它們吸引來跟我們相共振。遇到這種情況時，選擇感恩，而不是氣餒。當我們這麼選擇的時候，就會召喚來感恩小精靈，它擁有強大的力量，能幫助我們安定下來，進入濃情想像及全面感知的狀態。」

感恩不只是一種心理狀態　而是一種方法

　　「羅瑞多修女們在九天的祈禱中不斷地感恩、不斷地讚美。她們感恩聖若瑟讓教堂擁有一座漂亮的樓梯，感恩唱詩班的孩子在二樓廂房裡唱出莊嚴優美的聖樂。她們的心境是愛的心境，她們『知道』事情『已經』如其所願實現了，因此她們的潛意識發射出愛的頻率，在宇宙間迴盪，在人群中尋覓，於

是那個神祕的木匠被吸引來了，造就了這段傳奇的故事。」

　　黎曲用神祕的語調說完後，李奇立刻問道：「可不可以這麼說，雖然一開始她們對能否擁有一道不會破壞內殿空間美感的漂亮樓梯一點把握都沒有，但是她們放下心中的恐懼，選擇相信，選擇感恩，並不斷用感恩這個『方法』做祈禱，於是感恩的心境讓她們進入了SELF的狀態，發射出『已經擁有』一道美麗樓梯的腦波頻率？」

　　「一點都沒錯。通常我們都是在事情如我們所願時才會感恩，這時候的感恩是一種被動產生的情緒，是因應『我看到，所以我相信』而產生的心理狀態，雖然對發出愛的腦波頻率有幫助，但力量並不強。相反地，如果我們在事情還渾沌不明時就先感恩，感恩事情『已經』如我們所願地實現，那麼，這就是主動地產生感恩的情緒，會啟動『我相信，所以我看到』的神奇機制，讓我們的潛意識發出強力的愛的頻率，將想要的事物吸引過來。也就是說，感恩可以不只是一種被動產生的心理狀態而已，它可以更進一步，成為一種主動的方法，一種啟動吸引力法則的強力方法。」

　　黎曲說完後，對著早已端坐在螺旋梯上的感恩小精靈使了個眼神，接著就見它纖手一揮，沒半晌，另一個精靈憑空出現了。但於此同時，感恩小精靈卻優雅地消失在木階上，成了幾個金色的文字……

沉默是金

李奇看著這段老生常談的話，有些不解。這時，黎曲說話了。

「不懂沉默跟富裕力有什麼關係，對不對？」

李奇才剛要點頭，黎曲已接著說道：「我相信你已見過『沉默小精靈（Elf of Silence）』很多次了，它總是跟著其它的精靈一起出現，但總是沉默不語。」

「我有注意到它，也奇怪它總是都不說話，但沒想到它竟然名如其人，有著這麼奇怪的名字，」李奇回答道。

「它一直都是沉默的，但是它離群索居嗎？」黎曲問。

李奇搖搖頭。

「它孤單嗎？」

李奇看了看沉默小精靈，又搖了搖頭。

「它既不離群索居，也並不孤單。雖然它不說話，但你從它的肢體動作、從它的臉上表情，你可以感受到它全身都煥發著自信的光芒，而其它的小精靈們也都樂於跟它相處……儘管是默默無聲地相處。」

沉默才能啟動潛意識的力量

「當你下了決心、想要做些什麼時，一定要保持沉默，不要跟任何人講。」

「為什麼？不是要多找人商量請益嗎？」李奇驚訝地問。

「還沒做決定之前，多找有經驗、愛護你的人請教是好的，但千萬不要將你想做的事輕易地說出來。而做了決定之後，更要保持沉默。」

「為什麼？要隱瞞或是欺騙他們嗎？」李奇更疑惑了。

黎曲笑了出來，並趕緊說道：「不，要誠實面對你所請益的這些對象，並要用坦誠的態度讓他們知道你的感謝。所以，你可以這麼做，用委婉的方式，在不講出太多細節的情況下，讓他們知道你正在面對及處理那一方面的問題，但是因為你還需要想得更清楚，因此暫時不方便告知他們細部的資訊。然後，在取得他們諒解之後，告訴他們你會讓他們知道你的進展，並請他們繼續提供你寶貴的意見與協助。」

「為什麼要這麼做呢？」李奇還是不懂。

「兩個理由。第一個理由跟我們自己的潛意識有關。潛意識分不清楚真假。當我們到處嚷嚷，到處跟別人講我們『想要』做什麼時，潛意識聽久了，習慣了，就會誤將那件事當成我們『已經』做到了。於是，我們內心就會鬆懈，如同水庫有了裂縫，不斷將水往外流洩一般，蓄積不了能量，而其結果就是……我們想要做的事沒多久就無疾而終了。」

「那第二個理由呢？」

「還是跟潛意識有關。不過，是別人的潛意識。」

李奇又看了一眼螺旋梯上那段金色的句子，心想「別人的

潛意識？難道是之前說過的深藏在潛意識中的舒適圈？」

「關心你的人怕你受傷……」

李奇一聽到這個起頭，立刻知道他所猜想的沒有錯，於是接過話頭說道：「我知道了，他們的出發點是好的，是關心我。只不過是，他們的潛意識已經習慣了特定範圍的舒適圈，所以跟他們請益時，若將太多的細節告訴他們，可能會讓他們緊張，一方面是擔心我，二方面則是擔心他們自己必須走出已經習慣了的舒適圈。而這個對走出舒適圈的恐懼是他們理智的意識所不知道的，它是感性的潛意識在暗地裡運作的結果。」

「是的。這時候你就可能會聽到許多出於好意的耽憂與勸薦的話，這些話或多或少都會影響你的判斷。但是，你的未來是你自己的責任，應該由你自己決定，而不是由別人的好意及耽憂來幫你做決定。所以，保持沉默。保持沉默才能讓你免於受到外界的干擾，讓你的潛意識清明，並讓你能夠進入SELF的狀態，做出好的選擇與決定。」

沉默小精靈是球場上的捕手　是球員的場內教練

「棒球場上，捕手總是戴著面具，也總是蹲著，因此是球場上最容意被觀眾忽視的人。但是，捕手卻是隊友們的安心丸，是球員們的場內教練。他綜觀全場，沉默冷靜地指揮場上隊友的臨場應變。」

「您是說沉默小精靈就像捕手，指揮調度其它的小精靈隊

友？」李奇問。

「不。指揮調度小精靈是精靈王才有能力做的事。『選擇小精靈』是精靈的王，它就像球隊的總教練，只有它才能指揮所有的精靈們，沉默小精靈也是要聽從選擇小精靈的調度，就像捕手也要聽從總教練的指令一樣。」

李奇原本就有疑慮，很難想像一個沉默的精靈如何指揮得了那群活力旺盛的精靈，因此當從黎曲口中確認了選擇小精靈才是精靈的指揮官後，不由得鬆了一口氣。但是，這也讓他更迷惑了，不知道這兩個精靈如何分工。

沉默並不是無所作為　而是積極的內心運作

「無論遇到什麼事情，當你『選擇』了召喚『開創』、『可能』、『流通』、『分享』、『學習』、『誠實』、『感恩』等等小精靈們來幫助你時，請記得，一定還要選擇『沉默小精靈』，讓它成為你的隊友。為什麼？因為沉默並不是一句話都不說，更不是無所作為；而是完全相反地，是在內心裡非常積極地運用SELF的力量，尤其是全面感知這個方法，讓腦子裡的水庫飽滿，蘊釀出驚天動地的能量。」

李奇看了黎曲一眼，似懂非懂地。

「舉例來說，假如你有一些開創性的想法，是市面上所沒有的，甚至是革命性的，那麼一定要保持沉默，然後運用全面感知（S）來打開你的潛意識天線，從宇宙感知更多的相關訊

息，並感知你自己的潛意識，確認你是否打從心底相信你的想法；用濃情想像力（Ｅ）盡情狂放地想像根據你的想法所創造出來的美好畫面；持續不懈地（Ｌ）這麼做，24小時不鬆懈地將這個美好的畫面輸入你的潛意識中；堅定你的信念（Ｆ），自在應對別人的干擾，輕鬆面對外界的質疑。」

　　黎曲略歇了口氣後，繼續說道：「你可以跟一些愛護你的人請益大方向，但是千萬不要跟他們說太多你想做的事情的小細節，否則善意的勸薦一定會影響你的心情跟決定。而且，更嚴重的是，一旦你說了全部的細節，你就會給自己帶來莫大的壓力。原本你只須要對你自己負責就好，現在卻變成了你還必須對知道你的計畫並且關心你的人負責，因為如果你沒做好，他們一定會失望的。」

　　李奇靜靜地點頭，比較懂了。

　　「另外，之所以要沉默還有一個非常重要的人性考量。通常我們都會想要尋求別人的認同與認可，尤其是長官、親近的人、或是信任的朋友。這是因為在潛意識裡，我們不想孤單，我們想要盟友，所以我們會想要尋求別人的背書。但是，尋求背書就是與SELF相背離的做法，因為你是對自己不負責任，你把決定權交給別人，要別人來為你的成敗負責。」

　　李奇嚇了一跳，他從沒想過尋求別人的認同竟然有這樣的負面心思暗藏在潛意識中。是的，一點都沒有錯，當別人背書了，而最終還是失敗了，的確是給了自己一個推卸責任的藉口。

沉默才能為自己負責

「你必須為你自己負責，所有的事情都是你自己的責任。只有為你自己負責，才能啟動你自己（yourself / your SELF）的能力，啟動腦波的共振法則，而沉默是讓你為你自己負責的最有力方法。」

「為什麼呢？」

「沉默時，你才能聚焦在你自己（yourself / your SELF）身上。然後，你才能專注、積極地運用全面感知來觀察你的潛意識，偵測你潛意識中真正想的是什麼——是負責任、會讓你更美好的想法？還是推卸責任、讓你遠離美好的念頭？譬如，你學習的真正動機是什麼？是為了拿到別人的讚賞？還是為了建立你自己的能力？如果是增進你的能力，那就是負責任的思維。但如果是為了別人的讚賞，那你的潛意識所想的是缺乏——缺乏讚賞。這是一種恐懼的思維，會讓你發出匱乏與恐懼的腦波頻率，並讓你在不順遂時拿不獲別人賞識來卸責你的能力不足。又譬如分享，你是真心想跟別人共享？還是祈求將來別人有好的東西時也會分享給你？如果是後者，那麼你發出來的是恐懼別人獨享、害怕他們漏了分給你好處的頻率，這種想法能讓你在失意時順理成章地拿別人的貪婪自私作藉口，輕鬆地卸責你的不夠努力。」

李奇聽到這裡，忍不住附和地說：「啟動腦波吸引力法則的關鍵是我們的潛意識想些什麼，而不是我們說些什麼，也不

是我們做些什麼。所以，以剛才講過的感恩為例，運用感恩的方法時，必須全然地相信事情已經如我們所願地完成了，讓心中充滿感激涕零的情緒。」

「完全正確。感恩時，如果心中想的是『祈求』上蒼幫我把這件事情做成，那麼潛意識裡真正想的是耽心與失敗，而不是相信與信任。在這種情況下，就算說了些感恩的話、做了些感恩的儀式，發射出來的將是憂懼的腦波頻率，」黎曲說道。

李奇會心一笑，說道：「都瞭解了，還剩下最後一個問題。保持沉默是不是獨自一人承擔所有的事情，不尋求別人的幫助及團隊合作？」

沉默不是孤單　不是孤僻
而是聚焦自我　蓄積能量

「孤僻通常是因為缺乏自信，孤單則往往是由於缺乏別人的關愛。但是，這些都是你幻想出來的。你把自己看得很差時，你表現出來的就會很差，於是你就會失去自信而變得孤僻。你想像別人都不關心你，你就會看不到別人對你的關懷，甚至把別人的關愛看成是施捨你、可憐你，於是你就更加覺得孤單。」

黎曲略一沉吟後，繼續說道：「不過，當你選擇學習、分享、開創、感恩等等行動，並保持沉默來運用SELF的方法時，你就會將你的潛意識變成一個雷射共振腔。你所發出的跟

學習、分享、開創、感恩相關的腦波頻率將在這個腔體中不斷地震盪增幅，而當能量蓄積到相當的強度時就會衝出共振腔，發出強力的雷射光束，將你的腦波分毫不差地送入你所想要的畫面中，讓你與你想要的美好事物相共振。」

李奇眼中發出了燦耀的光芒，他在腦中看到了那道亮麗的雷射光。

「在這個高度聚焦的過程中，你的學習、分享、開創、感恩等等行動會不斷產生正向的回饋，讓你充滿自信，讓你樂於與人為伍，因此你不會孤單，更不會孤僻。而你也會自然而然地找到跟你相同頻率的人，組成相同頻率的團隊。」

「清楚了，所以沉默並不是不尋求別人的幫助，也不是拒絕團隊合作，對吧？」李奇覺得黎曲還沒明確回答先前問的這個問題，因此又提問了一次。

同心齊力的團隊就如同海筆
沉默地蘊釀炫目懾人的光芒

「你不但要尋求別人的幫助，而且也要尋找齊心齊力的團隊，這樣才能事半功倍。但是，你不能莽莽撞撞就急著往外尋找你的貴人及團隊。你必須先沉默地訴諸你的潛意識，運用SELF的方法，讓你潛意識的六感天線從宇宙尋求解答。當你這麼做的時候，有時候，問題的答案會自然浮現；有時候，你的潛意識會指引你該向誰尋求幫助；而有的時候，你所想要的

團隊會自然成形。切記，遇到問題時，一定要先沉默，而不是冒冒然找人幫忙，否則通常的情況是你會聽到許多風涼話，對你造成傷害。」

李奇輕輕地點頭，但還是有些疑問：「一個團隊如果保持沉默，都不溝通，那如何是個團隊呢？」

「一個有共同信念的團隊就是一個大的自我（Big Self）……」

李奇一聽到「大的自我」，立刻就跟螺旋梯上閃著金色光芒的標題聯想了起來，並接著說道：「這個大的自我就像海筆一樣，外表看起來是單一的個體，但其實是由許多獨立的水螅體共同組成的，它們彼此溝通、相互連結，擁有共同的信念、共同的目標。」

「是的，這個同心齊力的『大的自我』緊密地連結在一起，不喧嚷、不嘈鬧，沉默地蓄積能量，一旦遇到外敵騷擾時，就合力發出炫目儷人的亮光，嚇走掠食者，」黎曲接過話頭，一邊說著，一邊回憶著他高中時在那個外來客稱為小金門、本地人喚作烈嶼的海邊看到海筆（Sea Pen）時的情景。

黎曲說完後，仍陷在回憶之中，但是李奇卻一點都沒留意到空中靜默了下來，因為這個時候他也正回想著幾天前在烈嶼潮間帶看到受他驚嚇而發出閃耀亮光的海筆。

頗半晌後，黎曲醒轉過來，看了周遭一眼後，露出大大的笑容，並抬了抬下巴，示意李奇看向左側。

李奇好奇地轉頭，也不禁綻開了笑顏，只見那隻被野馬驚

嚇著的金色貓咪這時竟頑皮地順著螺旋梯的扶手滑溜了下來，然後又一溜煙地往教堂外邊跑去。

李奇連忙跟著貓咪跑出去。但一出教堂大門，預期中的野馬及紅色沙漠竟都不見了，眼前是水泥地面的廟埕廣場，而他的腳踏車還靜靜地棲停在大榕樹下。

李奇若有所失，但沒奈何，只好走往腳踏車處，準備回家。不意中，腳上踢到一個物件，低頭一看，竟是朱莉給他的那個蘋果綠小布袋。

李奇大驚失色，趕緊拾了起來，並珍重小心地拍去上面的灰塵，然後疼惜地輕輕放入背包中。

| 第十三章 |
0628

　　幾個禮拜過去了，李奇還沒解出朱莉字條上那四個數字的含意。

　　他知道與黎曲的課應該只剩最後一堂了，因為根據電阻色環的編碼，就只剩排在最末的銀色還沒出現。這段時間以來，李奇一直覺得他與黎曲那個穿越時空的旅人有些隱隱的連結，雖然不知道是什麼，但彼此間有些心電感應是肯定的。因此，李奇每天都將朱莉給他的木盒帶在書包裡，他感覺黎曲有能力解開字條的祕密，因此想要在遇到黎曲時，請黎曲幫忙解讀。

　　這是學期的最後一天，下午不上課，李奇跟同學在籃球場上打了一整個下午的球。接近傍晚時，一位同學提議到校園內的「莒廬」稍作休息再回家。莒廬是金門高中提供給校長的宿舍，他們從沒有人進去過，因此當聽到這個提議時，大家都感到驚訝。不過提議的同學解釋後，大家才鬆了一口氣，原來那位同學的父親幾天前剛接任校長。

　　於是同學們紛紛收拾起書包、衣物，興高采烈地期待著進莒廬參觀。但是，李奇心中卻氤起了一團惆悵的迷霧──黎曲說他是代理校長，但新校長來了，難道黎曲已經走了，不會再出現了？

　　李奇不敢將這心事告訴同學，他知道講出來一定會被笑，甚至會被懷疑精神錯亂，因此當走進莒廬時，他都還是懷

著憂心，沒特別留意屋內的裝潢擺設。一直等到他在淡蘋果綠的絨布沙發上坐下，抱起嫩黃與米白條紋相間的大靠枕，腦中才隱約浮起一個似曾相識的感覺。而當他看向沙發前方的矮玻璃桌，拿起桌上的書本隨意漫翻時，那感覺更強烈了，不過他還是無法分辨那個感覺從何而來。

這時一位原本站著的同學想擠進這個已坐了兩人的雙人沙發座，因此李奇往側邊挪去，將左半身緊貼著沙發扶手，但卻被一個尖硬的東西刺了一下。

李奇伸手到臀部底下，將那物件取出，才看了一眼，不由得訝異，不知這個通常只會在實驗室才見到的東西為什麼會出現在沙發上。不過他沒多想，隨手就將那根印有四圈色環的電阻夾進手上拿的書本中。

忽然，一道紫電竄過腦門，他知道了，他知道那個似曾相識的感覺是什麼了！

李奇匆忙打開夾著電阻的那書頁，果然沒錯，頁面上是斗大的笛卡兒名言「我思故我在（I think, therefore I am）」。

李奇全身一陣雞皮疙瘩，原來這就是他頭一次跟黎曲見面的地方，而原來書本上的電阻是他自己夾放進去的。只不過是，事情發生的先後順序顯然是地球上的邏輯說不通的，而原本熟悉的時空似乎錯亂了。

就在這個悸動的當下，空氣似乎冰凍了，喧鬧的廳堂似乎空寂了。李奇緊張地將看著書頁的頭慢慢抬起，果然，一如他所猜想的，同學都不見了，他又回到了紅龍滿天、遇到黎曲的

那個晚上。

　　李奇瞄了一眼左側的大落地窗，沒見到黎曲，於是望向前方暗處的大木桌，卻只看見一隻銀色的貓咪正磨蹭著插滿玫瑰花束的金魚缸型玻璃花器。

　　李奇有些意外，便緩緩擺頭往那木桌周遭巡視了一遍，但是並沒看到半個人影，正感到失望，卻驚見那銀貓正優雅地將玫瑰花莖一根根銜出玻璃瓶，並一根根懸浮地擺在空中。然後，那擺就定位的玫瑰花竟淡淡亮了起來，隱隱地發出電阻色環上那像珠粉般的十二色光芒。

第十二課　放下（Freeing Yourself）

　　看到那玫瑰花束排成的課題，李奇一顆高懸的心總算放下了，他知道又要跟黎曲見面了，而這也將是他們最後一次的會面。李奇擔心待會只顧著聽黎曲講課而忘了請他幫忙解謎，因此趕緊低下頭來打開書包，取出朱莉給他的小布袋，並兩手輕握地將它放在膝上，然後滿心歡喜地等待黎曲現身。

　　不過，當他抬起頭時，眼前不是黎曲，而是一位滿頭長髮、滿臉長鬚的大漢。在那壯漢肩上稍高處則飛舞著那隻薛丁格的貓，雖然姿態神情一如以往地優雅，但是尾巴卻不斷變換著電阻色環的十二個顏色，看得李奇都煩躁了起來。

聚焦才能發出單一的腦波頻率
專注才能讓腦波持續共振增幅

「是不是看得很不舒服，那條貓尾巴不停地閃、不停地變換顏色？」

李奇一聽到這個聲音，立刻將那大漢及彩色貓甩到腦後，興奮地轉向右側，跟坐在單人沙發上的黎曲問好。

「如果你想東想西地，不把思慮專注在真心渴望的事物上，那麼你所發出來的腦波頻率就會雜亂無章，就像那貓咪尾巴上變幻莫測的顏色一樣，不僅把你惹得心煩氣躁，更會讓你一事無成。」

黎曲接著往薛丁格的貓一指，並說道：「但是，如果你心無旁騖，專心一志地聚焦在你所想要的畫面上，那麼你就能發出強大而單一的腦波頻率，將這貓咪變成能跟你所想要的東西起共鳴的富裕之鑰，幫你打開富裕宮殿的大門。」

李奇對這些道理已知之甚詳，因此略感無聊，不過腦子裡忽然閃過一個好玩的念頭，於是不理會黎曲，兀自專注地想著即將來臨的期末考結束後同學跟他恭喜考得很好的畫面。然後，有趣的事情發生了，果然就如他所料想的，那貓尾巴不再閃爍不定了，而是恆定地亮著漂亮的寶石藍光芒。

李奇見方法奏效，忍不住又專注地想了幾個不同的場景，而那貓尾巴也一如所願地依不同的情境恆定地呈現出不同的美麗顏色。

李奇很高興他的新發現，兩手不禁得意地用力一握，但拳沒握成，指尖卻按捏在內藏木盒的小布袋上。剎那間，絨布袋的觸感提醒他可以試試他更關心的那件事，於是便專注地想像有一天將與朱莉重逢在瓦倫西亞的橙花樹下。只才半晌，果不負他所望，那貓尾巴定定靜靜地發出紫紅色的亮豔光彩，就像跟朱莉在古崗湖上划船時所見到的紫紅魚一樣。

李奇欣賞著那漂亮的色澤，但是只才一會，那薛丁格的貓竟炫目一閃，憑空消失了，眼前只剩下那坐躺在俄式大靠背沙發上的長鬚大漢。不過，當仔細打量時，李奇才發覺椅背頂端還坐著一對緊緊牽著手的小精靈，其中一位一臉專注的神情，另一位則全身透明得跟海天使一般，不留心看還真看不出來。

「專注」才能抓滿罐中的糖果
適度「放下」才能將糖取出

「那是俄羅斯化學家門得列夫（Dmitri Mendeleev，1834—1907），坐在他背後的是『專注小精靈（Elf of Concentration）』和『放下小精靈（Elf of Letting Go）』。」

「放下小精靈？好奇怪的名字，」李奇心中暗歎了一聲。雖然之前已見識過「選擇小精靈」、「可能小精靈」、「流通小精靈」等怪名字的精靈，但都沒有「放下小精靈」的怪。放下？放下什麼呢？

李奇心中還嘀咕著，黎曲已接著說道：「他想要用某種方

式將當時已知的63種元素有系統地組織起來。他專注在這個問題上已經非常久了，但是都找不到方法。不過，他一直有個強烈的感覺，覺得那個組織分類的方式應該跟原子序有關。」

「週期表的故事？」李奇在化學課聽過門得列夫、也學過週期表，但詳細的故事卻沒聽過，因此語氣充滿了興奮的期待。

「雖然他知道應該往什麼方向研究，但窮盡了各種邏輯推理，都不得其法。然後，就在一個筋疲力竭的夜晚，他決定輕鬆一下，暫時將那惱人的問題擱置一旁。因此，他端了杯鍾愛的伏特加，坐躺進舒軟的大沙發椅裡，享受著那個清寂的靜夜……」

黎曲原想再多製造一些懸疑的氣氛，但是看到李奇顯露出急於知道結局的神情，便打消主意，不再賣關子，但仍用略帶神祕語調的口吻說道：「沒多久，他睡著了。睡夢中，他看到了一片寧謐漆黑的湖水。」

李奇專注地聽著，不覺間竟然也進入了門得列夫的夢中，看到了那片漆黑的湖水。李奇驚喜地看著那微漾的水光，只才半晌，就見水底深處幽幽地冒起一顆顆中心透露著淡淡紫紅光澤的螢白色泡泡。小水泡緩緩地往湖面飄浮上去，當接近水面時，就輕輕地爆開，散成碎碎的螢白小水花，並從中游出漂亮的紫紅魚來。看到那些小得比念珠還要小的紫紅魚，李奇忍不住驚呼出聲：「SELF！沒有尾巴的魚！」

這時，不知何由，那些細碎水花慢慢地聚集，在黝黑的湖

心上形成幾根歪歪扭扭的螢白線條。然後，又一會之後，那些像小學生畫出來的歪曲線條隨著水波盪漾而飄移、轉向。再隔半晌，那些長短不等的線條竟組成了一張美麗的表格。接著，那些紫紅魚像是瞧見了溫暖小窩一般，三五結隊雀躍地游進那張圖表的小方格內。

李奇心中驚叫了出來：「週期表！原來他是在夢中得到週期表的靈感！」

放下才能讓潛意識不受干擾地運作

「沒有行動，什麼都成就不了。行動——而且是非常專注的行動——才能讓潛意識穩定地、持續不懈地發出可以吸引到你所想要事物的腦波頻率。但是，當你的專注到達頂峰時，就要放下（Letting Go）。」

「放下？放下什麼？」李奇滿腦子疑惑地問。

「把你所專注的東西從心裡放下，讓你的腦子『自然』清空。」

「為什麼？」

「你不放下，一直擺在心上，你所專注的就不會只是你所想要的東西而已。你的潛意識會在你不知不覺的情況下讓你分神，讓你專注在你做得好不好、能不能得到、有沒有得到等等的雜念上。」

李奇恍然大悟，高興地說：「那樣反而會讓我們發出恐懼

『得不到』的頻率，吸引來那些讓我們『得不到』的事情不斷地發生。」

「是的，就是這樣，你會吸引到你潛意識中所恐懼的。潛意識是很細微、敏感的，你必須小心照顧你的潛意識，不要讓會對你造成不好影響的念頭跑進去。潛意識很容易放大你的恐懼，就算是你意識所沒察覺到的恐懼，一旦進入了潛意識中，也會被放大，因為這跟我們求生的本能有關。」

看到李奇不住地點頭，黎曲又繼續說道：「假設門得列夫一味地依賴理性邏輯的思考，那麼他一定會充滿疑慮與恐慌，因為已經用盡了邏輯推演，還是找不到建構週期表的方法。而如果他不肯放下，仍是執迷、專注地用理性來尋找解答，那麼恐慌的情緒必定會愈來愈盛，讓他發出更找不到正確答案的腦波頻率。」

當理性放手　潛意識就會接手

「但是，門得列夫不是這麼做。他是放下，他將理性意識放開，將他所專注思考的事放開。當他這麼做時，潛意識就自由了。這時，沒有了理性意識的干擾，也不再受到已知知識的羈絆，潛意識就可以盡情狂放地馳騁、想像，無所羈束地從未知、從宇宙深處汲取它所須要的靈感。」

黎曲說完後，招了招手，就見那對緊緊牽著手的小精靈飛近前來。

「『專注（Concentration）』跟『放下（Letting Go）』永遠是手牽著手，相偎相依。當你有了一個美好的心願，你一定要專注地行動，朝你想要的目標前進。然後，你要放下，鬆開你的意識，將你的潛意識解放出來，讓它接手幫你完成心願。愛因斯坦說『邏輯能讓你規規矩矩地從A走到B；想像力卻能讓你上天下地，悠遊四海（Logic will get you from A to B. Imagination will take you everywhere.）』就是這個道理。」

李奇用心體會了一會，然後說：「這堂課剛開始時，課題的『放下（Freeing Yourself）』跟『放下小精靈（Elf of Letting Go）』名字中的用語並不相同，是不是因為……」

聽到李奇將尾音拉長，想說卻又不是很有把握的樣子，黎曲便慈祥地看著他，鼓勵他往下講。

「『Letting Go』只是一個為了讓大家聽得懂而採用的通俗說法……」

李奇沉吟了一會，又繼續說道：「感覺起來，『Letting Go』不像是主動地放下，而比較像是事出無奈、不得已只好放手的那種放下，在心情上是有點情非得已，甚至是自我安慰的。」

李奇看到黎曲給出一個讚賞的眼神，便又說道：「我想，真正跟『專注』手牽著手，讓潛意識盡情馳騁的應該不是略帶消極色彩的『Letting Go』，而是主動放手、積極解放自我的『Freeing Yourself』。是不是這樣？」

黎曲忍不住雙手互擊一掌，開心地說道：「太好了，你

完全懂了。真正能讓潛意識盡情揮灑的就是解放你自己，用輕鬆、自在的態度將你專注的事情『自然地』放下，讓你的理性意識『自然地』鬆開，讓你所熟悉的知識『自然地』飄泊離去，完全信任你的潛意識，聽憑你的感性帶領你在宇宙遨遊想像。」

李奇聽到黎曲連續三次強調「自然地」，不由得會心一笑。

「千萬要注意，」黎曲繼續說道：「這個過程必須是自然、自在、不強迫地。因為，如果是強迫自己放下，那就代表你心裡頭有很深的執著，你的潛意識對你能不能做成功的關注可能更勝過對那件事情本身的關注，所以你才須要對抗潛意識的雜念，強迫自己放下。這時，你的雜念所發射出來的腦波就會讓你吸引到你所不想要的結果。」

「要怎麼樣才能『自然地』放下，『自然地』解放自己呢？」李奇問。

全心全意地投入　就像孩子玩得忘了時間

「你必須非常、非常地專注，就像孩子在草地上玩耍一樣，總是全心全意地投入，玩得非常地盡興。而且，常常是玩到太陽快下山了，才驚覺已經度過了一個非常美好的下午，然後才依依不捨地離開。」

李奇回想著自己孩童時的經驗，發現就算到了現在，他還

是會經常玩得忘了時間。剎那間，他聽懂了，於是說：「這就像您剛才說的，專注在事情本身，而不是分神去想事情能不能成功。」

「完全正確。當你專注得像孩子玩耍般、全心全意投入在你所想要的事物時，你的心就會被那個事物本身占滿，你不會再有多餘的心力去管成不成功。這時，你沒有了得失心，因此也根本沒有所謂放下（Letting Go）或不放下（Not Letting Go）的問題，你已經是『自然地』放下（Freeing Yourself）了，你已將你的潛意識解放出來了。」

「所以，只要全神貫注就能自然地放下？」

「正是如此。你可以運用全面感知來體會你夠不夠專注、夠不夠投入。只要有得失心，就是不夠專注。但是，千萬不要責備自己，繼續專注，繼續投入。有雜念及患得患失的心情時，想一想孩童時的經驗，想一想玩得忘了時間的美好畫面。」

黎曲說完後，看了李奇一會，只見他兩眼閃著有如深秋潭水般的清澈光彩。

看到李奇心領神會、打從心底歡喜的神色，黎曲知道這十二堂課都值得了。這時，他才注意到李奇一直將一個蘋果綠的小布袋扶握在他的膝上。

李奇看到黎曲盯著他的小布袋看，便微赧地說道：「我知道我們是跨越平行宇宙來相見的時空旅人，照理說來應該只是量子力學所說的機率式偶遇而已，而不是有什麼特別的關聯才

對。但是不知道為什麼，跟您相處時，常常會有一種奇怪的感覺……」

「什麼感覺？」黎曲好奇地問。

「有時候是似曾相識，有時候卻像是心靈感應……」

黎曲嚇了一跳，原來不單只是他自己有這種感覺，原來李奇竟然也有。

「因此……我想或許可以請您幫我解一個謎。」

李奇說完後，握著小布袋的雙手微微顫了一下。那動作雖然輕微，但黎曲卻注意到了。

「跟那個布袋有關？」

李奇點點頭，將小布袋打開，取出木盒，然後遞給站了起來、已經走到他面前的黎曲。

黎曲接過木盒，看了一眼後，疑惑地問道：「7、3、9？」

李奇訝異地看著黎曲，不知道為什麼黎曲才看了一眼就知道紫、橙、白三色所對應的數字。

黎曲用目光徵得李奇同意後，將數字轉環撥到739，接著打開盒蓋，但卻吃了一驚，他沒想到盒中空空如也，只有一張泛黃的紙條。不過，當他取出紙條後，他的臉色變了。

李奇吃驚地看著雙手微微顫抖的黎曲，不明白到底發生什麼事了。正納悶之際，忽見黎曲緊張地將木盒闔上，並面容疑慮地盯著數字鎖上頭的那三個色點看。

李奇屏著息，不敢作聲。不覺間，空氣中氤起了一陣詭譎

的寒意。

李奇渾身不自在地抵抗著那詭異的氛圍。忽然，他聽到了一個似有若無的聲響，感覺是黎曲輕嘆地發了一個「vaʊ」的單音。李奇正要仔細分辨那是什麼含意，但是，黎曲已揚起頭，看著他，表情充滿焦急與迷惑地一連問了許多關於盒子來歷的問題。

李奇忍著心中不斷湧起的巨大疑雲，仔仔細細告訴黎曲他與朱莉的故事，但卻見黎曲不但沒有因為知道來龍去脈而變輕鬆，反倒是神色愈來愈凝重。

然後，就在李奇被那沉重的氣氛壓得快喘不過氣時，忽然黎曲乾著嗓子、略顯不自在地開口了。

「那女孩叫什麼名字？是不是……」

「朱莉，她叫朱莉，」李奇滿腹迷疑，不知道為什麼黎曲會對朱莉感到好奇，但因他也急著想知道原因，所以便迫不急待地搶著說。

一聽到這個名字，一霎間，黎曲再也支撐不住，整個人癱軟了下來，並往沙發跌坐了下去。而於此同時，他手中的木盒翻墜了，紙條也飛落了。

李奇趕忙由沙發騰起，跨前一步，伸手去接他心愛的木盒。但是，在電光石火的一瞬間，李奇卻看到一隻黑貓在空中翻滾了一圈，然後落到他的手上。

李奇嚇了一跳，根本來不及反應是怎麼回事。不過，當他匆忙地凝神往手中細看時，卻發覺端躺在手掌中的並不是黑

貓,而是朱莉給他的那個小木盒。而當他往一尺開外的地板看去時,那飛落的紙片也剛好著地,紙面上正是讓他百思不解的那四個數字……0628

　　只是,從他的角度看去,那紙片順時針斜躺著約七、八十度,因此讓他無意中又吃了一驚,因為四位數字最後頭的那個8似乎不再是個數字,而是變幻成了一個跟富裕力息息相關的特殊數學符號……

∞

　　黎曲下腹部一陣痠緊，就如同坐雲宵飛車從高空下墜時的那種感受。

　　不到半秒鐘之前，他還在莒廬的客廳裡，左手捧著李奇珍愛的小木盒，右手拿著盒中那張早已泛黃的小紙條，專心地聽著李奇細數木盒的來歷及他暗戀的那位女生。而當他聽到那女生喚作「朱莉」時，他驚駭得全身癱軟，跌坐了下去，彷彿從雲端墜落一般，毛髮都尖豎了起來。然後，莒廬裡的一切都不見了，他「墜」回了他山中豪宅的書房裡。

　　黎曲原本以為跟李奇的見面只是一段意外回到金門故鄉的時空旅程罷了，但他萬萬沒想到他所見到的李奇並不是一位普通的高中生而已。雖然之前他也曾經因為與李奇之間的一些似有若無的心電感應而懷疑過他與李奇可能有些血緣關係，但他一直不敢提起這個問題，因為害怕平行宇宙的通道會因兩人知曉相互的血緣而關閉，所以一切都只是默默放在心中的懷疑而已。但是，那木盒號碼鎖上頭的那三個色點、盒中的老舊紙片、紙片上的數字、還有那女孩的名字，再再都讓他心驚，原來李奇真地跟他有緊密的關聯，只是並不是他的父祖輩、也不是他的兒孫輩，而是他自己（himself/himSELF）──是他高一時的自己。

　　黎曲心中一陣酸楚，記憶在腦子裡快速地倒帶迴轉。他

想起剛創業、到西班牙出差時，在瓦倫西亞的橙花樹下與一位東方面孔的女孩相遇、相戀、並約定相守一生。也想起在他事業面臨困境時，她用電阻色環教他腦波共振的祕訣及開啟富裕之門的方法。更想起這一年來那個重複了不知道多少次的畫面——在臥室裡，當她要離去到另一個世界前，她用三色粉蠟筆分別寫下三個英文字母，然後又寫下0628四個數字。

他永遠都記得那個有著燦爛陽光透過薄紗窗簾照進臥房的早晨，她坐躺在床上，從梳妝臺裡取出一支眉筆，拉過他的手，在他的手心上寫下7、3、9三個數字，卻見他全然不懂，便跟他要了一盒粉蠟筆及一張紙片。然後，她用紫、橙、白三色分別畫了一個小圓點，並微笑地看著他。但是，他還是不懂。於是她只好在圓點的下方寫下V、O、W三個字母。這時，他才知曉那是電阻色環編碼中紫（Viloet）、橙（Orange）、白（White）三色的第一個字母，也才驚覺原來她有重要的話要跟他說，因為……那三個字母組成的並不是一般的文字，而是堅若金石的「誓約（Vow）」。

黎曲微微吸了一口長息，讓全身更鬆軟，並放任所有的六感自由遨翔，於是他又回到了那個早晨，又真實地感受到了她臉上的恬靜光輝。只見她淺笑地在VOW的下方寫下0628四個數字，而他就如同先前的反應一樣，又墜入了五里霧中。

閉著眼睛的黎曲臉上微微搐動了一下，他再一次體驗到看到那些數字時的疑惑。不過，沒有一會，他的表情變輕鬆了，嘴角也現出了一抹淡淡笑容，因為此時的他正真真實實地

坐在床沿，拿著那張紙片，而她伸長著手，將他手中的紙片旋轉了九十度，於是數字的8變成了那個神祕的符號∞，然後他聽到她溫柔的低語「All Six To Infinity（Ｏ62∞）」……而一會之後，她語調更輕柔地說「我在宇宙的『每個』角落守護你」……

黎曲深深吸了一口氣，一種源自內心深處的深刻感動如湧泉般汩汩流出，讓他幾乎無法承受。

雖然之前他運用她教導的電阻色環口訣創造了許多的富裕境地；雖然他也才剛將這套已經得心應手的富裕力方法傳授給高一時的自己；而雖然他一直以為他很明白「All Six To Infinity」的真意；但是，很顯然地，是一直等到見到李奇的小木盒，他才真正明瞭所有的這一切。

黎曲原以為他的朱莉再也不見了，也原以為「Ｏ62∞」所說的「六感天線全開，接通無垠時空」是指全心全意投入所有的六感來從取之不盡、用之不竭的宇宙汲取富裕，但他萬萬沒想到不只是如此而已。原來朱莉最後說的「我在宇宙的『每個』角落守護你」是有非常深刻含意的。原來就如同他告訴李奇的，資訊永遠不滅，就算我們的軀體離開了，就算人事更迭了，它還是依舊存在——依舊在無垠的宇宙飄泊，並且充滿在無邊宇宙的每一個角落——而全面打開六感天線是接通這些資訊的唯一方法。

黎曲又再度閉上眼睛，溫柔地輕撫自己的掌心，彷彿朱莉寫的739依然在掌上一般。然後，他看到了一陣微風將臥室的

薄紗窗簾拂起，一片晨光灑了進來，照映在朱莉的臉上，輕輕
地晃漾著，就如同玻璃風鈴反照日光般地燦爛……

國家圖書館出版品預行編目資料

量子黑貓／黃須白著. --初版.--臺中市：白象文
化，2017.9
　　面： 公分.——（説，故事；69）
ISBN 978-986-358-530-5（平裝）

857.7　　　　　　　　　　　106011760

說，故事（69）

量子黑貓

作　　者　黃須白
校　　對　黃須白
專案主編　徐錦淳
出版經紀　徐錦淳、林榮威、吳適意、林孟侃、陳逸儒
設計創意　張禮南、何佳諠
經銷推廣　李莉吟、莊博亞、劉育姍、李如玉
營運管理　張輝潭、林金郎、曾千熏、黃姿虹、黃麗穎
發 行 人　張輝潭
出版發行　白象文化事業有限公司
　　　　　402台中市南區美村路二段392號
　　　　　出版、購書專線：（04）2265-2939
　　　　　傳真：（04）2265-1171
印　　刷　基盛印刷工場
初版一刷　2017年9月
定　　價　280元

白象文化　印書小舖　PressStore出版經銷　出版・經銷・宣傳・設計
www.ElephantWhite.com.tw　f 自費出版的領導者　購書 白象文化生活館